KAI HENSEL arbeitete als Werbetexter, Comedy-Autor und Drehbuchschreiber für TV und Kino. Er ist vielgespielter Bühnenautor. Sein Werk wurde in zwölf Sprachen übersetzt, für den Hörfunk adaptiert und mehrfach ausgezeichnet. Sein Roman *Sonnentau* war für den Glauser-Preis nominiert. Kai Hensel lebt in Berlin.

Die Biologielehrerin Katja ist verzweifelt. Ihr schöner, einfühlsamer Kater Valentin ist eines Tages spurlos verschwunden. Warum hat er sie verlassen? Wer wird ihr abends Gesellschaft leisten, wenn sie Klausuren korrigiert? Das Kollegium hat andere Sorgen, denn das Gymnasium steht vor dem Aus. Die Schülerin Ricky wittert derweil den großen journalistischen Coup. Warum lügt Katja in Bezug auf Valentins Herkunft? Der Praktikumsplatz bei der Lokalzeitung ist ihre große Chance. Wird sie Valentin finden und ihre Lehrerin überführen? Valentin hat es vorgemacht: Man muss ausbrechen, um am Leben zu bleiben. **»Man kann im Leben auf vieles verzichten, aber nicht auf Katzen und Literatur«, sagt Elke Heidenreich.**

Kai Hensel

Wo ist Valentin?

Roman

kanon verlag

FÜR MEINEN KATER
6.12.2013 – 31.10.2014

1. Teil

»EIN HUND ZEIGT UNS DIE WELT, WIE SIE IST.
EINE KATZE ZEIGT UNS DIE WELT, WIE SIE SEIN KÖNNTE.«

Madame de Ronron, am Abend ihrer Verhaftung

1.

Der Frühling war endlich gekommen.

Katja stand am Küchenfenster und beobachtete das Rotkehlchen im Kirschbaum. Es putzte sein Gefieder, Morgentau glitzerte in den Zweigen. In der Früh hatte sie der Gesang von Amseln geweckt, dann Blaumeisen und Buchfinken. Das Leben reckte sich, rollte seine Blätter aus, überall Knospen, junge Triebe, Geflatter und Gesang. Sie hätte den ganzen Morgen hier stehen können, aber sie war spät dran. Die Sicherung des Durchlauferhitzers war wieder rausgeknallt, sie musste das alte Ding endlich reparieren lassen.

Sie schüttete Müsli in die Schale, goss siedendes Wasser über das Teesieb. Frühstück, darüber hatte sie letztens mit Frau Kirstein diskutiert. Selbstgeröstetes Müsli? Kretischer Bergtee? Dafür fehlte Frau Kirstein morgens die Zeit. Mehr als ein Kaffee, eine Zigarette und manchmal ein Apfel war nicht drin, in letzter Zeit kam sie morgens immer schwerer aus dem Bett. Katja mochte Frau Kirstein, eine erfahrene, allseits beliebte Kollegin, die ihr in den ersten Monaten an der Schule manch guten Tipp gegeben hatte. Aber ihre Haltung zum Frühstück, die hatte sie fragwürdig gefunden – und jetzt, während sie eine Banane schnitt, fiel ihr die passende Erwiderung ein: »Es geht nicht allein um uns, sondern um die Schüler. Wir erwarten von ihnen, dass sie vorbereitet zum Unterricht erscheinen, Hausaufgaben gemacht, genügend Schlaf – und, ja, ordentlich gefrühstückt haben. Wir können an die Schüler doch keine Ansprüche stellen, die wir selbst nicht erfüllen.«

»Lehrer sind Schauspieler«, hörte sie Frau Kirstein sagen. »Vier bis sieben Akte à 45 Minuten, gelangweiltes Publikum, manchmal Buhrufe, nie Applaus.«

»Trotzdem – wir können den Schülern in Wahrheit oder Lüge gegenübertreten. Wahrheit ist besser.«

Sie sah Frau Kirsteins wegwerfende Geste vor sich, in der Hand wie üblich ihre Zigarette, sie würde etwas sagen wie: »In meinem Alter ist die Wahrheit zu anstrengend, lügen schont den Kreislauf.«

Katja nahm die Mandelmilch aus dem Kühlschrank, hörte Tapsen auf den Fliesen. Sie sah in den Augenwinkeln einen silbergrauen Schatten, fühlte Fell an ihr Bein streichen ... Valentin sprang auf den Stuhl, auf die Tischplatte und ließ eine Maus neben die Müslischale fallen.

Katja schloss die Augen: nicht schon wieder.

Die zweite Maus diesen Monat.

Davor ein Lurch.

Unvergessen der Nymphensittich.

Wenn Ihnen Ihre Katze Beute mitbringt, handelt es sich um ein wertvolles Geschenk. Schimpfen Sie nicht, denn es ist ein Liebesbeweis. »Bedanken« ist die oberste Pflicht des Katzenbesitzers; erst dann darf das Präsent diskret entsorgt werden.

So oder ähnlich stand es in allen Katzenratgebern, auf allen Webseiten, die Katja zu diesem Thema konsultiert hatte. Und wenn die Maus, wie jetzt, noch lebte? Wenn der winzige Brustkorb sich in Spasmen hob und senkte und sich eine Blutlache unter dem zerbissenen Körper ausbreitete?

Wenn die Beute Ihrer Katze noch lebt, versuchen Sie, sie zu retten und an einem sicheren Ort auszusetzen. Das gilt jedoch nur, wenn die Beute eine Überlebenschance hat.

Katja hatte während ihres Studiums in der Notaufnahme eines Krankenhauses gearbeitet; sie wusste, was ein Polytrauma ist. Keine Transfusion, keine Not-OP würde diese Maus retten.

Ist die Beute hingegen fast tot, sollte man besser nicht mehr eingreifen; sie würde nur noch länger leiden.

Unfug! Die Maus könnte noch zehn Minuten oder länger leben. Sollte man achselzuckend danebenstehen? Es gab eine Methode, das Leiden eines Kleintiers schnell, ohne Schmerz und weiteres Blutvergießen zu beenden; unverständlich, warum die Katzenratgeber sich darüber ausschwiegen. Sie holte einen Beutel Eiswürfel aus dem Gefrierfach, scheuchte Valentin von der Tischplatte und schüttete das Eis über die Maus. Kälteschock, Herzstillstand, Tod innerhalb von zwei Minuten. *Nehmt das, Katzenratgeber!*

Sie schaute auf die Uhr. Valentin saß zu ihren Füßen, rieb seinen Kopf an ihrem Bein, schaute aus seinen goldgrünen Augen zu ihr hoch und erwartete Dankbarkeit: Kraulen zwischen den Ohren, unter dem Kinn, am besten eine halbe Stunde kuscheln. Aber Katja hatte keine Zeit zum Kuscheln, vor allem keine Lust. Sie war ratlos und wütend. Katzen sollte man nicht bestrafen, da waren sich die Ratgeber einig: Nicht schimpfen, nicht schreien, Erziehung durch Liebe war der einzige Weg. Aber hatte Katja es nicht mehrere Mäuse, Lurche und einen Nymphensittich lang mit Liebe versucht? *Die Wahrheit ist der Katze zumutbar.* Und die Wahrheit war: Sie freute sich nicht über halbtote Kleintiere zum Frühstück!

Keine Zeit mehr fürs Müsli. In der Diele strich sie mit der Bürste durch ihre schulterlangen, blonden Haare, entschied sich für die Opalohrringe, die besser zu der türkisblauen Bluse passten, die sie letztes Jahr in Edinburgh gekauft hatte. Sie begriff manche Kollegen nicht, die Intellektualität mit Verwahrlosung verwechselten. Jeder Mensch konnte, im Rahmen seiner Möglichkeiten, gut aussehen. Und wer gut aussah, wurde ernst genommen und hatte mehr Spaß im Job.

Die zwei Minuten waren noch nicht um, da hörte sie ein Schaben aus der Küche: Valentin war wieder auf den Tisch gesprungen und wühlte nach der Maus. Eiswürfel rutschten über die Tischkante, zersprangen auf den Fliesen, jetzt hatte er die Maus im Maul. Katja packte ihn unter den Achseln: »Lässt du die Maus in Ruhe?!«

Er fauchte und strampelte, die Maus flog ins Spülbecken. Katja trug ihn zur Terrassentür, schob sie mit dem Fuß auf und warf ihn ins Gras. Einige Augenblicke standen sie beide reglos da, fixierten sich, Katja außer Atem, mit pochendem Herzen, Valentin geduckt, mit finsterem Blick und zuckendem Schwanz.

Sie schloss die Terrassentür und zog die Vorhänge zu. Er musste begreifen, dass sie es ernst meinte. Doch schon während sie sich die Schuhe anzog, meldeten sich in ihrem Kopf, wie ein mahnender Chor, die Katzenratgeber:

Die Maus ist ein Liebesbeweis! Bedanken ist Pflicht! Wer schreit, macht sich schuldig!

Sie ging zurück ins Wohnzimmer, zog die Vorhänge zurück und schob die Terrassentür auf: Valentin war nicht mehr da. Sein Blick funkelte auch nicht zwischen den Büschen.

»Valentin? Es tut mir leid.«

Schweigen im Garten, nicht einmal die Vögel zwitscherten. Sie seufzte. Was sie getan hatte, konnte sie nicht mehr ändern, nicht rückgängig machen. Vor allem musste sie los, in zwanzig Minuten begann ihr Unterricht. Valentin wurde schnell zornig, aber er war nicht nachtragend. Heute Abend würde die Sache vergessen sein.

Sie hatte gerade noch Zeit für einen letzten Blick ins Spülbecken: Die Maus lag im Ausguss und war eindeutig tot.

2.

»Guten Morgen«, sagte Katja und schloss die Tür.

»Guten Morgen …«, antworteten die Schüler. »Morgen, Frau Fontane …« »Echt jetzt?! Ich dachte, wir haben Französisch …«

Telefone wurden ausgeschaltet oder wenigstens stumm gestellt, Schulhefte mit den Hausaufgaben hektisch unter Tischen hindurchgereicht. Katja tat, als ob sie das nicht sah. Das Verhältnis zwischen Lehrern und Schülern glich dem zwischen Mann und Frau in einer langen Ehe. Und so sehr sie Ehrlichkeit schätzte; zu viel davon hatte noch jede Beziehung ruiniert. Es gab Grauzonen und Grenzen, die von Lehrer zu Lehrer, von Klasse zu Klasse neu verortet wurden. Hausaufgaben abschreiben, zum Beispiel. Wenn Katja gleich Simon bitten würde, seine Hausaufgabe vorzulesen, würde er selbstbewusst, mit fester Stimme einen Text vorlesen, den er bis zur letzten Sekunde bei Friedrich abgeschrieben hatte und von dem er kaum etwas verstand. Sie konnte ihm natürlich ein Bein stellen und danach Friedrich drannehmen, damit er seinen eigenen identischen Text vorlas, den er, im Unterschied zu Simon, sogar erklären könnte. Aber wer hätte etwas davon? Erstens traute sie Friedrich zu, dass er in seinen Text spontan kleine Änderungen, sogar Fehler einbaute, um Simon zu schützen. Zweitens fehlte ihr bei dem schönen Wetter zu so viel Hinterlist die Lust. Und drittens:

»Ich habe Ihre Klausuren dabei.«

Die 10c war eine freundliche, unkomplizierte Klasse. Fast alle Schüler waren respektvoll und motiviert. Wenn irgendwo ein Handy klingelte, wie jetzt gerade, reichte ein Blick in die hinteren Reihen, schon griff Leon in seine Hosentasche, murmelte eine Entschuldigung und das Klingeln hörte auf. Nicht von allen Klassen konnte man das sagen.

»Die Klausur ist gut ausgefallen«, sagte Katja und holte die Hefte aus ihrem Rucksack. »Die Mendelschen Regeln haben fast alle verstanden, die Proteinbiosynthese auch. Bei Frage Fünf sind einige ins Schleudern gekommen.«

»Die hatten wir nicht durchgenommen«, sagte Regine.

»Frage Fünf war zum Selberdenken.«

Regine verzog das Gesicht, ihre Mitschüler grinsten. Regine war ein Fleißwunder, sie fraß sich durch die Bücher wie eine Raupe durchs Erdbeerfeld. Doch eigenständiges Denken war nicht ihre Stärke; wenn ihr Fleiß sie an Grenzen brachte, regte sie das furchtbar auf.

Katja ging durch die Reihen, verteilte die Klausuren. Miriam, Antonio, Janine ...

»Prima, Friedrich.«

Seine Klausur war die beste, natürlich. Bis vor einem halben Jahr war Annette Klassenbeste gewesen, in allen Fächern außer Sport. Dann war Friedrich aus Baden-Württemberg hergezogen, sein Vater hatte als Chefarzt die Reha-Klinik von Aschersburg übernommen. Mühelos hatte er Annette verdrängt, auch diese Klausur nahm er höflich, ohne Überraschung entgegen. Die anderen waren ihm nicht einmal böse, Privatgymnasium in Tübingen, was wollte man da machen? Wenn Katja Pausenaufsicht führte, sah sie ihn meist abseits mit einem Buch sitzen, Novalis wahrscheinlich oder Wittgenstein, weniger traute sie ihm nicht zu. Wenn seine Mitschüler nach dem Unterricht ihre Fahrräder aufschlossen, startete er seinen metallblauen Elektroroller. Seine Manieren waren untadelig. Jeder durfte bei ihm abschreiben. Der Blick aus hellbraunen Augen unter kastanienbraunen Locken, die immer aussahen, als käme er frisch aus der Dusche und habe sie flüchtig trocken geföhnt, war freundlich, aber distanziert. Auf dem Schulhof wirkte er oft wie ein Bildungstourist, der sich an den Ballermann verirrt hatte.

Vanessa, Marvin, Saskia …

»Alles gut, Regine.«

Regine stürzte sich auf ihr Heft, blätterte … Katja hörte sie erleichtert über ihre zehn Punkte seufzen.

»Karsten, achten Sie auf Ihre Rechtschreibung.«

»Ihre Bluse ist schön.«

»Achten Sie trotzdem auf Ihre Rechtschreibung.«

Friedrich sah gut aus, doch der schönste Junge des Jahrgangs war unbestritten Karsten – abgesehen vielleicht von Lennart, aber Lennart war ein entsetzlicher Poser, und Karsten war es kein bisschen. Er trug Jeans und einfache T-Shirts, auf die seine goldblonden Locken fielen. Die Mädchen schmachteten ihm wegen dieser Locken hinterher, den schmalen Hüften, kornblumenblauen Augen unter geraden Brauen, seinen vollen Lippen mit neuschneeweißen Zähnen. Niemand lächelte so bezaubernd wie Karsten, vor allem wenn er im Unterricht die Antwort nicht wusste. Und die wusste er eigentlich nie. Doch an Barren und Reck, da war er ein Gott. Die Mädchen verliebten sich in ihn, weil sie ihn retten wollten – vor den Lehrern, der Grausamkeit der Welt, vor allem vor anderen Mädchen. Seit Katja an diesem Gymnasium unterrichtete, wurden um diesen Jungen erbitterte Kämpfe geführt. Sie wünschte ihm eine Freundin wie Annette oder Regine, die nachmittags mit ihm auf der Wiese liegen und Rechtschreibung üben würden. Doch Karsten lächelte für alle, band sich an keine, und seine Rechtschreibung blieb auf dem Niveau eines Viertklässlers.

»Ricky, Ihr Essay über den Erbsensamenkäfer hat mir gefallen. Leider hatte er wenig mit dem Thema zu tun.«

»Es ging um Evolution.«

»Richtig, aber –«

»Der Erbsensamenkäfer zeigt, wo wir alle enden werden.«

Und dann gab es Schüler, die sich in keine Ordnung fügten, nirgends ihren Platz fanden. Freie Radikale, sie prallten gegen Wände oder saßen, wie jetzt Ricky, nach hinten gekippt auf ihrem Stuhl, die Arme vor der Brust verschränkt, der Blick finster unter dunklen, verstrubbelten Haaren, das kleine Kinn mit dem markanten Spalt in den Rollkragen des viel zu großen schwarzen Pullovers gedrückt. Katja mochte Ricky, der Dostojewski-Habitus erinnerte sie an ihre eigene Jugend, als sie wie ein gefangenes Raubtier durch die Straßen ihrer Heimatstadt getigert war – wütend, ohne zu wissen auf was. Und alle paar Tage meldete sich Ricky und lieferte einen Beitrag ab, dessen Brillanz alle Bemühungen ihrer Mitschüler in den Schatten stellte. Aber es half nichts: Was sie für diese Klausur zu Papier gebracht hatte, war am Thema vorbei.

Katja verteilte die letzten Hefte und kehrte zurück zum Pult. Alle Klausuren waren ausgegeben – bis auf eine. »Caroline, bitte kommen Sie nach der Stunde zu mir.«

Caroline saß in der letzten Reihe, den Stuhl weit vom Tisch gerückt, hielt das Gesicht in die Frühlingssonne und feilte ihre Nägel.

»Legen Sie die Feile weg, Sie sind nicht im Gefängnis.«

»Really?«

»Feile weg.«

Sie seufzte, schnalzte mit der Zunge und ließ die Feile sinken. Caroline war nicht schön, aber ein Hingucker. Sie wusste ihre Stärken zu betonen – große Brüste in engen Tops, lange Beine in engen Jeans und Stiefeln – und ihre Schwächen zu kaschieren – die etwas große Nase, die vorstehenden Augen, die flache Stirn. Sie schminkte sich stark und sparte nicht mit auffälligen Ketten und Ohrringen. Katja hatte sie einmal an der Baustelle am Hopfenmarkt vorbeilaufen sehen, trotz feuchtkalten Märzwetters in nabelfreier Pailletten-Jacke. Die Männer hatten ihre Arbeit unterbrochen, ihr Sprüche nachgerufen, die nicht jugendfrei waren. Caroline hatte sich nicht umgedreht, nur den Mittelfinger gereckt; die Bauarbeiter hatten gejohlt. Auf Katja hatte das fast wie ein Ritual gewirkt, die Baustelle am Hopfenmarkt gab es jedenfalls schon lange. Caroline war älter als ihre Mitschülerinnen, als einzige schon über achtzehn. Zweimal war sie bereits sitzen geblieben. Ihre Eltern versuchten um jeden Preis, sie auf dem Gymnasium zu halten. Doch mit dieser Klausur hatte sie den Bogen überspannt. Wenn es nach Katja ging, würde sie auch dieses Schuljahr, ihre letzte Chance, nicht schaffen, ihre Eltern konnten flehen, wie sie wollten.

»Frage Fünf«, sagte Katja. »Wie verändern sich Ausleseprozesse unter den Bedingungen der Zivilisation? Annette, Friedrich, Sie haben beide hervorragende Antworten geliefert. Wer möchte vorlesen?«

Friedrich deutete mit einer knappen, coolen Geste zu Annette. Annette entschuldigte sich mit einer Frühjahrserkältung und deutete etwas linkisch auf Friedrich zurück. Also las Friedrich, eher gelangweilt, aber mit einer warmen, angenehmen Stimme: »Auch wenn der Mensch sich gern als Krone der Schöpfung sieht, ist seine evolutionäre Entwicklung nicht abgeschlossen. Australische Forscher haben herausgefunden …«

Caroline blickte aus dem Fenster, drehte die Feile zwischen ihren Fingern und tat, als ginge sie das alles nichts an.

3.

Wieder ein Vormittag verlorenes Leben.

Ricky ging zum Schultor, allein, sie wollte mit diesen Idioten nichts zu tun haben, ihrem Gelächter und Stumpfsinn. Die Frühlingssonne brannte auf den Asphalt, ihr Pullover war zu groß und zu warm, sie hielt das alles nicht aus.

»Ricky!«

Sie drehte sich langsam um und sah Friedrich kommen. Was wollte *der* von ihr? Provozierend gut sah er aus, mit seinen braunen Locken, dem karierten Oberhemd und der Hose, wie sie Jungen in englischen Internaten trugen. Ihre Laune sank noch tiefer.

»Willst du in die Stadt? Ich kann dich mitnehmen.«

»Stadt ist da vorn.«

»Sind schon ein paar hundert Meter.« Er zeigte auf seinen E-Roller, der in der Sonne tiefblau schimmerte wie ein tropischer Käfer.

»Ich gehe lieber«, sagte sie.

»Kann ich ein Stück mitkommen?«

»Warum?«

»Ich will wissen, was du über den Erbsensamenkäfer geschrieben hast.«

»Sechs Punkte hat mir die blöde Kuh gegeben.«

»Heißt ja nicht, dass es schlecht ist.«

»Wie kommst du darauf, dass es schlecht ist?«

»Ich meine –«

»Es heißt, dass sie's nicht begriffen hat!«

Sie verließen das Schulgelände durch das schmiedeeiserne, über einhundertfünfzig Jahre alte Tor. Das Humboldt-Gymnasium galt als das schönste Gymnasium Sachsen-Anhalts. *Schön*, über diesen Betrug hatte Ricky vor zwei Jahren eine beißende Glosse in der Schülerzeitung geschrieben. »Die Säulen und Giebelchen, der Stuck in den Fluren, die alten Bäume auf dem Schulhof und – ganz besonders – die Aula mit den Glasfenstern und Deckenmalereien: Das alles wird bewundert. Darauf sollen wir stolz sein, unser schönes Gymnasium. Aber wie schön kann ein Gymnasium sein, in dem ständig die Toiletten verstopft sind? In dem neun von zehn Lehrern nicht wissen, wie man einen Beamer anschließt (der zehnte weiß nicht, was ein Beamer ist)?« Die Glosse hatte Aufsehen erregt und Diskussionen ausgelöst. Glorreiche, vergangene Zeiten …

»Und dein Roller?«, fragte sie.

»Hole ich später.«

Er ließ sich nicht abschütteln. Sie musste ihn aber abschütteln, denn für das, was sie gleich vorhatte, konnte sie keinen Zeugen gebrauchen.

Sie bogen in die Pappelallee, die in den historischen Stadtkern führte. Früher hatte hier das Herrenhaus eines askanischen Grafen gestanden. Von dem Herrenhaus war nichts übrig, aber die Pappelallee hatte sich in den Jahrhunderten kaum verändert. Vögel zwitscherten in den Zweigen, Fahrräder und Autos rumpelten über das Kopfsteinpflaster wie früher die Kutschen. Und bestimmt hatten damals schon Liebespaare Herzen in die Stämme geritzt. Diese Pappelallee war schön, das gestand Ricky ein. Weil die Allee nicht vorgab, etwas zu sein, was sie nicht war.

»Also?«, fragte Friedrich.

»Der Erbsensamenkäfer, *Callosobruchus maculatus*, lebt in Gegenden, wo es wenig Wasser gibt. Die Männchen haben Haken am Penis, mit denen sie die Weibchen bei der Befruchtung oft verletzen. Deshalb haben die Weibchen eher wenig Lust auf Sex. Aber sie brauchen Wasser. Was tut also das Männchen? Pumpt sich mit Wasser voll. Sein Sperma besteht fast nur aus Wasser, und darauf sind die Weibchen scharf. Jetzt stell dir unsere Zukunft vor: Erderwärmung, Flüsse trocknen aus, alle haben Durst. Was bedeutet das für Männer und Frauen?«

»Mehr Wasser im Sperma?«

»Fettes Bankkonto, teure Kleidung, schicker Elektro-Roller ... Wenn der globalisierte Kapitalismus zusammenbricht, ist das alles nichts mehr wert. Entweder wir werden wie die Erbsensamenkäfer, oder wir sterben aus.«

Mit der Anspielung auf den Roller hatte sie Friedrich provozieren wollen. Zu ihrem Unmut ließ er sich nicht provozieren. Im Gegenteil, er ging still neben ihr und schien über ihre Worte nachzudenken.

»Lust auf ein Eis?«, fragte er.

»Ich habe kein Geld.«

»Ich zahle.«

Sich als Frau von einem Mann einladen zu lassen, war das Allerletzte. Andererseits –

»Pistazie und Himbeere«, sagte sie.

Er stellte sich in die Schlange vor dem Eiscafé Gilberto. Sie tat, als müsse sie telefonieren, in Wahrheit beobachtete sie ihn. Sie hatte eine Doku über englische Internate gesehen und die schlimmen Dinge, die dort nachts in den Schlafsälen geschahen. Sie versuchte, sich Friedrich in so einem Schlafsaal vorzustellen, aber es gelang ihr nicht. Alles an Friedrich war heil. Sie wollte aber keinen heilen Jungen in ihrer Nähe, schon gar nicht an so einem Tag. Sie brauchte was Kaputtes. Bloß gab es solche Typen nicht an ihrer Schule, bis auf Mirko aus der Zwölften – und der war nicht kaputt, sondern einfach fertig.

Friedrich kam zurück mit zwei Eistüten: »Mein erstes dieses Jahr«, sagte er.

»Meins auch.«

Rumms! Eine Sekunde nicht aufgepasst, schon hatten sie etwas gemeinsam. Sie hätte »Ich hatte meins letzte Woche« sagen müssen oder »In Italien schmeckt's am besten«, irgendwas, was ihn auf Distanz hielt. Ein schlechtes Omen für das Gespräch, das sie gleich führen musste. Den ganzen Vormittag schon war sie angespannt. Sie hatte schlecht geschlafen. Am Morgen hatte sie vor ihrem Kleiderschrank gestanden und fast geweint: Nichts, absolut nichts hatte sie anzuziehen! Schließlich hatte sie sich für schwarze Leggings entschieden und den schwarzen Rollkragenpullover, wenigstens gab der eine intellektuelle Note. Aber da hatte sie noch nicht gewusst, wie warm es werden würde. Sie gingen schweigend, leckten an ihrem Eis und kauten die Waffeln.

»Jetzt sind wir in der Stadt«, sagte er.

Die Stadt, das war der Händelplatz mit dem Brunnen, das Hotel »Ascherkrone«, die Matthäuskirche und das Rathaus mit den Blumenrabatten. Die Stadt war das China-Restaurant »Goldener Lotus« und die Touristeninformation, dahinter die historischen Bürgerhäuser. »Juwel an der Saale«, schwärmten die Reiseführer und verloren kein Wort über Menschen wie Ricky, die sich in diesem Juwel gefangen fühlte wie ein Insekt im Bernstein. Gerade kam ein Brautpaar aus der Kirche. Kinder streuten Blumen, Gäste warfen Reis, Ricky dachte: Wenn ich bis drei zähle und die Braut knickt auf ihren Absätzen um, ist das ein gutes Zeichen. Sie zählte bis drei, die Braut knickte nicht um, sondern posierte unfallfrei für die Fotografen. Der Tag hatte sich gegen sie verschworen.

»Ich gehe dann«, sagte sie.

»Ich hole meinen Roller.«

»Danke fürs Eis.«

»Viel Glück.«

Ricky ging und musste sich zusammenreißen, um sich nicht nach ihm umzusehen. Hatte er ihr gerade wirklich »viel Glück« gewünscht? Konnte es sein, dass er wusste, was sie vorhatte? Sie hatte mit niemandem darüber gesprochen, die Gefahr des Scheiterns war zu groß. Und mit Friedrich hatte sie, seit er an die Schule gekommen war, kaum mehr als ein paar Sätze gewechselt. Möglich, er hatte ihre Nervosität bemerkt. Überhaupt hatte er so etwas Lässiges, wohlerzogen Undurchdringliches; bei ihm konnte man nie wissen.

Vom Händelplatz bog sie in die Augustabreite, ging vorbei am Drogeriemarkt, dem Schnäppchenmarkt, dem Thai-Imbiss, einem Geschäft mit regionalen Souvenirs und Spezialitäten (Kräuterbitter, Bierkrüge, Harzer Schneekugeln), den Thalia-Lichtspielen (Vampire Teil VIII, deutsche Komödie, immer der gleiche Müll). Sie überquerte den Hopfenmarkt, immer heißer wurde ihr, der Rucksack drückte gegen ihren Rücken. Sie bog in die Fleischergasse, die Mühlgasse. Sie ging vorbei an der Bäckerei Ebner …

Aschersburger Tageblatt – seit 1868

Sie stand vor dem Fachwerkhaus mit der Fensterfront im Erdgeschoss. Sie sollte umdrehen, sofort, sich etwas anderes zum Anziehen kaufen. *You never get a second chance to make a first impresssion.* Sie hatte sechs Euro im Portemonnaie, dafür bekam sie nicht mal was bei KiK. Sie stieß die Tür auf und trat in einen Vorraum, in dem für ihr überreiztes Hirn alles grau aussah: Die Möbel, die Wände, der Fußboden, die ältere Frau im Hintergrund, die gleichzeitig telefonierte und tippte, die jüngere Frau am Tresen, die sie anlächelte.

»Guten Tag.« Ricky bemühte sich, das graue Lächeln zu erwidern. »Ich habe einen Termin bei Herrn Kukulies.«

4.

Die Kollegen saßen an den Tischen im Lehrerzimmer, nippten an Kaffeetassen, stocherten in Tupperdosen. Frau Kirstein sog an ihrer elektrischen Zigarette, die ließ man ihr hier gerade noch durchgehen. Alle waren erschöpft und ratlos. Man musste etwas machen, das war klar. Sechzigster Geburtstag, fünfunddreißigstes Dienstjubiläum, das konnte man nicht übergehen, und schon gar nicht mit einem Blumenstrauß und einer Flasche Wein abhandeln. Ausgerechnet Frau Herczeg. Lehrerin für Musik und Mathematik, kein Mann, keine Kinder, harte Nuss. Immerhin, von einem Hobby wussten sie – angeln. An den Wochenenden konnte man Frau Herczeg frühmorgens am Saaleufer sitzen sehen, natürlich allein. Und es hieß, sie liebte Schubert. Aber welche Musiklehrerin tat das nicht?

»Forellenquintett«, sagte Doktor Schellenberg. »Zwei Fliegen mit einer Klappe.«

Kopfschütteln. Wer Schubert liebte und auch noch Musik unterrichtete, hatte mehrere Aufnahmen des Forellenquintetts im Regal stehen. Und eine CD reichte eben nicht, nicht für einen so wichtigen Tag.

»Schubert hat über hundert Sinfonien komponiert«, sagte Hannah Gödicke.

»Das war Haydn«, sagte Frau Bauernfeind.

»Ach, wie ärgerlich.«

Kauen auf Unterlippen. Vom Nachdenken zerfurchte Gesichter. Katja fand es regelmäßig erschreckend zu sehen, wie schnell ihre Kollegen alterten. Nicht von Jahr zu Jahr oder Monat zu Monat – von Stunde zu Stunde! Als leidlich gut erhaltene Männer und Frauen kamen sie morgens durchs Tor. Schon in der ersten großen Pause zeigten sich Zeichen des Verfalls. In der zweiten großen Pause war der Zustand bei manchen bedenklich. Nach der sechsten Stunde hingen sie in ihren Stühlen wie Boxer nach der zwölften Runde – der Blick glasig, die Bewegungen fahrig, sie waren kaum fähig, ihre Kaffeetasse zum Mund zu führen. Und dies war ein traditionsreiches humanistisches Gymnasium in einer mitteldeutschen Kleinstadt – die Welt war hier so heil, wie sie sein konnte. Frühere Kommilitonen von Katja unterrichteten an Brennpunktschulen in Rostock und Dortmund – das war Krieg! Und die klagten weniger, vermutlich fanden sie in ihrer Arbeit mehr Sinn. Frau Herczegs Jubiläum kam nun wirklich nicht überraschend, trotzdem hatten sie es bis zum letzten Moment vor sich hergeschoben.

»Wir schenken ihr einen Gutschein für die Therme in Wilsaue«, sagte einer.

»Ein Abo für eine Angelzeitschrift«, sagte eine andere.

»Einen Sack Würmer, als Köder.«

»Oder Schnaps, die soll sich mal richtig die Kante geben.«

»Ich glaube, ich habe eine Idee«, sagte Katja. Köpfe drehten sich in ihre Richtung, in den Augen flackerte schwache Hoffnung.

»Bayreuther Festspiele. Zwei Karten, eine Nacht im Hotel.«

»Dafür kriegt man keine Karten mehr«, sagte Frau Kirstein.

»Auf Ebay werden welche versteigert.«

»Teuer«, sagte Doktor Schellenberg.

»Haben Sie eine bessere Idee?«

»Bayreuth ist Wagner. Johohohee, sonst nichts.«

»Es muss nicht immer Schubert sein.«

»Schubert war Wagners Antipode«, sagte jemand.

»Brahms war sein Antipode.«

»Brahms hat über hundert Opern komponiert«, sagte Hannah Gödicke.

Ihre Kollegen waren plötzlich wach, jeder warf sein Halb- und Viertelwissen in die Runde. Würde jemand dieses Geschnatter aufnehmen und auf YouTube stellen, die Reputation des Humboldt-Gymnasiums wäre ruiniert. Lehrer hielten sich für gebildet und wurden von ihrer Mitwelt dafür gehalten; leider waren sie meist bloß Fachidioten, und selbst das Fachwissen rostete ein. Die Welt drehte sich weiter, die Diskrepanz zwischen dem, was sie wussten, und dem, was sie wissen müssten, wurde immer größer. Deshalb kam ihnen ihr Job von Jahr zu Jahr anstrengender vor. Nicht chronische Überlastung war das Problem, sondern schleichende Verblödung. Mit Ende vierzig lagen sie wimmernd beim Therapeuten auf der Couch: »Ich schaff's nicht mehr.«

»Ich wiederhole«, sagte Doktor Schellenberg, »Karten für Bayreuth sind teuer«.

»Und wieso zwei?«, fragte Kirstein. »Herczeg hat doch niemanden.«

»Eben. Nur eine Karte wäre genau diese Botschaft«, sagte Katja. »Das wollen wir nicht, oder?«

Enno Schrader erhob sich. Weil er Sportlehrer war und einen Meter sechsundachtzig groß, weil er Energie und Frühlingsfreude ausstrahlte und sein Leinenhemd wie üblich bis auf die Brust offen stand, blickten die Kollegen auf. »Wir wissen nicht, wie teuer es wird. Katja und ich finden das heute Nachmittag heraus. Aber viel Zeit bleibt nicht für ein Geschenk. Und wollen wir an solch einem Tag jeden Cent zweimal umdrehen? Frau Herczeg ist, auch wenn der eine oder die andere hin und wieder mit ihr Schwierigkeiten hat, eine besondere Frau. Lasst uns großzügig sein.«

Widerwillig zustimmendes Klopfen auf Tische; dieser Rede wollte niemand widersprechen. Der Gong ertönte, fünf Minuten bis zum Nachmittagsunterricht, ihre Kollegen leerten Tassen und packten ihre Sachen.

»Hast meine Idee gerettet«, flüsterte Katja.

»Dieser Geiz«, flüsterte Enno zurück. »Unsere lieben Kollegen sitzen auf der Kohle. Aber einmal im Leben ein bisschen was rausrücken …«

Es stimmte. Das Leben in einer Kleinstadt war günstig, Möglichkeiten, das Gehalt auszugeben, gab es kaum. Aber es war wohl ein Naturgesetz: Je größer die eigene finanzielle Sicherheit, umso größer der Geiz.

»Steht dein Angebot?«, fragte sie. »Gucken wir heute zusammen nach Karten?«

»Klar. Aber vorher gehen wir mal wieder joggen.«

»Ich bin überhaupt nicht in Form.«

»Die Zeit der Ausreden ist vorbei.« Er klopfte ihr auf die Schulter. »Frühling ist nichts für Feiglinge.«

5.

Ricky saß Herrn Kukulies, dem Chefredakteur, gegenüber. Er blätterte durch ihre Bewerbungsmappe, wiegte seinen Kopf mit den strähnigen grauen Haaren und kratzte sein unrasiertes Kinn. Er setzte seine Brille ab, putzte sie an seiner Weste mit vielen Taschen, in denen Kugelschreiber steckten, und sah Ricky aus trüben, abwasserbraunen Augen an – Augen, denen niemand etwas vormachte, die alles gesehen hatten, jedenfalls in Aschersburg und Umland.

»Sie wollen also bei uns ein Praktikum machen.«

»Das Schülerpraktikum, ja. Die letzten zwei Wochen im Mai.«

»Sind Sie nicht die Einzige.«

Er zeigte auf einen Stapel Bewerbungsmappen im Regal, und Ricky fühlte ihr Herz sinken. Praktikumsplätze beim Aschersburger Tageblatt waren begehrt, fast so sehr wie bei der Kreissparkasse oder im Wildgehege. Es gab ja sonst nichts in diesem Drecksnest!

Er setzte seine Brille wieder auf, blätterte durch die wenigen Seiten in ihrer Mappe. »Aschersburger Tageblatt – seit 1868«, das Schild über dem Redaktionsgebäude war Hochstapelei. Seit Ewigkeiten war das Tageblatt nicht mehr als die Lokalbeilage der Mitteldeutschen Zeitung, acht Seiten, vor allem Anzeigen, Veranstaltungshinweise, der Rest Banalitäten: Nachwuchs bei den Zwergziegen. Rollstuhlrampe im Bürgeramt zu steil. Rüstige Hundertjährige erinnern sich. Und Kukulies war nicht bloß der Chefredakteur, er war der einzige Redakteur. Sein Büro war eng, es roch nach Zigarettenrauch und kaltem Kaffee. Auf dem

Schreibtisch lagen Zeitungen und Manuskripte, in den Regalen standen Ordner, wahrscheinlich voll spannender Storys, die überall passiert waren, nur nicht in Aschersburg.

»Wie heißen Sie? Ricky Röpcke? Klingt wie ein Ringelwurm. Dieser Ringelwurm aus –« Kukulies schnippte mit den Fingern, machte eine wegwerfende Bewegung. Ricky hatte keine Ahnung, wovon er redete. Plötzlich hielt er mit dem Blättern inne, fixierte sie über den Rand seiner Brille: »Sie sind das? Mit den Putzfrauen?«

Rickys Herz machte einen Hüpfer. Er erinnerte sich! Vielleicht hatte er den Artikel sogar gelesen! Die Putzfrauen-Reportage war Rickys *claim to fame*. Sie war neu in der Redaktion der Schülerzeitung gewesen, mit gerade mal dreizehn Jahren. Es war ihre Idee gewesen, ein Porträt über die Reinigungsfrauen am Humboldt-Gymnasium zu schreiben: Frauen aus Osteuropa, die jeden Nachmittag in die Schule kamen, Toiletten putzten, Glasscherben aufsammelten, Kaugummi von Tischen kratzten. Niemand dankte es ihnen, niemand nahm diese Frauen wahr. Die Schüler erwarteten einfach, dass ihr Klassenraum jeden Tag tipptopp geputzt war, damit sie ihn neu verdrecken konnten. Ricky wollte diesen Frauen ein Gesicht und eine Stimme geben. Also war sie in den folgenden Wochen länger in der Schule geblieben, hatte sich mit ihnen, von denen viele kaum Deutsch sprachen, angefreundet, ihr Vertrauen gewonnen – und war auf ein System illegaler Beschäftigung, gefälschter Papiere und unterschlagener Löhne gestoßen. Ihre Reportage hatte überregional Aufsehen erregt. Der Geschäftsführer der Zeitarbeitsfirma war verhaftet worden, außerdem der missratene Sohn des damaligen Hausmeisters, der die Frauen kontrolliert und sich an mindestens zwei von ihnen vergangen hatte (das letzte hatten die Frauen nur Ricky anvertraut, nicht der Polizei). Mehrere Wochen durfte Ricky sich im Ruhm sonnen, Interviews für den MDR und die Magdeburger Stimme geben. Jakob, der siebzehnjährige Redaktionsleiter der Schülerzeitung, in den sie verknallt gewesen war, hatte ihr auf die Schulter geklopft: »Bin stolz auf dich, Kleine.«

»In unserer Branche werden Lorbeeren schnell welk«, sagte Kukulies. »Gibt's Ihre Zeitung noch?«

»Letztes Jahr mussten wir einstellen. Zu wenig Anzeigenkunden.«

»Kenne ich.«

»Unsere Leser hängen nur noch am Handy rum …«

»Kenne ich, kenne ich.«

Ricky fühlte ein Band zwischen ihnen wachsen. Krise des Journalismus, sie saßen im selben Boot, ruderten gegen denselben Strom.

»Die Leute glauben nicht mehr an Wahrheit«, sagte sie. »Harte Wahrheit, die weh tut und wachrüttelt. Haben Sie von dem Cholera-Ausbruch in Bukavu gehört?«

»Wo?«

»Ein riesiger Skandal. Hier« – sie breitete eine Süddeutsche Zeitung über den Tisch – »ist der Kivu-See, zwischen der Republik Kongo und Ruanda. Hier« – sie stellte Kukulies' Kaffeetasse an den Papierrand – »Ist das UN-Camp. Die Soldaten kommen aus Pakistan und Nepal, die haben die Seuche eingeschleppt! Weil nämlich hier« – sie legte aus Bleistiften eine Linie – »das Abwasser mit den Bakterien vom Camp in die Rebellengebiete fließt. Die UN wollte das vertuschen!«

»Mädchen …«

»Das, Herr Kukulies, sind die Storys, die ich schreiben will. Aschersburg ist ein Kaff, schon klar. Aber draußen brennt die Welt! Den Rechtlosen eine Stimme geben! Dafür will ich auf die Journalistenschule, dafür brauche ich den Praktikumsplatz!«

»Wissen Sie, was wir hier machen? Lokaljournalismus.«

»Das globale Bewusstsein –«

»Tag der offenen Tür im Seniorenstift. Rätselecke für die Kleinen. Aber Sie wollen die Leser belehren! Über Vertuschung im Kongo?« Er stand auf, sein Gesicht lief rot an, er stemmte die Arme auf den Schreibtisch. »Als letztes Jahr das Flüchtlingsheim in Löbnau brannte – da sind die feinen Herrschaften eingeschwebt, von der Süddeutschen, von der Zeit! In meinem Büro saßen sie, auf Ihrem Platz! Sie haben in der Ascherkrone das teuerste Menü bestellt, ihre Edelfedern ausgepackt und irgendeinen Dreck über moralische Verantwortung zusammengekleistert! Den Rechtlosen eine Stimme geben! Dass ich nicht in den Papierkorb kotze! Und jetzt raus aus meinem Büro.«

»Ich wollte nur –«

»Geh zur Süddeutschen, Mädchen, schreib schicke Artikel über globales Bewusstsein.«

»Bitte, ich –«

»Raus!!«

Ricky wankte aus dem Redaktionsgebäude. Die Sonne blendete, Passanten rempelten sie an, Kinder tobten vor dem Drogeriemarkt. Alles drehte sich, sie hielt sich an der Mauer fest. Sie musste sich übergeben, nein, sie wurde ohnmächtig! Tränen schossen ihr in die Augen, ihre Haut juckte unter dem Pullover, ihr Körper brannte. Sie wollte sich alle Kleider vom Leib reißen und schreien.

6.

»Valentin?«

Katja stand auf der Schwelle, den Türgriff in der Hand. Kein Tapsen, kein Miauen. Kein Streichen von Fell um ihr Bein.

Sie schloss leise die Haustür, vielleicht schlief er auf seiner Wolldecke. Doch da lag er nicht, die Wolldecke lag verlassen in der Ecke des Sofas. Sie ging in die Küche. Der Napf stand neben dem Vorratsschrank, Valentin hatte die Futterkroketten nicht angerührt. Auch die Katzentoilette war unbenutzt.

Sie hatte nicht viel Zeit, musste sich fürs Joggen umziehen. Draußen wartete Enno. Sie öffnete die Terrassentür und rief: »Valentin!«

Keine Bewegung, kein Rascheln im Gebüsch. Im Nachbargarten lief der Rasenmäher. Sie machte sich zu viele Sorgen, was konnte ihm schon passiert sein? Der erste warme Frühlingstag, er war eben unterwegs. Wenn sie nachher zurückkam, würde er bestimmt zu Hause sein.

Die Märzstürme hatten Bäume entwurzelt und Äste auf die Pfade geweht. Immer wieder musste Katja Pfützen ausweichen. Doch das Laufen tat ihr gut, füllte ihre Lunge mit frischer Luft, die nach Erde und feuchtem Holz roch. Ihr Blick glitt über Galloway-Rinder auf den Weiden und Osterlämmer, die an den Eutern ihrer Mütter saugten. Sie übersah ein Schlammloch, der Schlamm spritzte ihr bis zur Hüfte.

»Wir hätten an der Saale laufen sollen«, rief sie zu Enno, der vor ihr lief.

»Bei dem Wetter? Zu viele Spaziergänger mit gestörten Hunden.«

Da hatte er recht. Hier, auf abgelegenen Pfaden durch den Wald, waren sie allein. Allerdings erforderte das Laufen Konzentration, und Enno war besser trainiert. Er war nicht der Typ, der gönnerhaft für eine Frau das Tempo reduzierte, was sie ihm anrechnete. Seitenstiche meldeten sich, sie presste die Luft mit Faustschlägen und Atemstößen aus der Bauchhöhle.

Die Lichtung vor ihnen war traditionell der Ort für ihre Gehpause. Enno reduzierte das Tempo, der Pfad wurde breiter, sie gingen jetzt nebeneinander, vorbei an zersägten Baumstämmen, die hier letztes Jahr noch nicht gelegen hatten.

»Herrliche Luft«, sagte er.

»Allerdings.«

»Man könnte vergessen, wie kaputt die Natur ist.«

»Das gesamte untere Saaletal ist Naturpark.«

»Und warum fällen sie die Bäume? Alles *greenwashing*, alles Kommerz.«

Sie hätte ihm schon erklären können, warum auch in einem Naturpark hin und wieder Bäume gefällt wurden. Aber Enno sah überall kapitalistische Verschwörungen, und der Nachmittag war zu schön für politische Diskussionen. Sie nahm ihre Trinkflasche aus dem Gürtel, Enno aß einen Müsliriegel.

»Hast du schon gehört?«, sagte er. »Krugmeyer hört auf.«

»Wann?«

»Sobald wie möglich. Sein letztes EKG war wohl nicht gut.«

»Wer sagt das?«

»Gerüchte. Aber musst ihn dir nur mal ansehen.«

Krugmeyer war der Direktor des Humboldt-Gymnasiums, seit fast drei Jahrzehnten. Die Schule war sein Geist und seine Seele, alle wussten um die Kämpfe, die er täglich führte – um mehr Stellen, mehr Mittel, die Sanierung der Sporthalle, in der es seit letztem Winter durchs Dach regnete (»Stellen Sie bis zur nächsten Haushaltssitzung einen Eimer drunter«, hatte man ihm beschieden). Diese Kämpfe zehrten an Krugmeyer, und seit einiger Zeit sah man es ihm an. Er wirkte unkonzentriert, ließ die Zügel schleifen, die Vertretungspläne wurden wirr.

»Gibt's schon eine Nachfolge?«, fragte Katja.

»Wird gesucht.«

»Dann kann's dauern.«

Schlimmer als der Mangel an Lehrkräften war der Mangel an Direktoren. Katja wusste von fünf Schulen allein im Landkreis, die kommissarisch geleitet wurden, in einem Fall von der Sekretärin. Wer tat sich diesen Job freiwillig an? Tägliche Verwaltung des Mangels, Klagen der Eltern über ausgefallenen Unterricht, veraltetes Lehrmaterial, kaputte Waschbecken. Und jedes Mal beschwichtigen, die Lage schönreden, auf nächste Woche, nächsten Monat, den nächsten Haushaltsplan vertrösten. Diese Lügerei musste selbst eine Frohnatur wie Krugmeyer auslaugen.

»Wir sind die Kapelle auf dem sinkenden Schiff«, sagte Enno. »Das letzte Gymnasium im Landkreis.«

»Das vorletzte.«

»Lise-Meitner wird in zwei Jahren fusioniert. Integrierte Gesamtschule, Beschluss aus Magdeburg. Für uns gibt's auch bald nicht mehr genügend Schüler.«

»Es wird welche geben. Aschersburg verliert keine Einwohner mehr, im Gegenteil. Junge Familien ziehen her, sie merken, dass das Leben in einer Kleinstadt besser ist als in den Metropolen.«

»Aber reicht das für ein eigenes Gymnasium? Ich meine, wen unterrichten wir? Kinder von Eltern, die sich für was Besseres halten.«

»Oder Kinder, die auf dem Gymnasium besser aufgehoben sind.«

»Wir fördern keine Individualität, sondern Elitendenken. Und was hat Krugmeyer erreicht mit seinen Kämpfen? Übergewicht und ein krankes Herz.«

Katja und Enno waren bei den Schülern beliebt, aber auf unterschiedliche Art. Katja nahm ihre Arbeit ernst und erwartete, dass die Schüler den Unterricht ernst nahmen. Biologie und Chemie waren Schlüsselfächer, wer hier nichts begriff, begriff vom Leben wenig. Unbegreiflich war ihr die Ignoranz mancher Kollegen von den Geisteswissenschaften; sie wollten ihre Schüler zu umfassend gebildeten Menschen erziehen, aber hielten Eukaryoten für eine Inselgruppe. Enno war in vieler Hinsicht ihr Gegenteil: Die Schüler nannten ihn einfach »Schrader«, seit Jahren war er Vertrauenslehrer und einer der wenigen Kollegen, der die Schüler aller Jahrgänge duzte, obwohl das eigentlich ab der zehnten Klasse nicht mehr erlaubt war. Im Englisch-Unterricht lasen sie Texte aus Rocksongs oder sahen Antikriegsfilme aus den Siebzigern. Im Sportunterricht war er etwas fordernder, aber auch nur so, dass seine Schüler sich bei den Schulmeisterschaften nicht blamierten. So geschickt, wie mancher Schüler beim Abschreiben war, war Enno darin, gute Noten zu geben. Hier eine Andeutung, welcher Text in der nächsten Klausur Thema sein würde, dort ein Wink beim Verteilen der Fragen, ein freundschaftlicher Blick über die Schulter, Tippen auf einen Fehler … Am Ende schrieb kaum jemand weniger als zehn Punkte. Enno galt als engagierter Pädagoge, Eltern wie Schüler himmelten ihn an. Und kaum einer arbeitete so wenig. »Ich bin zu lange im Job«, hatte er Katja einmal beim Abendessen gestanden, dabei war er nur sechs Jahre älter. In wenigen Jahren, fürchtete sie, würde auch er beim Therapeuten auf der Couch liegen.

»Caroline hat die letzte Klausur komplett abgeschrieben«, sagte sie. »Von Wikipedia.«

»Wie hat sie das gemacht?«

»Das frage ich mich auch. Neue Smartwatch? Brille mit eingebautem Display? In ein paar Jahren kommen Kontaktlinsen mit *augmented reality* auf den Markt. Dann können wir einpacken.«

»Wie viele Punkte gibst du ihr?«

»Null, was sonst?«

»Sei ein bisschen großzügig.«

»Caroline gehört nicht aufs Gymnasium. Sie quält sich, wir quälen sie.«

»Sie ist in einer schwachen Phase, Probleme mit den Eltern, ich versuche da zu vermitteln. In einem halben Jahr kann das ganz anders aussehen.«

»Das hast du letztes Jahr auch gesagt. Sie interessiert sich für nichts außer Haaren und Fingernägeln. Sie will Stylistin werden, wunderbar. Dafür braucht sie kein Abitur.«

»Sei streng, aber nimm ihr nicht die Würde.«

Sie stiegen über einen herabgestürzten Ast, dahinter war der Pfad frei. Sinnlos, diese Diskussion fortzuführen, sie wussten es beide. Katja stand für Leistung und Ehrlichkeit, Enno für gute Stimmung und Ein-Auge-Zudrücken. Und Caroline war der Abgrund zwischen ihnen, über den keine Brücke führte. Also liefen sie weiter, auf die Abendsonne zu. Ein Reh sprang ins Dickicht, aus einem Teich flatterten Enten und Kormorane.

»Valentin!« Katja stand auf der Terrasse, in der Hand hielt sie den Futternapf. Sie raschelte mit den Kroketten, obwohl das sonst nicht nötig war. Wenn sie abends nach Hause kam, wartete er auf sie. Wollte gestreichelt und am Bauch gekrault werden, wollte sich auf ihrem Schoß zusammenrollen, während sie fernsah oder ein Buch las.

Die Tage wurden länger, sicher. Heute Abend war es besonders warm. Trotzdem, etwas stimmte nicht. War es möglich, dass er ihr wegen heute Morgen immer noch böse war?

Sie ging in die Küche, fischte die eingeschrumpelte Maus aus der Spüle und entsorgte sie endlich in der Bio-Tonne. Den Streit heute Morgen bereute sie nun doch. So viel Krach wegen dieses winzigen Tierchens. Sie kontrollierte die Katzenklappe neben der Haustür. Sie klemmte nicht. *Liebling, wo ist dein Problem?*

Sie musste duschen und ihre Haare waschen, das würde eine Weile dauern. Wenn sie danach im Bademantel aus dem Bad kam – bestimmt saß Valentin im Flur und wartete.

Wo ist Valentin?

Seit dem 4. April vermisse ich meinen Kater Valentin. Kräftiger Wuchs, graues Fell mit einem weißen Fleck auf der Stirn, grüne Augen. Er trägt ein rotes Halsband mit seinem Namen. Bitte schauen Sie in Kellerräume oder Garagen, er könnte eingesperrt sein. Herzlichen Dank!

Telefon 05*** E-Mail Katja.fontane@***

7.

»Liebe Kolleginnen und Kollegen, liebe geschätzte, verehrte, an diesem Tag besonders gefeierte Frau Herczeg.«

Direktor Krugmeyer stand in der Mitte des Lehrerzimmers. Seinen massigen Arm hatte er um Herczeg gelegt, die auch an diesem Tag nicht auf die Idee gekommen wäre, etwas anderes zu tragen als eines ihrer dunkelgrauen Strickkleider und alten, vermutlich seit Generationen vererbten Silberschmuck. Mager und starr stand sie neben Krugmeyer wie seine Armstütze – immerhin, der schmale Mund lächelte. Dies war ihr Tag, die Kollegen standen um sie herum, mit Sekt- oder Wassergläsern.

»Vor fünfundzwanzig Jahren sind Sie an dieses Institut gekommen …«

Krugmeyer hielt eine launige Rede, es wurde geschmunzelt und gelacht; er konnte das, obwohl er auch heute nicht ganz fit wirkte, sogar zweimal kurz unterbrechen und sich mit dem Taschentuch über die Stirn wischen musste. Er vermied Ausdrücke wie »Inventar« oder »Urgestein«, auch wenn sie gepasst hätten – das Humboldt-Gymnasium ohne Frau Herczeg konnte sich niemand vorstellen. Und doch gehörte sie nicht wirklich dazu. Sie war eine der wenigen Kollegen, die von allen gesiezt wurden – nicht aus Abneigung, eher aus Respekt. Als junge Frau war sie aus Rumänien gekommen, bis heute hatte sie sich ihren Banater Dialekt bewahrt, mit rollendem R. Immer noch umwehte sie, vor allem wenn sie sich mit renitenten Schülern herumärgern musste, ein Hauch von Ceaușescu-Regime. Sie war eine Lehrerin, die von schlechten Schülern verachtet, dem Mittelmaß verspottet und den guten verehrt wurde. Mehrere ihrer Privatschüler waren professionelle Musiker geworden. Eine hatte, als international erfolgreiche Pianistin, einen »Echo« gewonnen und Frau Herczeg in ihrer Dankesrede erwähnt. Aber sonst? Sie lebte allein, in einem Bungalow aus den sechziger Jahren im Poetenviertel, nur wenige Straßen von Katja entfernt. War sie verheiratet gewesen? Hatte sie Kinder? Niemand wusste es.

»... bleibt mir und uns allen an diesem Tag nur ein Wunsch: dass Sie uns und unserem Gymnasium noch lange erhalten bleiben. Liebe Frau Herczeg, leben Sie hoch!«

»Sie lebe hoch!«, riefen die Kollegen. »Hoch, hoch, hoch!«

»Danke, danke sehr.« Herczeg hob eine ihrer dürren Hände mit den Silberringen. »Fünfunddreißig Jahre Beruf. Sechzig Jahre Leben. Es klingt viel, aber es ist ein Wimpernschlag. Achtzig Prozent von dem, was wir unseren Schülern beibringen, haben sie nach fünf Jahren vergessen. Mit Fischen ist es noch schlimmer. Letzte Woche hatte ich einen herrlichen Stachelritter am Haken. Noch bevor ich ihm den Hammer auf den Kopf haute, hatte er fast sein gesamtes Leben in der Saale vergessen. Was ich sagen will: Nicht die Erinnerung verbindet uns, sondern das Vergessen. Der Augenblick zählt, und heute bin ich glücklich. Haben Sie vielen Dank!«

Die Kollegen applaudierten ein wenig beklommen. Herczeg hielt öfter solche Reden. Vor ein paar Jahren hatte sie Krugmeyer bei der Einschulungsfeier vertreten und mit einer heiter gemeinten Ansprache – Schüler, Schleppnetz, Sortiermaschine – die Fünftklässler zum Weinen gebracht. Die Eltern hatten geschimpft, Herczeg hatte geblinzelt und die Aufregung nicht verstanden.

Dann das Geschenk. Katja hatte es geschafft, zwei Karten für »Parsifal« zu ersteigern, Wagners letzte Oper und eine seiner längsten. Dazu die Zugfahrt nach Bayreuth und das Hotel – ein maßloses Geschenk, eigentlich. Doch als Herczeg die Blumen in Empfang nahm und den Umschlag öffnete, als sie ungläubig den Gutschein anstarrte und nur noch stammeln konnte – da begriffen auch die Kollegen, die zunächst wegen der Kosten gemurrt hatten: Manchmal ist maßlos genau richtig.

»Das … das ist zu viel …«, stotterte Herczeg, »das habe ich doch nicht verdient …«

An dieses Geschenk würde sie sich bis zum Ende Ihres Lebens erinnern. Jetzt schluchzte sie sogar, Tränen rollten ihre hageren Wangen hinunter. Kirstein nahm sie in den Arm, hielt ihr ein volles Sektglas an den Mund. Enno zwinkerte Katja zu: *Gut gemacht.*

Krugmeyer schloss hinter Katja die Tür: »Kaffee?«

»Vielen Dank.« Sie schüttelte den Kopf.

Er deutete auf einen Stuhl vor dem Schreibtisch, ließ sich in seinen Sessel fallen und schenkte sich aus einer Thermoskanne ein. »Dolle Rede, was? Von der Herczeg?«

»Sie ist eine erstaunliche Frau.«

»Mit Ihrem Geschenk haben Sie ins Schwarze getroffen.«

»Und Sie mit Ihrer Rede.«

»Man gibt sein Bestes, manchmal ist es genug. Weshalb ich um dieses Gespräch gebeten habe …« Krugmeyer lehnte sich zurück. Er hatte wieder zugenommen. Seine Hemden hatten immer am Bauch gespannt, aber nie so, dass man Angst um die Knöpfe haben musste. »Wie lange sind Sie eigentlich bei uns?«

»Knappe vier Jahre.«

»Es gefällt Ihnen? Die Schule? Die Stadt?«

»Sehr.«

»Sie wollen nicht zurück in die Großstadt?«

»Ich kann mir keinen schöneren Ort zum Leben vorstellen als Aschersburg.«

Es stimmte. Damals war sie aus Hamburg geflohen. Aschersburg hatte ein Rückzugsort sein sollen, bis sie für ihr Leben wieder klarsah. Inzwischen sah sie klar – und konnte sich nicht mehr vorstellen, in einer Großstadt, unter Großstadtmenschen zu leben.

»Letzte Woche«, sagte Krugmeyer, »war ich beim Arzt. Alles nicht beängstigend, kein Grund zur Aufregung … Aber ein paar Hopser im EKG hatte ich doch. Der Arzt hat mir diese Bonbons verschrieben.« Er holte ein silbernes Döschen aus der Sakkotasche. »Außerdem empfiehlt er, kürzer zu treten. Was Ärzte so reden, mir geht's doch gut …« Er drehte die Daumen vor dem Bauch, schaute besorgt aus dem Fenster, als ziehe ein Sturm auf. »Was mich allerdings besorgt, ist der neue Schulentwicklungsplan aus Magdeburg. Sie nennen es Inklusion und Integration, überschlagen sich mit schönen Worten – in Wahrheit sind ihnen Gymnasien einfach zu teuer.«

»Sie können uns nicht schließen.«

»Sie hungern uns aus. Keine Lehrkräfte, keine Instandsetzung, seit Monaten ist das Sprachlabor dicht. Die Kollegen sind sauer, die Eltern steigen mir aufs Dach. Aber was interessiert das Magdeburg? Am Ende bleibt nur Umwandlung, Fusion oder Schließung. Geräuschlos, ohne Protest. Das ist das Einzige, was diese Leute interessiert.« Er steckte sich zwei Tabletten in den Mund und spülte sie mit Kaffee hinunter. »Ich bin ein bisschen müde, Frau Fontane. Die Wahrheit ist, ich habe keine Lust mehr. Was habe ich erreicht, all die Jahre?«

»Eine Menge.«

»Ein wenig, ich geb's zu. Ich will nicht zusehen, wie es den Bach runtergeht. Jedenfalls, ich habe sondiert, wegen meiner

Nachfolge. Im Bildungsministerium gibt man sich fortschrittlich: Es soll eine Frau werden.«

»Gibt es Bewerberinnen?«

»Ach was! Und natürlich wissen sie das in Magdeburg genau. Wenn ich gehe, kommt für Monate, vielleicht Jahre niemand nach. Noch ein Stein, den sie aus der Mauer schlagen.«

»Was ist mit Frau Gerlach?«

»Geht zu ihrem Sohn nach Kanada.«

»Frau Kirstein?«

»Antrag auf Frühpensionierung.«

»Ich dachte, das war Frau Meyerhold?«

»Beide.«

»Frau Gödicke?«

»Nicht Ihr Ernst.« Er beugte sich vor. »Sie, Frau Fontane, glauben an das Gymnasium. Sie können kämpfen.«

»Ich bin zu jung.«

»Als ich den Job übernommen habe, war ich drei Jahre älter.«

»Ich habe keine Erfahrung in einer Leitungsposition.«

»Hatte ich auch nicht.«

»Ich habe – Entschuldigung …« Ihr Telefon vibrierte. Sie zog es aus der Tasche, schaute aufs Display, steckte es wieder ein.

»Schlechte Nachrichten?«

»Seit drei Tagen vermisse ich Valentin, meinen Kater. Heute Morgen habe ich Zettel in der Nachbarschaft aufgehängt. Seitdem kriege ich Nachrichten: Sie können Ihre Katze im China-Restaurant abholen, Nummer sechsundsiebzig süßsauer …«

»Idioten.«

»Der hier weiß nichts von meiner Katze, sucht aber einen Abnehmer für seine Zwergkaninchen.«

»Machen Sie sich keine Sorgen, drei Tage sind nichts. Meine Frau und ich hatten eine Britisch Kurzhaar; eines Morgens war sie weg. Acht Tage haben wir nach ihr gesucht, meine Frau ist fast gestorben vor Angst. Am neunten Tag steht sie vor der Tür, als wäre nichts gewesen. Katzen sind keine Hunde …«

»Gottseidank.«

»Ich bin sicher, Valentin kommt zurück.« Er stand auf. »Ich erwarte von Ihnen keine sofortige Entscheidung. Und ich will die Herausforderung nicht kleinreden. Wissen Sie, wer mich damals überzeugt hat? Meine Frau. ›Mach eine Liste‹, hat sie gesagt. ›Schreib in die linke Spalte, was du als Lehrer für die Schüler erreichen kannst. Schreib in die rechte Spalte, was du als Direktor erreichen kannst. Wenn die rechte Spalte länger ist und du dich nicht bewirbst – wirst du's bereuen.‹« Er drückte Katjas Hand. »Hören Sie nicht auf den Rat eines alten Mannes. Hören Sie auf den Rat seiner Frau.«

8.

»Geh nochmal hin«, sagte Friedrich.

»Ich denk nicht dran.«

»Du entschuldigst dich, du hast es nicht so gemeint …«

»Ich habe es genau so gemeint! Die Cholera-Epidemie ist eine Schande und das Aschersburger Tageblatt eine Klitsche.«

Sie waren auf dem Weg zu den Fahrradständern, und Ricky bereute, dass sie Friedrich von dem Debakel erzählt hatte. Am nächsten Morgen hatte sie versucht, sich nichts anmerken zu lassen. Aber schon während Mathe in der ersten Stunde war sie unkonzentriert gewesen, im Deutsch-Unterricht hatte sie Kafka mit Kleist verwechselt und in der ersten großen Pause hatte Friedrich sie gefragt, was mit ihr los sei. Sie hatte ihm alles gesagt. Er hatte schweigend zugehört und nicht zu erkennen gegeben, was er von der Sache hielt. Doch seit gestern drängte er, zurückhaltend zunächst, seit heute stärker. Ricky blieb hart: »*You never get a second chance to make a first impression.* Kukulies hatte seine Chance, er hat sie verspielt.«

»Und wo machst du dein Praktikum?«

»Drogeriemarkt.«

»Da werfen sie dich erst recht raus.«

»Drogerie kann jeder.«

»Du bist nicht der Dienstleistungstyp.«

»Ich bin total der Dienstleistungstyp!«

»Du musst jedem Kunden einen guten Tag wünschen. Das schaffst du nicht.«

»Was bildest du dir eigentlich ein?!«

Ricky senkte den Blick. Er hatte natürlich recht, sie war nicht der Dienstleistungstyp. Keine zwei Tage würde sie es in der Drogerie aushalten, höchstens im Lager, allein mit den Kartons.

»Gibt's andere Zeitungen?«, fragte er. »Magdeburg oder Halle?«

»Zu weit. Außerdem muss ich mich um meinen Bruder kümmern.«

»Also geh nochmal hin. Zeig ihm, dass du's ernst meinst. Dass du ihm gute Storys liefern kannst.«

»Wenn er mich wieder rauswirft?«

»Verlieren kannst du nichts.«

Da hatte er allerdings recht.

Er deutete zu den Fahrradständern, wo Frau Fontane gerade ihr Fahrrad aufschloss. »Ihr Kater ist weggelaufen, Simon hat Zettel an den Bäumen gesehen. Soll ein cooles Tier sein, hat mal einen Hund gebissen.«

Katja schob ihr Fahrrad Richtung Tor (kein Radfahren auf dem Schulgelände, Vorbild sein bis zum letzten Meter). Vor dem Tor standen eine Frau und ein Mann, beide mittelalt, beide mit besorgten Gesichtern, er mit einer abgewetzten Aktentasche unter dem Arm.

»Frau Fontane?«, sagte der Mann.

»Wir sind Herr und Frau Ebner«, sagte die Frau. »Die Eltern von Caroline.«

»Guten Tag …«

»Es gibt offenbar ein Problem mit der Klausur unserer Tochter?«

»Es gibt kein Problem. Außer, dass sie alles abgeschrieben hat.«

»Das ist unmöglich«, sagte er.

»Unsere Tochter hat für die Klausur geübt.«

»Aus Wikipedia«, sagte Katja. »Allerdings hat sie sinnfrei gekürzt und Absätze durcheinandergeworfen. Was auch beweist, dass sie nichts vom Stoff begriffen hat.«

»Wir zahlen Nachhilfestunden!«, sagte Frau Ebner.

»Unsere Tochter hat Abschreiben nicht nötig«, sagte ihr Mann. Er holte die Klausur aus seiner Tasche und hielt sie Katja hin. »Null Punkte, ein klarer Irrtum von Ihrer Seite. Es sollte kein Problem sein, eine Eins vor die Null zu setzen. Selbst dann ist die Bewertung noch zu schlecht.«

»Entschuldigen Sie«, sagte Katja, »aber das ist ausgeschlossen.«

»Darf ich Ihnen eine persönliche Frage stellen?«, fragte seine Frau. »Was haben Sie gegen unsere Tochter?«

»Überhaupt nichts.«

»Ist es, weil sie eine junge Frau ist? Weil Sie ihr nichts mehr beibringen können?«

»Entschuldigung, aber das ist absurd.«

»Herr Schrader hat ihr für die letzte Klausur zwölf Punkte gegeben.«

Zwölf Punkte? Nicht zu fassen, aber typisch. Weil Caroline ihm leidtat, weil sie persönliche Probleme hatte, schüttete er Punkte über ihr aus wie Sternenstaub.

»Herr Schrader«, sagte die Mutter, »ist eben ein Pädagoge, der die Schüler zur Leistung motiviert.«

Die Ebners führten eine Traditionsbäckerei in der Mühlgasse. Katja hatte schon öfter dort eingekauft, der Baumkuchen galt als der beste Sachsen-Anhalts. Warum quälten sie sich und ihre Tochter? Mit Erwartungen, die diese niemals erfüllen würde?

»Ich schlage vor«, sagte Katja, »dass wir in Ruhe nach einer Lösung suchen.«

»Es gibt eine Lösung!« Herr Ebner wedelte mit der Klausur vor Katjas Gesicht. »Geben Sie unserer Tochter die Punkte, die ihr zustehen!«

»In einem gemeinsamen Gespräch mit Herrn Direktor Krugmeyer …«

»Herr Krugmeyer redet nur und tut nichts!«

Die Situation drohte zu eskalieren, von den Fahrradständern sahen Schüler herüber.

»Sie werden bezahlt, damit unsere Tochter eine Zukunft hat«, rief er.

Wenn jetzt die Sie-leben-von-unseren-Steuern-Arie losgeht, fahre ich, dachte Katja.

»Sie leben von unseren Steuern!«, schrie die Mutter.

Katja trat in die Pedale, diesen Unfug musste sie sich nicht anhören. Sie fuhr in den Blätterwald der Pappelallee, hinter ihr wurde das Gezeter von Carolines Eltern leiser, bald hörte sie nur noch ihre Reifen, die über das Kopfsteinpflaster holperten. Aus diesem Grund wollte sie nicht Direktorin werden, auf keinen Fall. Ständig solche Diskussionen mit hysterischen Eltern? Womöglich noch mit Kollegen wie Enno, deren viel zu gute Noten die Hoffnungen in irreale Höhen schraubten? Nach wenigen Monaten hätte sie es sich mit allen verscherzt.

Sie fuhr durch Duftschleier aus heißen Waffeln und Kirschen, die aus dem Eiscafé Gilberto drangen. Schüler grüßten sie, sie war beliebt, das Leben war entspannt und schön. Doch in solchen Momenten wünschte sie, es gäbe Klassen für schwer erziehbare Eltern. Inklusiv, integrativ, starke Eltern lernen zusammen mit den schwächeren. Sie lernen, ihre Kinder als das zu sehen, was sie sind: eigenständige Wesen, nicht nach Belieben formbar. Sie erkennen die Talente ihrer Kinder, aber auch deren Grenzen, ohne Projektion und Selbstbetrug. Gemeinsam stellen sie sich der Frage: Wie schaffe ich es, meinen Sohn, meine Tochter zu lieben, auch wenn es nicht das Kind ist, das ich mir gewünscht habe?

9.

»Valentin?«

Katja hörte nichts außer ihrem Atem und dem Knarzen der Dielen unter ihren Füßen. Das letzte Stück war sie schneller gefahren, Angst war in ihr aufgestiegen, grundlose Angst, bestimmt war er längst wieder da, wartete auf sie, sogar Krugmeyers Britisch Kurzhaar … Beim Abstellen war ihr Rad umgekippt, sie hatte es liegenlassen und mit zitternder Hand die Haustür aufgeschlossen.

Er lag nicht auf der Wolldecke.

Der Futternapf war voll, die Katzentoilette unberührt.

Sie setzte sich auf einen Küchenstuhl und starrte ihr Telefon an. Keine Nachrichten. Die Scherzbolde hatten ihre Witze gemacht, sonst hatte niemand Valentin gesehen. Wenn ihn jemand gefangen hielt? Sie hatte von solchen Fällen gehört, Sadisten, die Katzen in Käfige sperrten und grausam quälten. Die Aufnahmen verkauften sie im Internet, dafür gab es einen Markt. Sie hatte eine True-Crime-Serie auf Netflix gesehen, *»Don't f*ck with cats«*, über einen Psychopathen, der –

ÜBER-ICH: Reiß dich zusammen, Katja. Deine Fantasien sind albern.

ICH: Der Psychopath hat die Katzen –

ÜBER-ICH: Das war in den USA, nicht hier. Wer lebt im Poetenviertel, außer alten Leuten und Familien mit Kindern?

ICH: Was ist mit dem Rauhaardackel?

Margot, entsetzliche Töle. Hatte vor großen Hunden Angst gehabt, aber war auf Kleinkinder mit Dreirädern losgegangen.

Und ihr Besitzer – ein kahlköpfiger, ausgedörrter Mann, angeblich früher Stasi-Oberst – hatte grinsend danebengestanden. In der gesamten Nachbarschaft waren Margot und ihr Herrchen verhasst gewesen, mehrere Familien hatten sich bei der Polizei und beim Bürgermeister beschwert, ohne Erfolg.

Bis Valentin sich des Problems angenommen hatte.

Katja war einkaufen gewesen und hatte von der Szene nichts mitbekommen. Die Kinder, die Zeuge geworden waren, berichteten in unterschiedlichen Versionen: Valentin hatte sich, im Schutz der Bank an der Rilkegasse, herangeschlichen und war Margot auf den Rücken gesprungen. Nein, Margot hatte Valentin angekläfft und bis unter die Bank verfolgt. Margot war angeleint gewesen, nein, sie hatte sich losgerissen! Das Kreischen des Dackels jedenfalls hatten sogar die Anwohner am Heineweg gehört. Und die Blutflecken unter der Bank waren noch Tage später zu sehen gewesen. Der Stasi-Oberst hatte bei Katja geklingelt, mit Anwalt und Strafanzeige gedroht, natürlich war nie etwas gekommen. Und Margot hatte seitdem ein verknicktes, verschorftes Ohr. Beim Gassigehen drückte sie sich eng an die Beine ihres Herrchens und kläffte keine Kinder mehr an. »Wir sind so froh, dass es Valentin gibt«, hatte ein junger Vater zu Katja gesagt.

Das war vor zwei Jahren gewesen. Ab und zu sah sie den alten Mann mit seinem Dackel noch übers Pflaster schlurfen. War es denkbar, dass er so lange mit seiner Rache gewartet hatte? Dass er Helfer hatte, Seilschaften von früher?

ÜBER-ICH: Katja, bitte.
ICH: Ja, ja, schon gut.

Katja trat in den Garten. Ihre Nachbarin kniete in einem Kräuterbeet, das sie frisch angelegt hatte. Christine Mohnhaupt, die neue Pastorin der Matthäuskirche. Vor ein paar Wochen erst war sie in das Haus gezogen, die Frauen hatten einen Kaffee miteinander getrunken, sich nett unterhalten, aber seitdem kaum gesehen.

»Guten Abend, Frau Mohnhaupt. Haben Sie meinen Kater gesehen?«

»Valentin? Heute nicht.«

»Gestern?«

»Ich war kaum zuhause. Aber wenn ich darüber nachdenke … Seit wann vermissen Sie ihn?«

»Vier Tage.«

»Haben Sie im Tierheim angerufen?«

»Valentin ist gechippt. Wenn er abgegeben wird, melden sie sich.«

»Machen Sie sich keine Sorgen. Im Frühling gehen Katzen gern auf die Pirsch, vor allem Kater. Was kann ihm hier schon passieren?«

Katja kehrte ins Haus zurück. Die Pastorin hatte recht, alle hatten recht. Trotzdem: Je mehr Menschen ihr sagten, sie solle sich nicht sorgen, desto besorgter wurde sie. Und konnte Katzen nicht überall etwas passieren? Sogar hier im Haus? Sie blickte sich um. Es war eher ein Häuschen, das sie bewohnte – kein Keller, das Dachgeschoss nicht ausgebaut und nur über eine steile Stiege zu erreichen. Die Klappe darüber hatte sie einmal geöffnet, aber außer rostigen Gartenmöbeln war da nichts gewesen. Gab es irgendwo einen Spalt, einen Schacht, den sie übersehen hatte? Unsinn, sie lebte hier seit vier Jahren, die hätte sie längst entdeckt. Die Besitzerin des Hauses, eine Geologin, war für einen Lehrauftrag nach Ljubljana gezogen. Zunächst hatte sie Katja das Haus nur für sechs Monate vermietet. Doch in Ljubljana hatte sie sich verliebt, Kinder bekommen und war froh, dass sich jemand um das Haus kümmerte. »Machen Sie mit der Butze, was Sie wollen«, hatte sie geschrieben. Katja überwies ihr die lächerlich geringe Miete und machte fast nichts mit der Butze. Das Häuschen gefiel ihr, wie es war, mit seinen knarzenden Dielen, den etwas schiefen Deckenbalken, den alten Möbeln und Regalen voller Bücher, Steine und Fossilien der Geologin. Um den Garten allerdings musste sie sich kümmern. Die Kletterrosen mussten beschnitten werden, ebenso der Kirschbaum. Die Brombeerhecke wuchs über den Zaun auf das Grundstück von Frau Mohnhaupt, die sich Gott sei Dank nicht darüber beschwerte.

Sie packte ihren Rucksack aus. Klausurhefte der 5a, Bäume im Wechsel der Jahreszeiten. Sie legte Wert darauf, Klausuren schnell zu korrigieren und zurückzugeben. Die Schüler sollten eine Rückmeldung kriegen, bevor sie den Stoff vergessen hatten. Sie schlug das erste Heft auf:

Die Aufgabe der Blätter ist, die Bäume vor Kälte und Wind zu schützen, damit sie nicht nackt sind.

Sie schlug das Heft wieder zu. Unmöglich, sich heute Abend zu konzentrieren. Sie sollte ein Bad nehmen. Ein heißes Bad mit Kräuterguss, das würde sie mehr beruhigen als jeder gut gemeinte Rat.

Im Badezimmer ließ sie Wasser in die Wanne laufen. Der Durchlauferhitzer klackerte und knackte, dampfendes Wasser spritzte aus dem Hahn, kochend oder kalt, dazwischen kriegte das alte Ding nichts hin. Sie gab Melisse-Rosmarin-Essenz ins Wasser. »Tiefenentspannung« stand auf dem Glas – genau was sie jetzt brauchte.

Ihr Telefon klingelte.

»Hallo, Mama.«

»Kind, ich brauche deinen Rat.«

Ihre Mutter war anders als andere Mütter, um es vorsichtig auszudrücken. Sie rief nicht an, weil sie jemanden zum Reden brauchte, Freunde hatte sie genug. Sie rief auch nicht aus Langeweile an, im Gegenteil, ihr Leben schien immer schneller zulaufen. Und sie rief schon gar nicht an, weil sie Rat von ihrer Tochter brauchte – höchstens, um sich in einer Entscheidung bestärken zu lassen, die sie längst getroffen hatte.

»Ein Regisseur will mich für einen Kinofilm. Ich habe das erst für einen Scherz gehalten. Aber jetzt kommt die offizielle Anfrage fürs Casting. Soll ich nach Hamburg fahren?«

»Was ist das für eine Frage, Mama? Natürlich fährst du.«

Angefangen hatte alles mit einer Statistenrolle in den Güstrow-Krimis des ZDF. Ihre Mutter hatte eine Fischverkäuferin gespielt und dem Mörder einen Räucheraal verkauft. Der Sender war von ihrer Präsenz entzückt gewesen, die Produktionsfirma hatte die Rolle ausgebaut, zur schrulligen Privatdetektivin, die der Polizei in jeder Folge wertvolle Tipps gibt. In »Notruf Küstenwache«, ausgestrahlt vor wenigen Wochen, hatte sie ihre erste Hauptrolle gespielt: Eine Großmutter, deren Enkelin von der Mole fällt (»Die Rolle ist mir emotional nahegegangen«). Seitdem ging es stetig aufwärts.

»Frau Törnow meint, wenn ich zu viel mache, kriegt das Publikum mich über.«

»Wer ist Frau Törnow?«

»Sie spielt eine Blumenhändlerin, aber ohne Text.«

»Sie ist neidisch.«

»Du hast recht.«

Parallel hatte ihre Mutter die sozialen Netzwerke für sich entdeckt. Sie postete Drehpläne, Videoclips mit lustigen

Versprechern der Schauspieler und eine Schritt-für-Schritt-Anleitung zum Basteln einer Wasserleiche.

»Frauen über dreißig haben es im Filmgeschäft schwer, meint der Regisseur. In meinem Alter geht's wieder aufwärts.«

Mit vierundsiebzig Jahren startete ihre Mutter durch. Die schüchterne Hausfrau, die ihr Leben im Schatten ihres Mannes, dem renommierten Biologieprofessor der Universität Rostock, gestanden hatte, breitete nach seinem Tod die Flügel aus – und war stolz, wie hoch sie fliegen konnte.

»Du bist ein Küken, Mama.«

»Ich glaube das alles selbst noch nicht.«

Wasser rauschte, Schaumflocken quollen, Melisse-Rosmarin-Duft waberte durchs Bad. Ihre Mutter redete von Gesichtern, die die Kamera liebte, von Gesichtern, die die Kamera nicht liebte (Frau Törnow), von einer Vernehmungsszene, die endlos wiederholt werden musste, während ihre eigene nach dem ersten Take im Kasten war – und wie seltsam es sich anfühlte, dass im Herbst ihres Lebens, in dem eigentlich die Blätter welk werden müssten, alles erst richtig grünte und blühte. »Und bei dir so?«

»Ganz gut, Mama. Das heißt, eigentlich nicht gut. Valentin ist weg.«

»Na ja.«

»Wie *na ja*?«

»Menschen sind für Katzen nicht wichtig. Sie gehen dorthin, wo's das beste Futter gibt.«

»Quatsch.«

»Ich weiß noch, wie die Gefleckte von Tante Gretel über den Balkon gesprungen ist. Hach, was 'ne Aufregung. Nach zwei Wochen stand sie wieder vor der Tür: drei Kilo zugenommen!«

»Keine Katze nimmt in zwei Wochen drei Kilo zu.«

»Tante Gretel hat sie kaum auf den Arm bekommen, so fett war die. Hast du auf Facebook gepostet?«

»Ich bin nicht auf Facebook.«

»Wir sind auf Facebook befreundet, Kind.«

Katja erinnerte sich dunkel an ihren Facebook-Account. »Ich habe Zettel an die Bäume gehängt.«

»Wer liest denn heute noch Zettel an Bäumen? Deine Nachbarn, wenn überhaupt.«

»Ich denk drüber nach.«

»Du meinst, ich soll das Casting zusagen?«

»Auf jeden Fall.«

»Sonst gibt's nichts Neues?«

»Was soll es geben, Mama?«

Da war es wieder, dieses Schweigen. Halb Enttäuschung, halb Vorwurf. Was nahm ihre Mutter ihr übel? Hörte das nie auf?

»Ich liebe dich, Mama.«

»Ich dich auch.«

Katja legte auf. Sie hielt einen Finger in die Wanne und ließ kaltes Wasser nachlaufen. Sie zog sich aus und ärgerte sich, dass sie Valentin am Telefon erwähnt hatte. Ihre Mutter konnte mit Katzen nichts anfangen. Sie war der Hundetyp. Aber Valentin zu verdächtigen, er könne sie für besseres oder einfach mehr Futter verlassen haben? Respektlos! Sie drehte den Hahn zu. Die Stille im Haus wurde größer, bis auf das Platzen der Schaumbläschen. Eine ungute Stille.

Wo bist du? Was ist passiert? Geht es dir gut?

Abends, wenn Katja mit einem Buch im Sessel saß oder am Tisch Klausuren korrigierte, sprang Valentin oft auf ihren Schoß. Legte eine Tatze zwischen die Seiten, als wolle er sagen: »Nicht wichtig. Du hast mich.« Doch als sie ihn letzte Woche im Schillerstieg entdeckt hatte, ausgestreckt auf dem Verdeck eines

Cabrios, als sie die Hand ausgestreckt und ihn hatte streicheln wollen – da hatte er gefaucht, als ob er sie nicht kennt. *Menschen sind für Katzen nicht wichtig.* Aber das stimmte nicht. Sie war wichtig für ihn, er hatte ihr das oft genug gezeigt: Durch lange Blicke aus seinen wunderschönen Augen, Stupser seiner feuchten Nase gegen ihre Wange. Und doch hatte es immer wieder Momente gegeben, in denen sie sein Verhalten einfach nicht verstanden hatte. Er war, bis zum Morgen seines Verschwindens, ein geliebtes Rätsel geblieben.

Warum hast du mich verlassen? Wann kommst du zurück?

Sie tauchte einen Fuß ins heiße Wasser.

10.

»Ich möchte mich entschuldigen«, sagte Ricky. »Ich habe mich schlecht ausgedrückt. Lokaljournalismus ist natürlich die Basis, nah an den Sorgen der Menschen.«

»Hm«, sagte Kukulies.

»Ich will keine Edelfeder sein. Ich will im Dreck wühlen, das habe ich für die Schülerzeitung getan. Ich kann es wieder tun.«

»Hm, hm.«

»Bitte geben Sie mir die Chance, mir für das Aschersburger Tageblatt die Hände schmutzig zu machen. Also ich meine –«

»Schon gut, schon gut.« Er setzte die Brille ab, rieb sie an seiner Weste. »Ist ja schon mal was, dass Sie wiedergekommen sind. Ich schmeiß gern mal welche raus, wissen Sie. Gibt einfach zu viele. Die meisten kommen nie wieder. Aber wer beim ersten Widerstand den Schwanz einzieht –«

»So eine bin ich nicht.«

Kukulies stand auf, hielt sich die Hand vor den Mund und rülpste. Er trat an die Glastür seines Büros und spähte durch einen Spalt der Jalousien in den Vorraum. »Sache ist, zum Kaffeekochen brauche ich euch nicht. Das macht bei uns die Frau Steps. Die macht das sehr gut.«

»Ich kann keinen Kaffee kochen, habe ich noch nie gemacht«, beteuerte Ricky.

»Sache ist außerdem, dass hier ständig Bewerbungen eintrudeln.« Er zeigte auf den Stapel im Regal, der tatsächlich seit ihrem letzten Besuch noch höher geworden war. »Als ob die halbe Aschersburger Jugend zur Zeitung will.«

»Die meisten wollen nicht. Die schreiben hundert Bewerbungen und nehmen, was sie kriegen.«

»Wie viele haben Sie geschrieben?«

»Eine.«

Kukulies blickte sie an, zum ersten Mal mit einem Hauch Respekt. »Ihre Reportage habe ich damals gelesen. Auch Ihre Glossen. Ich lese alles, wissen Sie. Man weiß nie, wozu's gut ist. Ich dachte: ›Donnerwetter, das Mädchen hat Biss.‹ Aber Ihre Erfolge sind lange her. Pubertät, Jungs, Drogen …«

»Ich nehme keine Drogen.«

»Sagen sie alle. Wahrscheinlich ist von Ihrem Talent nichts übrig. Und was Ihre Rebellen im Kongo angeht –«

»Es war ein schlechtes Beispiel.«

»Es war ein sehr gutes Beispiel! Weil nämlich jeder Schmierfink über einen Krieg schreiben kann. Oder ein Erdbeben. Da raucht's, da knallt's, der Schmierfink sitzt auf seinem Ast und plustert sich auf. Aber viertausend Zeichen über das geplatzte Wasserrohr im Puppentheater? Da zeigt sich der Könner! Es ist der Unterschied zwischen Beinamputation und Handchirurgie. Jeder Stümper kann ein Bein absägen, aber geduldige Filigranarbeit zwischen Knöchelchen, Sehnen und Nerven … Am Ende bewegt der Patient seine Hand wie früher, als hätte es die Operation nie gegeben.«

»Sie meinen, der beste Journalist ist der, den keiner bemerkt?«

»Ich meine, eine Story ist so groß wie derjenige, der sie schreibt. Wichtiges Thema, unwichtiges Thema … Wer Relevanz sagt, will betrügen.« Er setzte sich hinter seinen Schreibtisch und setzte die Brille wieder auf. »Sache ist, ich kann nur einen nehmen. Ihr sollt ja hier nicht rumsitzen, sondern was lernen.«

»Meine Putzfrauenreportage –«

»Halten Sie mir nicht Ihre schimmeligen Lorbeeren unter die Nase! Zeigen Sie mir, dass Sie's noch können!« Er zeigte auf die Zeitungen auf dem Tisch. »Ein Artikel, den ich drucken kann. Zwei Spalten mit Bild, tausendfünfhundert Zeichen. Wenn er gut ist, kriegen Sie ihn bezahlt. Ausbeutung ist nicht mein Ressort. Und Ihre Bewerbungsmappe« – er zeigte auf den Stapel – »wandert ganz nach oben.«

»Worüber soll ich schreiben?«

»Hören Sie nicht zu? Lokaljournalismus! Handchirurgie! Nehmen Sie das kleinste Thema, das Ihnen einfällt.«

»Die Sanierung der Bahnstrecke.«

»Zu groß.«

»Graffiti auf der Saaleschleuse.«

»Zu groß, zu groß.«

»Unserer Lehrerin ist die Katze weggelaufen.«

»Im Ernst?«

»Aber das ist keine Story, das ist –«

»Jetzt reden wir richtig.« Er rieb seine Hände. »Einer Lehrerin läuft die Katze weg. Männlich oder weiblich?«

»Ein Kater.«

»Schon mal gut. Welche Fächer unterrichtet sie?«

»Biologie und Chemie.«

»Beliebt?«

»Ja, aber streng.«

»Backstory, behalten Sie's im Kopf. Wie alt?«

»Anfang dreißig.«

»Verheiratet? Kinder?«

»Ich glaube nicht.«

»Und Sie sagen, Sie haben keine Story?« Er beugte sich vor. »Wenn eine alleinstehende Frau über dreißig ihren Kater vermisst, vermisst sie nicht ihren Kater.«

»Meinen Sie?«

»Ich mach den Job seit zwanzig Jahren. Wie heißt er?«

»Muss ich recherchieren.«

»Namen bedeuten was, immer.«

»Aber Katzen laufen ständig weg. Wenn alles nur Zufall ist …«

»Zufälle gibt's im Feuilleton. Sie wollen im Dreck wühlen? Keine Angst vor flachen Pfützen!«

Sie stand auf, er stand auf. Er reichte ihr seine Hand: »Mädchen, Sie sind an einer heißen Story dran. *Katze entlaufen,* habe ich im Urin.«

Ricky kam aus dem Redaktionsgebäude. Friedrich wartete auf sie bei den Blumenkübeln. Er hatte im Drogeriemarkt Reiswaffeln gekauft und bot ihr eine an. »Und?«

»Ich glaube, ich kriege das Praktikum.«

11.

Katja hatte gebadet, gegessen, Geschirr gespült. Sie hatte Wäsche vom Ständer genommen, gefaltet und in die Fächer des Kleiderschranks sortiert. Sie hatte die Klausuren der 5a korrigiert und war die Stundenpläne für morgen und übermorgen durchgegangen. Sie hatte eine Flasche Wein aus dem Kühlschrank genommen, wieder zurückgestellt, war auf die Terrasse getreten und hatte »Valentin« gerufen. Sie hatte in die Abendstille gehorcht, war zurück ins Haus gekehrt, hatte die Kühlschranktür geöffnet und wieder geschlossen. Nun stand sie in der Mitte des Wohnzimmers und wusste nichts mit sich anzufangen.

Seltsames Gefühl.

Sie war nicht wie ihre Mutter, die, solange Papa noch gelebt hatte, immer irgendetwas gewischt, aufgehoben, glatt gestrichen, gerade gerückt hatte. Nein, Katja konnte entspannen. Einen Roman lesen, mit Valentin auf dem Schoß. Einen Tierfilm schauen, mit Valentin lauernd auf der Sofalehne. Eine halbe Stunde früher als sonst ins Bett gehen, die Hand ausgestreckt, wo sie Valentins Fell spürte. Nichts davon war ohne ihn möglich. Sie könnte ihre Freiheit genießen und den Kaurismäki-Film auf arte schauen. Sie war nicht in Stimmung für saufende Finnen. Sie starrte auf die Chippendale-Lampe auf der Anrichte, und zum ersten Mal fiel ihr auf, dass die balinesische Maske über der Lampe schief hing. Drei Schritte zur Wand machen? Die Maske gerade rücken? Sie stand da, als seien ihre Beine in den Boden betoniert.

Ping.

Eine Nachricht auf ihrem Telefon.

Ping, Ping.

Es musste in der Küche liegen, nein im Bad. Weitere *Pings* rissen sie aus ihrer Erstarrung, wo kamen die her? Im Bad fand sie das Telefon nicht, auch nicht in der Küche. Schließlich fand sie es in der Tasche ihres Bademantels, wo sie es noch nie hineingesteckt hatte.

Katzen töten jedes Jahr 200 Millionen Vögel! Katzen zerstören Brutplätze! Katzen töten Kaninchen, Hamster, Frösche! Hunderte von Arten sind ausgestorben! Katzen bedrohen das ökologische Gleichgewicht unseres Planeten.

EURE KATZENLIEBE TÖTET! SCHÄMT EUCH!

KEINER KANN SAGEN, ER HABE NICHTS GEWUSST.

Mehrere SMS, von einer unbekannten Nummer. Ihr erster Impuls war, sie zu löschen. Ihr zweiter Impuls war, den Kerl – bestimmt ein Mann, obwohl, es konnte auch eine überspannte Frau sein – zurückzurufen und mit ein paar Fakten zu konfrontieren.

Ping.

KATZENHALTER SIND MÖRDER!!!

Mit solchen Leuten war jede Diskussion sinnlos. Auf sich sitzen lassen konnte sie diese Anschuldigungen aber auch nicht. Sie ging auf und ab, hatte Appetit auf ein Glas Weißwein. Nein, sie musste nüchtern bleiben. Auf dem Tisch stand der Laptop. Sie setzte sich und klappte ihn auf. Wichtige Gedanken sortierte sie lieber schriftlich.

FAKTEN ÜBER DEN EINFLUSS VON KATZEN AUF DAS ÖKOLOGISCHE GLEICHGEWICHT

1. Die Winter waren früher kälter, viel mehr Vögel starben. Heute überleben sie dank des Klimawandels, aber vor allem in von Menschen dicht besiedelten Gebieten, in denen es

im Schnitt 1–2 Grad wärmer ist als in der freien Natur (Heizungen, Fernwärme, Fahrzeugmotoren etc.). Eine natürliche Auslese findet kaum noch statt.

2. Als sei das nicht genug, hängen heute in den Gärten, auf den Balkons Futterkringel, werden Vogelhäuschen aufgehängt, in denen es die Vögel trocken, warm und gemütlich haben. Im Frühling sind manche so fett, dass sie kaum abheben können. Andere macht die gut gemeinte, aber falsche Ernährung durch Menschen (Billigfutter, Weißbrotkrumen) krank. Ist es ein Wunder, dass sie Opfer von Raubtieren werden?
3. Hauskatzen, Männchen wie Weibchen, sind heute in der Regel kastriert, seltener sterilisiert. Solche Tiere haben keinen ausgeprägten Jagdtrieb. Zudem werden sie regelmäßig gefüttert, viele von ihnen sind selbst so übergewichtig, dass sie es nur mit Mühe auf einen Baum schaffen. Keinem gesunden Vogel können diese Katzen gefährlich werden! Die wenigen Katzen, die jagen, zerstören das ökologische Gleichgewicht nicht, sie regulieren es!
4. Wahr ist, dass sowohl Vogelbestand als auch -diversität in Deutschland abnehmen. Aber nicht in Wohngegenden – da sehen wir im Gegenteil eine Zunahme –, sondern in intensiv landwirtschaftlich genutzten Gebieten, überdüngten Monokulturen! Die Zerstörung natürlicher Biotope ist das Problem. Und mancherorts, das ist nicht zu leugnen, die starke Vermehrung verwilderter, unkastrierter Katzen. Kein verantwortlicher Katzenbesitzer wird sich einer Impf- und Kastrationspflicht verweigern. Pauschalisierungen nützen niemandem!
5. Artensterben? Auf einigen einsamen Inseln ist dies durch Einschleppen von Katzen tatsächlich passiert. In Australien sind die Großohrhüpfmaus oder der Kaninchennasenbeutler

möglicherweise durch Katzen ausgerottet worden, bewiesen ist es nicht. Aber Deutschland, Europa? Wo sich Vögel über Jahrmillionen gemeinsam mit Füchsen, Waschbären, Luchsen und anderen Raubtieren entwickelt haben? Keine einzige Art wurde hier von Katzen ausgerottet, nicht einmal in ihrem Bestand bedrohlich dezimiert!

6. In vielen Gärten gibt es Zierteiche mit Fischen, Schildkröten, Lurchen und anderen Wassertieren. Fast immer sind diese Teiche zu flach, bieten keine Versteckmöglichkeiten. Die Tiere werden auf engem Raum gehalten, durch falsches Futter und zu wenig Bewegung krank gemacht. Ist es ein Wunder, dass sie Opfer von Raubtieren werden? Nicht die Katze ist das Problem, sondern der Mensch!

Katja speicherte den Text und lehnte sich zurück. Sollte sie noch indirekt auf den Nymphensittich eingehen? Ziervögel, die von Menschen in Käfigen gehalten und gequält wurden. Überflüssig, der Text war gut so. Aber was sollte sie damit machen? Als SMS konnte sie ihn nicht verschicken, viel zu lang. Aber kürzer hätte sie sich nicht fassen können. Wahrheit war eben komplex. Verschwörungstheoretikern reichten ein paar Schlagworte und Ausrufezeichen.

Facebook.

Ihre Mutter hatte recht, sie hatte einen Account. Vor Ewigkeiten hatte sie ihn angelegt, weil damals alle auf Facebook waren. Nach ein paar Wochen hatte sie entschieden, dass sie nicht sein müsse, wo alle waren, und sich um den Account nicht länger gekümmert. Gelöscht allerdings hatte sie ihn nicht.

Sie tippte ihre Mail-Adresse ein. Falsches Passwort. Noch mal … Die Seite öffnete sich beim vierten Versuch.

Sie sah ein Foto von sich, jünger, aber nicht unbedingt attraktiver. Es stimmte eben nicht, dass nur Männer mit dem Alter interessanter wurden. Sie scrollte durch ihre Beiträge, der letzte, ein Link zu einem Fachartikel, war über zwei Jahre alt. *Info, Freunde, Steckbrief* – verwirrend viele Optionen. Sie sollte Fotos hochladen, Videos, Lebensereignisse, wer machte sowas und wozu? Mit weniger als fünfhundert Freunden galt man auf Facebook als sozial isoliert, das wusste sie. Sie hatte es in ihrem kurzen Netzwerk-Leben auf blamable sechzehn Freunde gebracht. In der Leiste oben fand sie Freundschaftsanfragen früherer Kommilitonen, Nachbarinnen ihrer Mutter, Oliver … Oliver?! Sie klickte die Anfrage schnell weg. Die anderen nahm sie an, jetzt hatte sie dreiundzwanzig Freunde, immerhin.

Auf der Seite ihrer Mutter war entschieden mehr los. Ganz oben prangte ein Ganzkörperfoto des Räucheraals, den sie in ihrer ersten Rolle dem Mörder verkauft und mit dem ihre Karriere begonnen hatte. Ihre Mutter postete nahezu im Stundentakt, zuletzt vor acht Minuten: Tipps für die erfolgreiche Bewerbung als Kleindarsteller, Fotos von Dreharbeiten an der Müritz. Dazu Kalenderweisheiten über Schauspielerei und das Leben. Alle Posts erhielten unendlich viele Kommentare, Herzchen, Daumenhochs. Und alle waren Variationen einer einzigen Botschaft: Jeder Mensch kann neu anfangen, auch jenseits der Siebzig. Was ihre Mutter nicht schrieb: Der Mann, mit dem sie fünfzig Jahre verheiratet gewesen war, hatte sterben müssen, bevor der Neuanfang möglich wurde. Warum verübelte sie es Katja, dass sie sich nicht binden wollte? Dass sie in Hamburg im entscheidenden Moment zurückgeschreckt war? *»Das Schicksal ist ein Vögelchen; wenn du das Fenster schließt, kommt es nicht in dein Leben«*, den Spruch hatte sie letztens im Poesiealbum einer Sechstklässlerin gelesen. Vielleicht sollte sie ihn ihrer Mutter schicken, einfach so?

Die Idee, einen Suchaufruf zu posten, war allerdings nicht abwegig; auf Facebook würden ihn mehr Menschen lesen als die paar Nachbarn, die an den Zetteln vorbeikamen. Ihr Text über die Vögel? Der hatte Zeit.

»Seit dem 4. April vermisse ich meinen Kater Valentin …«

Sie tippte den Text ihres Aushangs ab, ließ bloß Telefonnummer und Mail-Adresse weg. Das, immerhin, war der Vorteil von Facebook.

»Füge ein Foto hinzu.«

Richtig, ein Foto brauchte sie. Sie klickte sich durch die Fotos auf ihrer Festplatte: Valentin klettert im Kirschbaum. Valentin leckt am Eiszapfen eines Regenrohrs. Valentin schnuppert an einer Margerite. Hunderte Fotos lagen auf ihrer Festplatte, in der ersten Zeit hatte sie ihn fast täglich fotografiert. Sie hatte sein Wachsen und Erstarken dokumentiert, sein steigendes Vertrauen in die Welt und die eigene Kraft.

Valentin zusammengekauert, ausgehungert und fiebernd in warmen Handtüchern …

Katja starrte das Foto an. Ihr Herz klopfte, die Finger erstarrten über der Tastatur. Die Angst war wieder da. Angst, dass sie es nicht richtig macht, dass er nicht durchkommt, die Milch zu heiß, das Ei zu hart, sie hatte nichts im Haus gehabt und keine Ahnung. *Ich bin zu spät gekommen, der kleine Körper nur Knochen und verdrecktes Fell. Er bewegt sich nicht mehr, doch, sein Auge zuckt! Stirb nicht, um Himmelswillen, stirb nicht!* Dieses Foto durfte sie nicht posten. Niemandem hatte sie es je gezeigt.

Sie entschied sich für ein Foto, das einige Monate später entstanden war: Der junge Valentin, schlank, aber zu Kräften gekommen, das Fell in der Herbstsonne glänzend, putzt sich auf dem Fensterbrett.

»Er fehlt mir«, schrieb sie unter das Foto. *»Bester Kater der Welt.«*

12.

Ricky winkte Friedrich nach. Er wendete auf seinem Roller, Chrom und Blech spiegelten das Licht der Straßenlaterne. Er beschleunigte und war nach wenigen Augenblicken außer Sicht. Die nächste Stufe des Kapitalismus, dachte Ricky. Früher hatte Geld wenigstens noch gestunken; heute war es lautlos, emissionsfrei und bot keine Angriffsfläche.

Sie ging auf ihre Plattenbau-Siedlung zu, vorbei an rostigen Teppichstangen und dem Spielplatz mit der Tunnelrutsche, die so stumpf war, dass es kein Kind ohne Schieben und Ziehen nach unten schaffte. Eine einzige große Angriffsfläche, sollte man meinen – aber auch wieder nicht genug, um daraus eine aufrüttelnde Reportage zu machen. Die Hauseingänge waren frisch gestrichen. Ebenso die Balkons, alles in »Ihr seid arme Würmer, aber wir geben uns Mühe, dass ihr's nicht merkt«-Farben. Niemand sollte der Wohnungsgesellschaft Vorwürfe machen können – vor allem sollte keiner rebellieren. Gegenüber, im Eingang von Haus F, standen die Russen mit ihren Flaschen und starrten herüber. In Wahrheit waren's wohl Rumänen, das wusste keiner genau. »Auch nicht einfach«, hatte ihre Mutter beim Abendessen gesagt, als unten wieder eine Flasche zu Bruch ging. »Stell dir vor, du bist Russe, aber in Wahrheit Rumäne.« Ihre Mutter hatte immer für alles Verständnis.

Ricky holte ihr Schlüsselbund aus der Tasche und tat, als höre sie die Sprüche nicht, die sie ihr von Haus F hinterherschrien. Der Fahrstuhl war wieder kaputt, das Problem kriegte die Wohnungsgesellschaft nicht in den Griff. Aber die Treppen waren frisch gebohnert, auf den Absätzen standen Topfpflanzen, die jemand goss und niemand klaute. Ricky hatte eine Doku über die Plattenbauten in Magdeburg gesehen; richtige Slums waren das, mit Pisse, Erbrochenem, Schlägereien zwischen verfeindeten Gangs, sie wäre am liebsten sofort hingezogen. Aber hier? Die Wohnungsgesellschaft hatte sogar das Hakenkreuz im zweiten Stock übermalt, es war zum Heulen.

Ihre Wohnung war im vierten Stock, am Ende des Laubengangs. Sie schloss die Tür auf, aus dem Wohnzimmer hörte sie Schüsse und Schreie. Alles nicht echt – ihr Bruder saß mit seiner Spielkonsole vor dem Fernseher, kaute Nachos und kämpfte in einer verlassenen Raumstation gegen Aliens.

»Hi, Robin.«

»Mama.«

»Rewe?«

»Pizza.«

Ihre Gespräche waren für Außenstehende nicht leicht zu verstehen. Dieses bedeutete, dass ihre Mutter bald von der Arbeit kommen und Pizza mitbringen würde.

»Kiesgrube?«, fragte sie.

»Freier Tag.«

Freie Tage taten Robin nicht gut. Er wusste dann noch weniger als sonst, wohin mit dem schweren Körper und dem trägen Verstand. Die Arbeit gab seinem Leben Struktur, die Uniform, die ihm zu eng wurde, das Funkgerät, das rauschte und knackte, als könne sich jeden Moment jemand melden. Vor allem die alte Makarow aus NVA-Beständen, natürlich blockiert und ohne Munition. Nur Robin glaubte, dass sie funktionierte und geladen war, dass er damit schießen durfte, wenn auch nur in Momenten höchster Gefahr; mit ihr fühlte er sich wie ein richtiger Wachmann. Er bewachte die ehemalige Kiesgrube zwischen Wörmitz und Sonderswerda, bildete sich ein, ohne ihn würden

Terroristen alles in die Luft jagen. Viele ABM-Stellen gab es nun einmal nicht für Männer mit einem IQ unter neunzig. Und die größte Angst ihrer Mutter war, dass der Landkreis die Kiesgrube schloss oder die ABM-Stelle einfach abschaffte.

In ihrem Zimmer warf sie sich aufs Bett und klappte den Laptop auf. *Katze entlaufen*, tausendfünfhundert Zeichen, keine große Sache. Gegenüber Friedrich hatte sie getönt, dass sie den Artikel aus dem Ärmel schütteln und Kukulies morgen Mittag auf den Tisch legen würde. Der Gedanke reizte sie, ihn Friedrich heute Abend schon zu schicken, als lässigen Beweis ihrer Professionalität.

Die beliebte Biologie-Lehrerin Katja Fontane (irgendwas Anfang dreißig) ist in großer Sorge: Seit x Tagen fehlt von ihrem geliebten Kater (wie heißt das Vieh?) jede Spur. »Am Morgen, als ich mich verabschiedet habe, war er gesund und munter. Als ich abends nach Hause kam, war er nicht mehr da. Vielleicht ist ihm etwas zugestoßen, ich habe große Angst.«

So noch nicht. Zu kurz, zu langweilig. Und wichtige Informationen fehlten. War der Kater wirklich gesund und munter gewesen? Hatte Frau Fontane sich morgens verabschiedet? Sie würde sie fragen müssen. Und sie brauchte ein Foto des Katers. Sechs Punkte für den Erbsensamenkäfer, eine Frechheit. Frau Fontane war ihr etwas schuldig.

Vor allem brauchte sie Hintergrundinfos. Sie googelte *»Haustiere«* und *»verschwinden«*. Mehrere hunderttausend Haustiere verschwanden jedes Jahr, genaue Zahlen gab es nicht. Katzen verschwanden öfter als Hunde. Und kehrten seltener zurück.

Frau Fontanes Angst um ihren geliebten Vierbeiner ist leider nicht unbegründet. Jedes Jahr werden in Deutschland unzählige Katzen überfahren, verhungern in Kellern, ersticken in Abflussrohren oder verenden an Rattengift. Es besteht also nur geringe Hoffnung, dass die sympathische Lehrerin ihren Sonnenschein je wiedersehen wird. Unsere Redaktion drückt dennoch fest die Daumen.

Das ging erst recht nicht. Aber wie dann? »Heiße Story, habe ich im Urin«, hatte Kukulies gesagt. Vielleicht stimmte was mit seinem Urin nicht. Sie streckte sich aus, das Display kippte nach hinten und wurde schwarz. Scharnierbruch, Wackelkontakt, sie brauchte dringend einen neuen Laptop. Sie brauchte Geld. Sie brauchte einen Job.

Sie starrte auf das Poster an der Wand gegenüber: Martha Gellhorn. Kriegsreporterin, Frau von Hemingway, Legende. So wollte Ricky leben. Sie wollte alle Länder der Welt sehen, ihre Kriege und Katastrophen, sie wollte von der Front berichten, den Rechtlosen eine Stimme geben, sie wollte … Alles in ihr verkrampfte sich. So viel Großes war in ihr, das raus wollte. Raus aus diesem Kinderzimmer mit Raufasertapete und den selbstgenähten Vorhängen ihrer Mutter. Raus aus dieser Drei-Zimmer-Wohnung mit Laubengang, dem Plattenbau, der viel zu kleinen Stadt. Alles in ihrem Leben war zu klein! Tränen schossen ihr in die Augen, bis Martha Gellhorns Lächeln verschwamm.

Sie hörte, wie sich der Wohnungsschlüssel in der Tür drehte. Schritte auf Linoleum, Rascheln von Einkaufstüten – ihre Mutter war zu Hause. Eigentlich, dachte Ricky, müsste sie jetzt aufstehen, in die Küche gehen und ihre Mutter umarmen. Sie sollte sie fragen, wie ihr Tag gewesen war, den Backofen vorheizen, die Tüten ausräumen, die Pizzen vor dem Backen mit Öl beträufeln, dann wurden sie saftiger … Warum blieb sie liegen? Was hinderte sie daran, ihrer Mutter, die acht Stunden lang Lebensmittel über den Scanner gezogen hatte und jetzt erschöpft war, eine gute Tochter zu sein?

Sie hörte sie im Wohnzimmer reden, Robins tiefe Stimme, die Stimme ihrer Mutter sanft und tastend, als fürchte sie bei jedem Wort, ihren Sohn, der so unbeholfen war, den sie liebte, wie er seit seinem Unfall eben war, zu verletzen. Vielleicht ging es darum? Verlorene Katze, Reue und Schuldgefühl. Weil die eigene Liebe das Unglück nicht verhindert hatte. Ja, das konnte gehen. Dann wäre der Kater nur Aufhänger für etwas Größeres, so wie sie damals ihre Reportage mit der Beschreibung von Irinas Verlobungsring begonnen hatte, diesem Ring, der für alles stand, wofür Irina kämpfte und worauf sie hoffte.

Die beliebte, aber strenge Biologie-Lehrerin Katja Fontane (Anfang dreißig) ist verzweifelt: Ihr geliebter Kater hat sie verlassen. Neben der Ungewissheit um sein Schicksal quält sie die eine Frage: Was hat sie falsch gemacht? Warum war ihre Liebe nicht genug?

13.

Als Katja am nächsten Morgen durchs Schultor ging, war ihr Post dreiunddreißig Mal geteilt und einhundertzwölf Mal kommentiert worden: *»Total traurig«*, *»Der ist sooo niedlich«*, *»Schluss mit dem Tiersterben! Tempo 15 in Wohngebieten!«*. Dazu Herzchen, Tränen, Emojis mit angstvoll aufgerissenen Mündern. Sonja aus der Fünften lief neben ihr her und erzählte vom Kater ihrer Oma und einem Müllwagen, eine Geschichte, die nicht gut ausgegangen war. Im Lehrerzimmer grüßten die Kollegen respektvoll, Kater verschwunden, furchtbares Schicksal. Keiner erwähnte den Post direkt, man war ja nicht auf Facebook, oder nur ganz selten oder nur wegen einer Schüler-AG. Wunder der exponentiellen Verbreitung, selbst bei jämmerlich wenigen Freunden.

Krugmeyer stand neben dem Kopierer und hantierte an der Kaffeemaschine, eine Filtertüte in der Hand. »Die Maschine in meinem Büro ist endgültig hinüber. Meine Frau hat eine neue bestellt. Werbeprämie, mit Milchschäumer und Kokolores. Sie hätten also, falls Sie sich entscheiden –«

»Ich habe mich schon entschieden«, sagte Katja, nahm ihm den Filter aus der Hand und setzte ihn ein. »Ich möchte lieber nicht.«

»Haben Sie die Liste gemacht?«

»Ich würde in zu große Fußstapfen treten.«

»Als ich in Ihrem Alter war –«

»Ich will nicht die Vorgesetzte meiner Kollegen werden. Kollegen, die zwanzig Jahre länger an dieser Schule sind als ich, die an meiner Stelle sein müssten. Vor allem will ich keine

Sparauflagen aus Magdeburg vertreten, die ich nicht vertreten kann. Wenn Magdeburg eine Frau will, sollen sie eine auftreiben.«

»Der Markt für Frauen ist leergefegt.«

»Nicht Ihr Problem. Und nicht meines.«

»Dann kann ich Sie wohl nicht überzeugen.« Traurig sah er dem Gluckern des Kaffees zu. »Was übrigens Ihre Katze angeht: Meine Großmutter hatte einen Hof in Vorpommern. Kühe, Pferde, vierzehn Katzen. Ihr Lieblingskater – Nero – war eines Tages verschwunden. Meine Großmutter hat die umliegenden Höfe abgefahren, im Moped, Flüchtlingstrecks, die Russen rücken vor. Nach zwei Wochen, sie ist am Kühemelken, die Russen stehen an der Weichsel – steht Nero neben ihr: Gesund, als wäre nichts gewesen.«

Ricky saß am Rande des Schulhofs auf dem Asphalt, stützte den Deckel ihres Laptops mit den Knien und versuchte, sich auf ihren Artikel zu konzentrieren. Katja Fontane, geboren und aufgewachsen in Rostock. Studium in Berlin und Hamburg, Referendariat in Hamburg. Kein Mann, keine Kinder, keine Scheidung. Keine Vorstrafen, keine Drogen, jedenfalls hatte Ricky darüber nichts herausbekommen. Ein Leben so glatt wie ein Stück Seife. War das nicht verdächtig? Wo waren die Widersprüche, Brüche, gab es einen Abgrund? Der Post von Frau Fontane half auch nicht weiter. *Er fehlt mir, bester Kater der Welt.* Behauptete das nicht jeder von seiner Katze? Ihr Artikel musste mehr liefern, Hintergrund und Perspektive, der Kater von seiner unbekannten Seite, *Valentin unplugged …*

»Hi.«

Sie blinzelte hoch. Vor ihr stand Karsten: Schmale Hüften, schlanke Hände, schulterlange Locken – im Gegenlicht der

Schattenriss einer römischen Statue. »Kann ich von dir Physik-Hausaufgaben abschreiben?«

»Ich habe keine Ahnung von Physik.«

»Aber du schreibst bei Friedrich ab. Deshalb dachte ich –«

»Warum fragst du nicht direkt Friedrich? Traust dich nicht, was? Mädchen sind keine Konkurrenz, da bricht man sich keinen Zacken aus den Eiern.«

»Ich –«

»Reflektiere deine Männlichkeit.«

Sie hielt ihm ihr Physikheft hin. Er nahm es, murmelte etwas mit gesenktem Kopf und ging. Jungen hatten Angst vor ihr, Ricky begriff nicht warum. Mit anderen Mädchen flirteten sie, rissen Witze, warfen sich in Posen; vor Ricky wurden sie schmal, durchsichtig und lösten sich irgendwie auf.

Frau Fontane kam aus dem Lehrerzimmer. Jetzt oder nie. Ricky verstaute ihren Laptop im Rucksack, überquerte schnell den Schulhof. Sie passte sie auf dem Weg zum Oberstufengebäude ab. »Guten Morgen, Frau Fontane! Das mit Ihrer Katze tut mir unendlich leid.«

»Danke, Ricky. Sie kommt bestimmt bald zurück.«

»Das glaube ich auch. Die Sache ist, wir machen bald unsere Schulpraktika. Wenn ich Glück habe, kriege ich einen Platz beim Aschersburger Tageblatt.«

»Gratuliere.«

»Ich soll einen Probeartikel schreiben. Nichts Großes, zwei Spalten plus Foto. Ich dachte mir, die Suche nach Ihrer Katze …«

»Kein spannendes Thema, oder?«

»Aber eines, das die Menschen bewegt. Wussten Sie, dass jedes Jahr mehrere Hunderttausend Katzen verschwinden? Die meisten kommen nie zurück. Sie verirren sich, werden überfahren, von Hunden zerfleischt … Also Ihre natürlich nicht.«

»Hoffen wir's.«

»Der Artikel wäre auch für Sie gut. Vielleicht hat jemand ihren Kater gefunden, alte Leute. Die sind nicht auf Facebook, aber die lesen das Aschersburger Tageblatt. Und die sechs Punkte für die Klausur verstehe ich total. Erbsensamenkäfer, keine Ahnung, was ich mir dabei gedacht habe.«

Sie blieben an der Tür zum Mittelstufengebäude stehen, Frau Fontane schaute auf die Uhr. »In fünf Minuten beginnt der Unterricht. Was brauchen Sie für den Artikel?«

»Nur ein paar Hintergrundinfos.« Ricky zog Kugelschreiber und Notizbuch aus ihrer Jackentasche. »Wo haben Sie ihren Kater her?«

»Von einem Bauernhof.«

»In der Nähe?«

»In Mecklenburg. Ich war mit einer Freundin auf Radtour. Wir haben an einem Hofcafé Halt gemacht, sie hatten dort viele Katzen. Valentin war ein paar Monate alt, ich habe mich sofort in ihn verliebt.«

»Sie haben ihn einfach mitgenommen?«

»Nicht ganz. Zwei Tage später bin ich mit dem Auto gekommen, samt Transportbox. Die Bauern waren froh, mehrere Katzen hatten Junge geworfen. Sie hatten viel zu viele.«

»Hat er die Reise gut überstanden?«

»Bis nach Aschersburg sind es vierhundert Kilometer, das ist für eine Katze natürlich kein Vergnügen. Ich habe ihm ein Beruhigungsmittel gegeben, die meiste Zeit hat er geschlafen.«

»Er hat sich gut eingelebt?«

»Am Anfang hat er meinen Sessel und das Sofa zerkratzt. Ich musste ihn an die Katzenklappe gewöhnen. Aber ja, ich habe ihn erzogen. Und er ein bisschen auch mich.«

Rickys Stift flog übers Papier. »Kann ich schreiben, Ihr Haus ist voller Erinnerungen?«

»Sicher.«

»Geht er auf die Jagd?«

»Manchmal, wie die meisten Katzen.«

»Was jagt er?«

»Mäuse … Hin und wieder einen Vogel, selten … Lassen Sie die Jagd lieber weg.«

»Hatte Ihr Kater Feinde?«

»Wie meinen Sie das?«

»Menschen, die ihm Böses wollen, andere Katzen …«

»Valentin ist in der Nachbarschaft bekannt und beliebt.« Der Gong ertönte. »Reicht das für Ihren Artikel?«

»Haben Sie noch ein Foto?«

»Ich schau, ob ich eines finde.«

»Eine letzte Frage: Warum Valentin?«

»Wie?«

»Warum haben Sie ihn so genannt?«

Frau Fontanes Augenlid zuckte. Schüler strömten an ihnen vorbei ins Gebäude. »Ich weiß nicht … Das ist lange her … Ich glaube, der Name war Zufall.«

Friedrich kam vom Sportplatz, die Tasche über der Schulter, die feuchten Haare schimmerten in der Sonne. Ricky stand an der Tür zum Oberstufengebäude und kaute auf ihrem Kugelschreiber.

»Und?«, fragte er.

»Ich habe Frau Fontane ein paar Fragen für den Artikel gestellt.«

»Gut.«

»Die Frau lügt.«

14.

Katja joggte am Saaleufer. Sie hätte Enno fragen können, aber heute wollte sie allein sein, brauchte einen klaren Kopf. Über den Facebook-Post ärgerte sie sich nun doch. Zu viel Aufmerksamkeit, zu viel Anteilnahme. Selbst während des Unterrichts hatten die Schüler sie mitleidig angesehen. Sie brauchte aber kein Mitleid, sondern Hinweise – und die hatte der Post bislang nicht geliefert. Dann das Interview mit Ricky. *»Ich habe meine Katze erzogen«* – wie musste dieser Satz wirken, gedruckt in einer Zeitung? Es stimmte zwar, Katzen konnte man erziehen. Man konnte ihnen Kunststücke beibringen, Pfötchen geben, durch Reifen springen … Katzen lernten leicht und mit Freude, in dieser Hinsicht wurden sie, auch von den meisten ihrer Besitzer, völlig unterschätzt. Aber man konnte sie nicht drillen wie einen Hund. *»Und er auch mich«,* diesen Zusatz durfte Ricky nicht unterschlagen, darauf musste Katja sie hinweisen, beiläufig, nicht dass es nach Panik oder schlechtem Gewissen aussah. Sonst würde es klingen, als sei Valentin abgehauen, weil er es mit dieser Lehrerin, die ihn ständig korrigierte und zurechtwies, nicht länger ausgehalten hatte. *»Warum Valentin?«* Über ihre Antwort ärgerte sie sich noch viel mehr. Auf die Frage hätte sie vorbereitet sein müssen. der Name war natürlich kein Zufall, über den Grund konnte sie bloß mit niemandem sprechen. Warum hatte sie nicht einfach gesagt: »Er hieß schon so«? Oder: »Ich fand den Namen schön«? Oder: »Der Kater meiner besten Freundin hieß Valentin«? Hundert Lügen fielen ihr jetzt ein, alle harmlos und nicht zu entlarven. Sie hatte Ricky ein Foto versprochen. Bei der Gelegenheit konnte sie ein paar Zeilen anfügen: »*Bitte nicht vergessen: Valentin hat auch mich erzogen – und das mehr, als ich ihn. Übrigens heißt er Valentin, weil …*« Gut, so würde sie es machen.

Katja lief auf dem niedrigen Deich, rechterhand Kühe und Kälber, die auf einer frühlingsgrünen Weide grasten, links weiße Wölkchen, die sich im windstillen Wasser der Saale spiegelten. Ein Lichtblick immerhin die Vertretungsstunde in der 8b, einer berüchtigten Rabaukenklasse. Die Klasse hatte sie empfangen, wie sie jeden Vertretungslehrer empfing: Füße auf dem Tisch, Handys in der Hand, niemand erwartete geregelten Unterricht. Da kannten sie Katja schlecht. Ihre Kollegen mochten die Zügel schleifen lassen, Filme schauen oder Spiele von zweifelhaftem pädagogischen Wert spielen – bei ihr war Unterricht Unterricht. Geografie war nicht ihr Fach, aber sie war vorbereitet: Für alle Fächer hatte sie ein Notfall-Kit – Lehrmaterial, angepasst an sämtliche Jahrgänge, mit dem sie ein bis zwei Stunden über die Runden bringen und die Schüler eine Winzigkeit klüger entlassen konnte, als sie es vorher gewesen waren.

Mit der 8b wollte sie über Ländergrenzen sprechen. Wie waren sie entstanden? Warum verliefen viele entlang von Flüssen oder Bergketten? Warum sahen andere aus wie mit dem Lineal gezogen? Warum hatte die Grenze Jordaniens diesen seltsamen Zahn? Doch nun stand sie vor der Klasse und erkannte einige Gesichter wieder. Antworten fielen ihr ein, die ihr die Schüler erst vor drei Wochen gegeben hatten – auf die gleichen Fragen. Ihr Notfall-Kit hatte sie hier schon verfeuert. Sie fühlte sich in einen Alptraum versetzt, in dem man nackt vor einer Menschenmenge steht, eine Rede halten oder ein Gedicht aufsagen soll. Heute Morgen war sie den Stundenplan durchgegangen. Hatte sie die Achte mit der Neunten verwechselt? Die b mit der d? Es spielte keine Rolle. Eine Lehrerin, die ihren Schülern nichts beibringen kann, ist eine sinnlose Verklumpung von Körperzellen. Die Schüler starrten sie an, sie merkten, etwas stimmte nicht, Katja brauchte ein Konzept für neunzig Minuten Unterricht, brauchte es in den nächsten Sekunden – sonst würde sie ihre Autorität verlieren und ihre Würde.

»Wir haben«, sagte sie, »vor ein paar Wochen über Grenzen gesprochen. Ihr erinnert euch?«

Nicken, Gähnen, die Schüler erinnerten sich dunkel.

»Nun also … An diesem Punkt machen wir weiter. Stellen wir uns vor, dass es keine Grenzen gibt … Alle Menschen sind frei. Ihr seid frei. An welchem Ort möchtet ihr leben und warum? Was möchtet ihr dort tun? Schreibt auf, was euch einfällt. Denkt nicht lange nach, nehmt die ersten Bilder, die euch einfallen. Ihr habt fünfzehn Minuten Zeit.«

Katja lächelte, während sie über den Deich joggte. Die Schüler hatten die Aufgabe zunächst nicht verstanden. Freiheit? Wünsche? Was, wenn die zu teuer sind? Oder schädlich für die Umwelt? Tausend Bedenken hatten sie angemeldet, es könne doch nicht jeder in einem Schloss oder Penthouse leben, und tun, was man wolle, das gehe nicht, angenommen, jeder wolle Astronaut werden oder Rapperin … Katja war hart geblieben: »Erst euer Traum, dann die Wirklichkeit«. Nach fünfzehn Minuten hatte über die Hälfte gar nichts geschrieben, die anderen hatten deprimierend bescheidene Wünsche formuliert: Ein WG-Zimmer fürs Studium, ein restauriertes Bauernhaus (»Also jetzt nichts Großes oder so«), ein Hausboot auf dem See (»Die kriegt man günstig, wenn man sie selbst restauriert«). Überall hatte Katja Angst gespürt. Angst vor dem eigenen Wollen, der Frage, was im eigenen Leben wichtig ist. Angst auch, sich mit diesen Wünschen aus der Deckung zu trauen, sich verletzlich zu zeigen. Janine hatte sich ein Turmzimmer in einer Burg gewünscht, schon waren die Rapunzel-Witze gekommen. Gerade die Rabauken, die ständig dazwischenredeten, zu spät kamen, deren Hände mit ihren Telefonen verwachsen waren – sie waren unfähig, »Ich will« zu sagen, sobald es um mehr ging als neue Kopfhörer oder Sportschuhe. Dennoch, die kleine Pause diskutierten sie durch – was ist wichtig, was ist unwichtig? Nach neunzig Minuten beendete der Gong einen Unterricht, der für alle noch länger hätte dauern dürfen.

Katja blieb auf dem Deich stehen, außer Atem. Sie war weiter gelaufen als sonst, hatte das Gefühl für Zeit und Entfernung verloren. Die Saale machte hier eine Biegung, das Wasser glitzerte, weit ging der Blick über Weiden und Felder. Am Himmel kreisten zwei Reiher.

Rechts von ihr, auf einem niedrigen Hügel, stand die Mühle. Eine stolze Holländermühle aus dem neunzehnten Jahrhundert, weiß und blau gestrichen, mit Zwiebelhaube, Windrose und mächtigen Flügeln, die sich ausbreiteten, als wollten sie alles Licht der Nachmittagssonne einfangen. Katja hatte die Mühle oft von Weitem gesehen, war ihr aber nie so nahe gekommen. Wie weit war sie von Aschersburg entfernt? Zwanzig Kilometer, mindestens. Undenkbar, dass –

Ihr Herzklopfen wurde stärker, als sie vom Deich hinunterstieg und auf einem Weg zwischen den Feldern auf die Mühle zuging. Sie war umgeben von Bäumen, die vermutlich später gepflanzt worden waren. Ein gewundener Pfad führte den Hügel hoch. Je näher sie der Mühle kam, desto sichtbarer wurden die Zeichen des Verfalls. Lamellen waren aus den Flügeln gebrochen, die oberen Fenster waren mit Brettern vernagelt. Auf der Haube fehlten Schindeln, Moos und Farn wuchsen im bröckeligen Mauerwerk. Das Holz hätte einen neuen Anstrich gebraucht. Seit Jahrzehnten war die Mühle außer Betrieb; aber bewohnt wurde sie. Die Fenster des Unterbaus waren geputzt, hatten Gardinen und dunkelblau lackierte Läden, an denen Kletterrosen rankten. Der Rasen um die Terrasse herum war gemäht, die Tulpen und Hyazinthen in den Terrakottablumentöpfen standen kurz vor der Blüte. Es gab einen Tisch mit Gartenstühlen, in den Fenstern spiegelte sich die Sonne.

Sie ging um die Mühle herum. Leichter Wind strich durch die Mühlenflügel, eine Biene summte in den Rosenzweigen. Der Kies der Auffahrt war sorgfältig geharkt, vor der Tür stand ein gelber Smart. Jemand war zu Hause.

Katja hätte nicht hierherkommen sollen. Fast zwanzig Kilometer war sie gelaufen, viel weiter als geplant. Welche unbewusste Kraft hatte sie hergezogen? Jemand hatte ihr Kommen bemerkt. Sie hörte Schritte im Innern der Mühle. Hinter der Tür wurde ein Riegel zurückgeschoben, ein weiterer Riegel, Türangeln quietschten, Holz scheuerte über Fliesen … Vor ihr stand eine Frau. Katja erinnerte sich an die Fotos in den Zeitungen, die ausgemergelte, gespensterhafte Gestalt mit den verströhnten Haaren, abgeführt von der Polizei … Die Frau vor ihr war deutlich jünger, rundlich, mit roten Wangen, leicht schielenden, quallenblauen Augen und blonden Haaren, die sie streng zurückgebunden hatte. In ihrem grauen Leinenkleid mit der weißen Schürze, an der sie ihre Hände abwischte, wirkte sie wie eine Haushälterin aus einem früheren Jahrhundert.

»Was wollen Sie?«, fragte die Frau.

»Ihre Mühle ist schön.«

»Wollen Sie sie kaufen?«

»Ich bin beim Joggen vorbeigekommen.«

»Sie haben kein Recht, hier herumzuschnüffeln. Wenn Sie nicht kaufen wollen …«

»Gibt es hier Tiere? Hunde, Katzen?«

»Wenn ich eine Katze sehe, erschieße ich sie.«

Die Tür wurde zugedrückt, Katja hörte das Vorschieben der Riegel. Sie atmete durch. Keine Katze. Natürlich nicht. Wie hatte sie auf die Idee gekommen können? Sie lief den Hügel hinunter, auf dem Pfad zurück zum Deich, erleichtert, fast euphorisch. Von Anfang an war die Vorstellung absurd gewesen, Valentin hier zu finden. Trotzdem war es gut, dass sie gekommen war. Alle Möglichkeiten hatte sie nun ausgeschöpft: Zettel an den Bäumen, Anruf im Tierheim, Facebook-Post, Ricky schrieb an ihrem Artikel für das Tageblatt … Valentin trug ein Halsband mit Katjas Telefonnummer. Es gab nichts, das sie noch tun konnte.

Sie stieg den Deich hoch. Der Wind hatte sich gelegt, unter der tiefstehenden Sonne schimmerte der Fluss wie poliertes Kupfer. Das Feld auf der anderen Uferseite war frisch gepflügt, es roch nach Erde. Ein Frachtkahn glitt vorbei, friedlich tuckerte der Motor. Der Steuermann hob die Hand zum Gruß, Katja grüßte zurück. Sie zog ihr Telefon vom Armgurt und machte ein Foto.

Volltreffer.

Die Orange- und Kupfertöne flossen ineinander, gerahmt vom Grün der Uferpflanzen. Die Silhouette des Schiffers warf einen Schatten ins Wasser, in dem sich die Heckwelle silbrig kräuselte. In der Ferne ragte ein Kirchturm auf. *»Möchtest du das Foto bearbeiten?«*, fragte die Software. Nein, das wollte sie nicht, es war vollkommen. *»Möchtest du das Foto teilen?«* Das wollte sie schon eher, es war zu schön, um es für sich zu behalten. *»Schreibe etwas zu diesem Foto«*, schlug Facebook vor – Herrgott, wie manipulativ diese Technik war. Katja blickte aufs Wasser. Der Kahn war fast hinter der Biegung verschwunden, immer noch hörte sie das leise Tuckern des Motors. Am Himmel kreisten die Reiher. Ohne langes Nachdenken schrieb sie:

Das Leben ist schön. Kämpft für das, was ihr liebt.

15.

Ricky saß bei McDonald's am Händelplatz, obwohl sie McDonald's eigentlich boykottierte. Aber es gab hier freies Internet, wenn man unten einen Milchshake kaufte, konnte man oben stundenlang am Fenster sitzen, ohne dass es jemanden störte. Und die Vanilleshakes waren knapp unterhalb der Ekelschwelle.

> *Als die beliebte Lehrerin Katja Fontane den jungen Kater zum ersten Mal auf dem Bauernhof in Mecklenburg erblickte, war es Liebe auf den ersten Blick. »Die Fahrt nach Aschersburg war nicht einfach«, erinnert sie sich schmunzelnd. »Und zuhause hat er meine Möbel zerkratzt. Doch er hat sich gut eingelebt.« Umso unerklärlicher ist sein Verschwinden. »War ich bei der Erziehung zu streng?«, fragt sie sich. Und obwohl die beliebte Lehrerin von ihren Schülern viel Zuspruch und Anteilnahme erlebt …*

Schrott! Banal! Das konnte sie unmöglich abgeben. Sie lehnte sich zurück, rieb ihre Augen. Nicht dass es über Katzen nichts Interessantes zu schreiben gab. Wer wusste schon, dass die älteste Katze der Welt achtunddreißig Jahre alt geworden war? Dass der Nasenabdruck einer Katze so einzigartig ist wie der Fingerabdruck eines Menschen? Dass Katzen in einer Minute eintausendfünfhundert Mal schnurren? Aber das war Material für den Info-Block, »Fünf erstaunliche Fakten über Katzen« oder sowas, nicht für den eigentlichen Artikel. Wenn sie es mit einer Glosse versuchte? Scharfzüngig, in der Schülerzeitung waren ihre Glossen das Highlight gewesen. Über eine Lehrerin, die sich vor der Klasse aufplustert, Ribosomen, Membranen, Leukozyten – wie weise, wie gelehrt! Und zuhause brennt die Katze durch. Hält's mit der Pädagogin nicht mehr aus. Da steht sie, einsam und hilflos: »Wo ist Valentin?« All ihr Wissen zerfällt zu Staub. Zugegeben, die Glosse wäre eine Gemeinheit. Aber Ricky war jung, sie brauchte das Praktikum, nett sein war ein Privileg von Leuten, die es sich leisten konnten. Und die Glosse wäre eine subtile Rache für den Erbsensamenkäfer.

Sie öffnete ein neues Dokument, nannte es *GEMEINE GLOSSE …*

Ping.

Frau Fontane hatte ein Foto geschickt. Valentin auf dem Küchentisch, mit einem Topflappen. Herausfordernd blickte er in die Kamera, eine Pfote auf dem Lappen. Der Kater, das war nicht zu leugnen, sah prachtvoll aus, mit dem Silberfell und dem weißen Fleck auf der Stirn, wie ein drittes Auge. Ein Raubtier, das keine Rücksicht nimmt. *Vom Kater lernen, heißt Siegen lernen.* Auch Ricky hatte nicht vor, Rücksicht zu nehmen.

»Hier das Foto«, schrieb Frau Fontane, *»und zwei Kleinigkeiten für Ihren Artikel: Ich habe gesagt, ich hätte Valentin erzogen. Jeder erzieht seine Katze oder versucht's wenigstens. Lassen Sie's bitte nicht klingen, als wäre er vor mir geflohen ☺. Und mir ist wieder eingefallen, warum er Valentin heißt. Meine beste Freundin in der Grundschule hatte einen Kater, der hieß Valentin. Ich habe mir damals immer sehnlich eine Katze gewünscht. Mit Valentin ist ein Kindheitstraum in Erfüllung gegangen – deshalb der Name. Gruß KF*

So, so. Kindheitstraum. Und die Leute durften um Himmelswillen nicht denken, er sei geflohen. Ist er aber, Frau Fontane! Er hat Ihre Besserwisserei nicht mehr ausgehalten! Ricky starrte aufs Display und nuckelte am Strohhalm ihres seit einer Stunde leeren Milchshake-Bechers. Ein Big Mac wäre jetzt gut gewesen. Sie hasste Big Macs, Ami-Kapitalismus in seiner widerlichsten Form. Aber für ihre Gemeine Glosse hätte er sie in Stimmung gebracht. Sie hatte kein Geld. Der Typ am Tisch neben der Treppe hatte ein ganzes Big Mac-Menü, große Cola und vier Tüten Ketchup für die Pommes. Und er sah nicht aus, als schreibe er an einer Glosse. Kurz geschorenes Haar, rundes Gesicht, ärmelloses schwarzes T-Shirt, damit jeder seine Muskeln sah und die Tätowierung auf der Schulter. Der Typ wusste wahrscheinlich nicht mal, was eine Glosse war. Er biss in den Big Mac, einfach so, weil er ihm schmeckte!

Ricky packte ihren Laptop ein, polterte die Treppe hinunter, warf am Ausgang ihren Becher in die Müllklappe und schwor sich, wie so oft – nie wieder McDonald's.

Abenddämmerung auf dem Händelplatz. Geschäfte schlossen, die Restaurants und Cafés waren voll. Am Brunnen saß Caroline, umgeben von Siebt- und Achtklässlerinnen, die sie anhimmelten wie einen Guru. »Hyaluronsäure macht krass zarte Haut«, dozierte sie, »ich schwör's euch.«

»Was ist mit Botox?«, fragte eine.

»Botox ist für Assis und C-Promis. In der Beauty-Oase, wo ich für das Praktikum hingehe, machen sie Kryolipolyse – hammer gewebestraffend, sag ich euch.«

»Beauty-Oase am Dessauplatz?« Die Augen der Mädchen wurden groß.

»Die haben meinen Insta-Channel gesehen und wollten mich unbedingt.« Caroline hielt ihre Hand, als schnippe sie Zigarettenasche in den Brunnen. Sie hatte sich glänzende Strähnchen ins Haar frisiert, bestimmt würden es ihr die Mädchen bald nachmachen. »Wichtig ist, dass ihr euch nie akzeptiert, wie ihr seid. Schönheit ist wie Rudern gegen den Strom. Wer damit aufhört, treibt zurück.«

»Lernen«, sagte Ricky.

Die Mädchen sahen herüber.

»Lernen ist wie Rudern gegen den Strom. Und du ruderst schon lange nicht mehr.«

»Guck dich mal an, wie du aussiehst«, sagte Caroline.

»Guck dich lieber an.«

»Nee, guck dich mal an.«

»Nee, du.«

»Guck dich an, wie du aussiehst.« Die Mädchen kicherten, Ricky ging schnell weiter. Ihr wurde heiß unter ihrem Pullover, wahrscheinlich hatten die Mädchen bemerkt, wie sie rot wurde. Hatte Caro also auch einen Praktikumsplatz. Alle in ihrer Stufe hatten schon Zusagen, Regine bei der Sparkasse, Simon im Anwaltsbüro, Karsten im Schwimmbad, da passte er hin … Alle kamen unter, nur sie nicht. Was stimmte mit ihr nicht? Und was, verdammt, war Kryolipolyse?!

Ihr Telefon klingelte. Friedrich – der einzige Mensch außer ihrer Mutter, der keine Nachrichten schrieb, sondern anrief, als lebten sie im zwanzigsten Jahrhundert.

»Hast du das Foto von Frau Fontane gesehen?«, fragte er.

»Sie hat mir gerade eines von ihrem Kater geschickt.«

»Ich meine das, was sie auf Facebook gepostet hat.«

Ricky öffnete Frau Fontanes Facebook-Seite. Ein Fluss, ein Boot, goldenes Licht über gepflügten Feldern. Ein schönes Foto, soweit sie das auf ihrem gesprungenen Display erkennen konnte. »Und?«

»Ich glaube, ich habe was rausgekriegt.«

16.

An diesem Abend war Ricky länger wach als sonst. Sie lag auf ihrem Bett, recherchierte, sortierte Fakten, Vermutungen, Gerüchte. Ja, Friedrich hatte etwas herausgekriegt. Möglicherweise. Zunächst hatte er sich nur gefragt, wo das Foto entstanden war. Die Biegung der Saale, die Felder, am Horizont der Kirchturm … Mit Google Earth war es nicht schwer gewesen, das herauszukriegen. Bis auf wenige Meter hatte er ihren Standort bestimmen können. Ganz in der Nähe hatte Google Earth eine denkmalgeschützte Holländermühle angezeigt. Von dort waren es nur wenige Klicks bis zu den Schlagzeilen gewesen: *Katzenkönigin verhaftet … So grausam litten die Tiere … Die Hölle hinter Flügeln …* Ricky scrollte durch alte Artikel aus *Mitteldeutscher Zeitung*, *Leipziger Volkszeitung*, *Magdeburger Stimme*. So alt waren die gar nicht, etwas mehr als drei Jahre. Fotos einer Frau mit strähnigen Haaren im Polizeiwagen, die Mühle hinter Absperrband. Fotos der geretteten Katzen: eiternde Wunden, entzündete Mäuler, Rippen, die durch räudiges Fell stachen. Blicke aus aufgerissenen Augen, voll Hunger und Angst. Es war eine große Sache gewesen, damals, sie erinnerte sich an erregte Diskussionen auf dem Schulhof und beim Frühstück mit ihrer Mutter: »Wie kann man so grausam sein! Eine Frau, die Bücher über Katzen schreibt! Die mit den Büchern viel Geld verdient!« Madame de Ronron, erfolgreiche Autorin von Katzenkrimis, Katzenratgebern, Katzenkolumnen. Die Nachbarin aus dem dritten Stock hatte daraufhin all ihre Bücher von Madame de Ronron, sogar die signierten, unten bei den Wäscheständern verbrannt.

Ein richtiges Lagerfeuer hatte sie veranstaltet. »Von der Frau will ich nichts im Haus haben!«

Aber was hatte das mit Frau Fontanes Kater zu tun? »Ich frage mich einfach, was sie da wollte«, hatte Friedrich gesagt. »Warum postet sie ausgerechnet an diesem Ort *Kämpft für das, was ihr liebt!* Aber klar, kann Zufall sein.« Zufälle gab's im Feuilleton.

Ricky starrte an die Decke und versuchte, sich genau an Frau Fontanes Worte, ihren Tonfall zu erinnern. Ärgerlich, dass sie das Gespräch nicht aufgezeichnet hatte, unprofessionell, das musste sie nächstes Mal besser machen. Hatte Frau Fontane die Geschichte vom Bauernhof nicht ein wenig zu routiniert abgespult? Wie eine oft erzählte Lüge? Und warum das Zögern, als Ricky nach dem Namen des Katers gefragt hatte?

Einhundertsechzig aus der Mühle gerettete Katzen. Unterernährt, verwurmt, zerbissene Ohren und Schwänze, verstört und aggressiv. Solche Tiere, hatte das Veterinäramt argumentiert, waren nicht mehr zu vermitteln. Viele hatten ansteckende Krankheiten, sie waren eine Gefahr für andere Tiere, und die umliegenden Tierheime hatten keinen Platz. Also waren sie eingeschläfert worden. Es hatte Proteste gegeben, offene Briefe, Mahnwachen – ohne Erfolg. Warum war Frau Fontane bei der Mühle gewesen? Und falls sie log – welchen Grund hatte sie?

Die sympathische Lehrerin und ihr dunkles Geheimnis

Rickys Instinkt flüsterte, dass sie am Anfang einer Story stand, einer großen und aufregenden Story. *Eine Story ist so groß wie derjenige, der sie schreibt* – der Spruch von Kukulies bekam plötzlich einen ernsten, bedrohlichen Klang. War Ricky groß genug für *Katze entlaufen*?

Sie stand auf und trat ans Fenster. Unten lärmten die Russen, eine Bierflasche ging zu Bruch.

Sie musste recherchieren, was Kryolipolyse bedeutete. Vor allem musste sie mehr darüber herausfinden, was damals in der Mühle passiert war.

17.

»Ich muss mich bei Ihnen entschuldigen«, sagte Frau Ebner. »Ich habe mit meiner Tochter gesprochen. In der Klausur steht wirklich der Artikel aus Wikipedia.«

»Schön, dass das geklärt ist«, sagte Katja.

Sie saßen im Elternsprechzimmer. Alte Fotos – Besuch des Ministerpräsidenten, Siege bei den Landesjugendspielen – hingen an den gelb getünchten Wänden. Die Fenster gingen auf den verwahrlosten Raucherhof.

»Wir wollen für unsere Kinder das Beste, nicht wahr?« Frau Ebner nestelte an ihrem Taschentuch. »Der Druck ist so groß. Ohne Abitur haben sie keine Chance.«

»Es gibt viele attraktive Ausbildungsberufe, für die man kein Abitur braucht.«

»Da verdient man doch nichts. Und wenn die Roboter kommen mit ihrer künstlichen Intelligenz, ist der Job ganz schnell weg. Caroline muss sich einfach mehr anstrengen. Sie ist ein intelligentes Mädchen, das war sie immer. Mit fünf Jahren konnte sie kopfrechnen, da bin ich nicht mitgekommen. Meine Tochter hat den Wikipedia-Artikel über die Mendelschen Gesetze geschrieben. Daher die Übereinstimmung in der Klausur. Das konnten Sie natürlich nicht wissen, ich habe sie für diese Nachlässigkeit getadelt.«

»Caroline hat den Wikipedia-Artikel über die Mendelschen Gesetze geschrieben?«

»Sie hat es mir selbst gesagt.«

Katja hatte unruhig geschlafen und war schon den ganzen Morgen gereizt. Nun saß sie einer Elternliebe gegenüber, die in den Wahnsinn driftete. Es half nichts: Nur Ruhe und Sachlichkeit würden dieses Gespräch zu einem guten Ende führen.

»Der Artikel ist umfangreich«, sagte sie. »Er enthält Formeln, Grafiken, Tabellen …«

»Wenn Caro etwas macht, macht sie es richtig. Wie gesagt, für dieses Missverständnis ist allein unsere Tochter verantwortlich. Allerdings erscheinen mir nun zwölf, dreizehn Punkte als angemessen.« Sie legte Carolines Klausur auf den Tisch, daneben einen Kugelschreiber.

Frau Herczeg kam herein, mit einer Gießkanne. Als sei sie allein im Raum, goss sie die Sukkulenten auf der Fensterbank.

»Haben Sie einen Nachweis, dass Caroline den Wikipedia-Eintrag geschrieben hat?«, fragte Katja vorsichtig.

»Wie denn? Die Artikel erscheinen anonym.«

»Skizzen, Unterlagen …«

»Caroline schreibt öfter für Wikipedia. Halbe Nächte lang sitzt sie am Computer, mein Mann und ich machen uns manchmal Sorgen.«

»Frau Ebner …«

»Ich muss Ihnen nicht beweisen, dass meine Tochter den Artikel geschrieben hat. Sie müssen mir beweisen, dass sie ihn nicht geschrieben hat! Mit achtzehn Jahren ist sie in der zehnten Klasse, das ist der eigentliche Skandal! Allein der ständige Unterrichtsausfall, wie soll sie nicht unterfordert sein? Mein Mann und ich sind in Aschersburg gebunden, sonst hätten wir längst ein besseres Gymnasium für unsere Tochter gesucht. Wenn Caroline erst auf der Universität ist und Jura studiert …«

»Ha!«, kam es vom Fenster.

»Jura öffnet viele Türen, das hat man uns versichert.«

»Manche Witze sind so traurig, man kann nicht mal drüber lachen«, sagte Herczeg. »Caroline! Studium! Warum betrügen

Eltern sich und ihre Kinder? Und wir, die Lehrkräfte, müssen's ausbaden. Wofür halten Sie uns? Schamanen?«

»Meine Tochter –«

»Macht kein Abitur. An dieser Schule nicht, nirgends. Sie wissen das doch selbst. Glauben Sie, Frau Fontane braucht nicht ihre Pause? Glauben Sie, sie braucht nicht ihre Zeit für Schüler, die's wert sind? Stattdessen muss sie hier sitzen und sich ihr Geplapper anhören. Caroline! Jura! Eher wird aus einer Sprotte ein Thunfisch!«

»Sie haben kein Recht –«

»Ihre Tochter ist dumm wie Stroh. Trockenes Stroh. Und da hilft es nichts, wenn Ihnen Tränchen die Wange hinunterlaufen. Frau Fontane bewertet nicht Ihre Tränchen, sondern Carolines Klausur. Und die ist null Punkte wert.«

Frau Ebner sank auf ihrem Stuhl zusammen. Herczeg stand pfeilgerade hinter ihr, als wolle sie sie begießen.

»Ein gemeinsames Gespräch mit Direktor Krugmeyer …«, sagte Katja.

»Das nützt nichts! Das nützt überhaupt nichts!« Frau Ebner raffte ihre Sachen zusammen. »Sie … Das werden Sie bereuen!« Schluchzend, ein Taschentuch ans Gesicht gepresst, verließ sie den Raum. Die Klausur blieb auf dem Tisch liegen.

»Das war hart«, sagte Katja.

»Die Wahrheit ist kein Kuscheltier.« Herczeg goss weiter die Sukkulenten. »Krugmeyer sollten Sie aus der Sache übrigens rauslassen. Haben Sie gesehen, wie in letzter Zeit seine Hand zittert? Er schluckt schon Pillen, aber bis zu seiner Pensionierung sind es noch vier Jahre. Ich schätze, er will so lange wie möglich durchhalten, der Festakt, die Ehrenbürgerwürde …«

»Er soll Ehrenbürger werden?«

»Verdient hätte er es ja.«

»Ich habe gehört, er will aufhören«, sagte Katja. »In Magdeburg suchen sie schon die Nachfolge.«

»Er hat mit Ihnen gesprochen?«

»Es heißt, sie suchen eine Frau.«

»Krugmeyer hat Sie gefragt?«

»Ich habe gesagt, dass ich nicht will.«

»Aber gefragt hat er Sie?« Herczeg starrte auf die Sukkulenten, die Hand um die Gießkanne gekrampft. »Mit mir hat er nicht gesprochen.«

Katja bereute, was sie gesagt hatte. Nun war es zu spät. »Sie können sich bewerben.«

»Ich denke nicht dran.«

»Sie kennen dieses Gymnasium wie niemand sonst.«

»Es gibt so viele unfähige Frauen, da kann Magdeburg gleich einen Mann schicken. Dieses Spiel spiele ich nicht mit. Warum hat er nicht –«

Sie musste nicht weitersprechen. Seit dreißig Jahren war sie an dieser Schule. Seit dreißig Jahren waren Herczeg und Krugmeyer Kollegen. *Geschätzte … gefeierte … möge sie unserem Gymnasium noch lange …* All die überschwänglichen Worte zum Jubiläum hatten nichts bedeutet.

»Ich habe mich noch gar nicht richtig bei Ihnen bedankt«, sagte Herczeg. »Parsifal war Ihre Idee, oder? Eine wundervolle Oper. Kennen Sie sie?«

»Die mit dem Schwan?«

»Sie meinen vermutlich Lohengrin. Auch in Parsifal gibt es einen Schwan, ja. Allerdings wird er abgeschossen, gleich zu Beginn. Von Parsifal selbst.«

»Warum?«

»Einfach so. Parsifal ist geschickt mit Pfeil und Bogen. Am Himmel fliegt ein Schwan. Er schießt ihn ab.«

»ohne Grund?«

»Parsifal braucht keinen Grund, er ist frei. Er gehorcht keinem Gesetz. Die Gralsritter verstehen das nicht. Sie leben für den Gehorsam, die Pflicht, das Gesetz, aber es nützt ihnen nichts – um sie herum verfällt die Gralsburg. Parsifal hingegen, der nur seinem Willen und seiner Kraft folgt – er besiegt den Herrscher des Bösen. Er entreißt ihm den Heiligen Speer, rettet die Gralsritter und ihre Burg. Das ist, wenn Sie so wollen, die Botschaft des Parsifal: Nicht Moral rettet uns, sondern Freiheit.«

Draußen tönte der Gong. Katja packte ihre Unterlagen ein, sie war spät dran.

18.

Friedrich bremste, der Elektroroller bog von der Landstraße auf den Feldweg. Ricky fasste seine Schultern fester.

Nach der fünften Stunde waren sie aufgebrochen. Französisch bei Frau Gödicke, die merkte sowieso nie, wenn jemand fehlte. Sie hatten die Mühle schon aus der Ferne gesehen, majestätisch ragte die Haube mit den vier Flügeln in den blauen Himmel. »*Erbaut 1844 als Turmholländermühle aus Bruch- und Backsteinen. Bis 1952 in Besitz der Müllerfamilie Stieglitz, danach Stilllegung und Verfall. Seit 1992 auf der Liste der Baudenkmäler in Sachsen-Anhalt. 1998 wurde die Mühle von der Autorin Elisabeth Pringel (bekannt als Madame de Ronron) erworben und als Wohnsitz ausgebaut*«, so stand es auf der Webseite des Denkmalschutzamtes. Doch jetzt, wo sie auf dem holprigen Weg auf die Mühle zufuhren, sahen sie deutliche Zeichen des Verfalls: abblätternde Farbe, fehlende Lamellen, rissige Fensterrahmen.

Der Roller fuhr den Hügel hoch, hielt auf dem Kiesplatz. Sie setzten ihre Helme ab. Sie sahen Reifenspuren im Kies, aber kein Auto. Ein Admiralfalter flog zwischen Schlüsselblumen, in den Bäumen zwitscherten Vögel. Sonst war alles still.

»Scheint niemand hier zu sein«, sagte Friedrich.

Ricky ging zur Eingangstür. Eine Klingel schien es nicht zu geben, also ließ sie den Klopfer gegen das Eisen schlagen. Tür und Rahmen bebten unter dem Schlag. Aber sie hörten keine Schritte, keine Stimmen.

»Schauen wir uns um«, sagte Ricky.

Sie gingen um die Mühle herum bis zu einer kleinen Terrasse, auf der es nichts gab, außer einigen verwitterten Gartenmöbeln. Sie blieben unter den Mühlenflügeln stehen – mächtig wie das Skelett eines Dinosauriers. Jahrzehntelang hatten sie sich gedreht, hatten Stürmen, Regen und Schnee getrotzt.

»Ich habe die halbe Nacht recherchiert«, sagte Ricky. »Elisabeth Pringel, geschieden, eine Tochter. Verliert ihren Job als Buchhalterin, schreibt unter dem Pseudonym Madame de Ronron ihren ersten Katzenkrimi, er wird von allen großen Verlagen abgelehnt. Ein Kleinverlag bringt ihn heraus, der Krimi wird zum Bestseller. Sie schreibt weitere Katzenkrimis, alle werden Bestseller und in mehrere Sprachen übersetzt. Kolumnen, Ratgeber, sie reist mit einem Vortrag *99 Dinge, die dir deine Katze nicht verrät* durch Deutschland, Österreich und die Schweiz. Von dem Geld kauft sie diese Mühle.«

Sie bewunderten eine Weile die Aussicht über die Felder, den Deich und die sonnenglitzernde Saale. Dann gingen sie einen Pfad hinunter, der sich von der Terrasse bis zu einer Baumgruppe schlängelte.

»Am Anfang hat sie zwei Katzen, Sidonie und Gabrielle.« Ricky zeigte Friedrich auf ihrem Telefon ein Zeitungsbild: Madame de Ronron an ihrer mechanischen Schreibmaschine, neben ihr, auf bestickten Kissen, zwei wohlgenährte Perserkatzen. Darüber die Schlagzeile: *Von ihren Katzen empfängt die Star-Autorin ihre Ideen.*

»Wie wurden aus zwei Katzen einhundertsechzig?«

»*Animal Hoarding*, gibt's öfter, als man denkt. Es gibt verschiedene Typen. Einige machen's für Geld, züchten auf engem Raum so viele Tiere wie möglich, bis ihnen alles über den Kopf wächst. Das sind eher Männer. Der andere Typ will Tiere retten. Sammelt sie auf der Straße auf, bringt sie aus dem Urlaub mit, fühlt sich schuldig, wenn ein Tier allein gelassen wird. Das sind eher Frauen. Der dritte Typ, auch Frauen, liebt Tiere mehr als Menschen. Hier wird die Abhängigkeit der Tiere mit Liebe verwechselt. Diese Menschen werden süchtig. Mit jedem Tier steigt das Verlangen nach mehr.«

»So eine war Madame de Ronron?«

»Wahrscheinlich. Sie hat zum Schluss völlig isoliert mit ihren Katzen gelebt. Hat keinen Besuch empfangen, mit Verlagen und Agenten nur über Brief und Telefon kommuniziert. Sie hat Warnschilder aufgestellt, niemand durfte sich der Mühle nähern. Am Ende ein anonymer Tipp, wahrscheinlich von einem Elektriker, der nach einem Sturm eine Leitung reparieren musste.« Ricky las den Zeitungsartikel vor: »Am 10. Februar die Razzia. Während eines Regensturms, damit die Katzen nicht aus der Mühle fliehen. ›*In zwanzig Berufsjahren habe ich sowas Schreckliches nicht erlebt*‹, *gab ein Polizist zu Protokoll.* ›*Die Bilder werden mich bis ans Ende verfolgen.*‹ Stell dir vor, du bist Bulle, jagst Mörder, Drogengangster, Vergewaltiger … und am Ende traumatisieren dich Katzen.«

Der Pfad endete an einem Teich, eher einem grün verschlammten Tümpel. Schilf wuchs am Rand, in der Mitte schwammen Seerosen, die um diese Jahreszeit nicht blühten. Die Baumkronen bildeten eine Kuppel über dem Teich, es roch faulig. Eine Libelle schwebte über dem Wasser, zuckte nach hier und dort. Friedrich zeigte auf die andere Seite, zu einer Bank neben einer schmiedeeisernen Laterne. Sie umrundeten den Teich auf einem überwucherten Pfad, traten auf Zweige und faulendes Laub. Die Bank war morsch und von Flechten überwachsen. Aber sie hielt, als sie sich setzten.

Eine Weile starrten sie schweigend ins trübe Wasser. Ein stiller, melancholischer Ort, im Sommer vermutlich voller Mücken.

Kein Windhauch drang zu ihnen. Hier und da rief ein Vogel in den Baumkronen. Ihre Knie berührten sich – zufällig, kurz.

»Was ist aus Madame de Ronron geworden?«, fragte Friedrich.

»Zunächst hat sie alles abgestritten. Sie hat mit Anzeigen gedroht, gegen die Polizei, das Veterinäramt. Das seien nicht ihre Katzen, sie seien krank zu ihr gekommen, eine Verschwörung ihrer Feinde, erfolgloser Katzenkrimiautorinnen. *Animal Hoarder* leugnen die Wirklichkeit. Sie leben in einer Traumwelt, in der ihre Tiere gesund und glücklich sind. Oder in der es die Tiere einfach nicht gibt. Die Polizisten haben etwas getan, was man in so einer Situation wohl nicht tun darf. Aber sie wussten es eben nicht besser, sie dachten, Wahrheit hilft. Sie haben ihr Fotos gezeigt. Fotos von den Katzen, ihren Wunden und Parasiten, den verschleimten Augen, ausgemergelten Körpern … Madame de Ronron ist zusammengebrochen. Tagelang lag sie im Koma. Als sie wieder aufwachte, war sie blind. Psychogene Blindheit heißt das. Die Augen sind gesund, aber das Gehirn lässt die Bilder nicht zu, gibt's bei Kriegsopfern.« Ricky scrollte durch ihr Telefon. »Was danach passierte, dazu habe ich kaum noch was gefunden. Sie war in Therapie. Seit knapp zwei Jahren lebt sie wieder hier, gemeinsam mit ihrer Tochter, die auch ihr Vormund ist. Sie schreibt nicht mehr. Und sie darf keine Katzen halten.«

»Warum ist sie nach allem, was passiert ist, wieder in die Mühle gezogen?«

»Dazu steht hier nichts.«

Hier und dort platzten Blasen an der Oberfläche des trüben Wassers. Schauten sie genau hin, konnten sie zwischen den Schilfhalmen winzige schwarze Fische erkennen.

»Das hier sollte mal ein Paradies werden«, sagte Friedrich. Das Wasser beschien grünlich sein Gesicht. »Als ob der Mensch es nicht aushält. Aus allem macht er eine Hölle.«

»Nicht aus allem.«

»Doch, Ricky. Jedes Paradies machen wir kaputt.«

Ricky stieß ihn an und deutete auf den Weg. Eine bleiche Frau kam von der Mühle herunter, tastete sich mit einem Blindenstock voran. Sie blieb stehen, horchte, drehte den Kopf mit wirren, graublonden Strähnen und einer großen, schwarz getönten Brille in ihre Richtung. Dann tastete sie sich vor bis ans Ufer.

»Madame de Ronron«, flüsterte Ricky.

»Sicher?«

»Die Lippen.«

In seltsamem Kontrast zur fahlen Haut und den Haaren stand der schimmernde, purpur geschminkte Mund. *Katzenflüsterin mit Porzellanlippen,* hatte es in einem Zeitungsporträt geheißen; jetzt sah Madame de Ronron eher aus wie ein herausgeputztes Gespenst.

»Wo kommt die her?«

»Wahrscheinlich haben wir das Auto nicht gehört.«

Ihre Hände suchten in dem streng geschnittenen, schwarzen Kleid nach Taschen, obwohl da keine Taschen waren. »Putt, putt«, sagte sie, die Stimme hoch und brüchig. »Putt, putt, putt.« Sie schwang einen Arm über das Wasser.

»Sieht aus, als ob sie Enten füttert«, sagte Ricky.

»Hier sind keine Enten.«

»Sie hat auch kein Brot.«

Madame de Ronron hielt inne, horchte, Ricky und Friedrich hielten den Atem an. Sie setzte die Fütterung fort, warf Brotkrumen, die nur in ihrer Fantasie existierten, weit über den

Teich. Aus allen Richtungen schienen Enten zu kommen. Sie lächelte, lachte, kniete sich hin, als watschele eine Ente ihr bis vor die Füße, ein Junges vielleicht, das sie zärtlich unter dem Schnabel kraulte.

Ricky stand auf.

»Wo willst du hin?«, fragte Friedrich.

»Mit ihr reden.« Ricky umrundete den Teich, näherte sich vorsichtig der blinden Frau. »Madame de Ronron?«

Die Frau zuckte zusammen, die Enten verpufften.

»Mein Name ist Ricky Röpcke … Ich schreibe für das Aschersburger Tageblatt …«

Die Frau drehte ihr den Kopf zu. Obwohl Ricky die Augen hinter den schwarzen Gläsern nicht sah, fühlte sie sich von ihrem Blick durchbohrt.

»Es geht um eine Katze … Sie ist verschwunden …«

Madame de Ronron zitterte, ihre Hand klammerte sich um den Stock.

»Es kann natürlich sein … Alles bloß Zufall …«

Sie atmete schwer, röchelte, ging rückwärts.

»Sie müssen keine Angst haben … Ich will nicht …«

Madame de Ronron verlor den Halt, fiel auf die Knie und schrie. Ricky wollte ihr hoch helfen, doch sie fuchtelte mit dem Stock in ihre Richtung.

»Mutti?« Eine jüngere Frau kam den Weg heruntergelaufen, füllig, in grauem Leinenkleid mit Schürze. »Mutti!« Madame de Ronron kauerte auf der Erde, schwenkte ihren Stock und wimmerte. »Wer sind Sie? Was machen Sie hier?!«

»Ich schreibe für das Aschersburger Tageblatt …«

»Verlassen Sie dieses Grundstück.«

»Ich wollte nur wissen …«

»Verschwinden Sie! Oder ich rufe die Polizei!« Die Frau holte ein Telefon aus ihrer Tasche und tippte.

»Ist gut, Ricky.« Sie fühlte Friedrichs Hand auf ihrem Arm. »Wir gehen.«

19.

Sie fuhren auf der Landstraße zurück in die Stadt. Das war alles schlecht gelaufen. Ricky hätte nicht gleich die Zeitung erwähnen dürfen, die Presse hatte die alte Frau damals niedergetrampelt und traumatisiert. Sie hätte sich vorsichtig herantasten müssen, Gespräch über Enten, das wär's gewesen. Gemeinsames Füttern, Lachen, die Tochter kommt, Begrüßung, Teetrinken in der Mühle … zu spät, zu spät.

LKW überholten sie, Ricky drückte sich enger an Friedrich, spürte seine Muskeln durch die weinrot karierte Jacke – die unauffällig aussah, aber bestimmt teuer gewesen war, sie merkte es erst, als sie ihre Finger tiefer in den Tweed grub. Sie passierten das Ortsschild von Aschersburg, näherten sich dem Kreisel. Gleich, dachte sie. Wenn dieser Tag noch eine Wendung zum Guten nehmen soll, biegt er gleich rechts ab, nimmt mich mit in sein Haus, das alle nur spöttisch Eierschale nannten, weil an diesem Haus alles weiß und rund war, weil es wie ein Ei inmitten eines riesigen Grundstücks lag. Die extravaganteste Villa Aschersburgs, sogar eine Architekturzeitschrift hatte eine Foto-Strecke gedruckt. Aber da war die Schale noch nicht bewohnt gewesen. Das Heft hatte auf dem Schulhof die Runde gemacht, sie hatten die geschwungenen Treppen bestaunt, den tropfenförmigen Swimming Pool, die riesigen Räume … Wie lebte es sich in einer Eierschale? Keiner wusste es. Seit Friedrich letzten Herbst neu auf die Schule gekommen war, hatte er niemanden zu sich eingeladen.

Friedrich bremste, blinkte, er nahm nicht die erste Ausfahrt, auch nicht die zweite, Rickys Herz sank. Er bog halb links in die Thälmannstraße, an deren Ende ihre Siedlung lag. Er hatte für sie Französisch geschwänzt, war mit ihr zur Mühle gefahren, jetzt brachte er sie nach Hause. Er war höflich, sie durfte sich nicht beklagen. Trotzdem – als er am Rondell hielt, um sie herum graue Plattenbauten und der Norma-Markt, war sie enttäuscht.

»Alles in Ordnung?«, fragte er, während er ihren Helm unter dem Sitz verstaute. Er hatte seinen Helm aufbehalten, nur das Visier hochgeschoben. Sie konnte ihn zum Abschied nicht richtig umarmen, schon gar nicht küssen, was sowieso zu viel gewesen wäre. Sie konnte ihn schon gar nicht fragen, ob er mit hochkommen wolle. Drei Zimmer Plattenbau mit buntem Balkon, auf dem die Wäsche trocknete – kein Mensch, der in einer Eierschale lebte, wollte sich so etwas ansehen.

»Danke«, sagte sie. »Für die Fahrt.«

»Kein Problem.«

»Bis morgen.«

»Vielleicht –«

»Ja?«

Er suchte nach Worten, aber fand sie nicht. Seine Tweedjacke war cool, der Roller, seine Haltung darauf, ein Bein aufgestützt, sein kantiges Profil, im Halbschatten des Helms eher zu ahnen … Aber jetzt entdeckte sie an ihm eine neue Seite, eine Scheu, fast Schüchternheit. *Du bist schön, wenn du schüchtern bist – konnte man das einem Jungen sagen*?

»Du solltest den Artikel einfach abgeben«, sagte er.

»Er ist noch nicht fertig.«

»Katze entlaufen, beliebte Lehrerin, bla, bla, bla … Du kriegst das Praktikum, alles ist gut.«

»Frau Fontane hat gelogen.«

»Das weißt du nicht.«

»Und wenn doch? Die Wahrheit kommt heraus, und mein erster Artikel ist *fake news*?«

»Der Redakteur will einfach einen kleinen Artikel mit einer Katze. Du weißt nicht, was rauskommt, wenn du Staub aufwirbelst.«

»Deshalb wirbelt man Staub auf, damit man's sieht.«

»Ja, aber … Manchmal sind Dinge nicht, wie sie aussehen. Und man lässt sie besser, wie sie aussehen.«

»Was meinst du damit?«

»Ich meine, dass man manchmal lieber nicht hinter die Fassade guckt. Weil hinter der Fassade …«

Er zuckte die Schultern und drückte sein Visier nach unten. Er hob die Hand zum Abschied, wendete den Roller und beschleunigte.

Sie sah ihm verwirrt nach. Wieso hatte er das gesagt? Begriff er überhaupt, warum sie Journalistin werden wollte? Schon richtig, der Besuch bei der Mühle war ein Flop gewesen. Sie hatte Madame de Ronron Angst eingejagt und nichts herausbekommen, das musste sie nächstes Mal professioneller machen. Aber deshalb aufgeben? *Ich habe Valentin auf einem Bauernhof gesehen und mich sofort in ihn verliebt … Meine beste Freundin in der Grundschule hatte einen Kater, der hieß Valentin, daher der Name …* Frau Fontanes Story roch so faulig wie das Wasser im Teich. Rickys Job war es, die Wahrheit herauszufinden. Es ging nicht bloß um einen kleinen Katzenartikel. Es ging um ihre Zukunft, ihr Leben! Sie konnte Frau Fontane nicht durchkommen lassen.

In der Wohnung saß Robin stöhnend auf dem Klodeckel, den Kopf gegen die Kacheln gelehnt. Ihre Mutter tropfte ihm mit einem Waschlappen das Blut von der Nase.

»Die Russen haben deinen Bruder verprügelt«, sagte sie.

»Ich erschieße die«, sagte Robin.

»Vier gegen einen, das ist feige.«

Sie hatten ihn wohl nicht richtig verprügelt, stellte sich heraus, mehr so hin- und hergeschubst. Aber Robin hatte seinen schweren Körper nicht im Griff, schon gar nicht in der engen Uniform. Als seine Mutter den Lärm gehört und aus dem Fenster geschaut hatte, hatte Robin auf dem Pflaster gelegen. Jeden Versuch aufzustehen, hatten die Russen mit einem Tritt in die Seite zunichte gemacht. Sie hatten aus ihren Bierdosen getrunken, gelacht und dreckige Sprüche gemacht, bis die Mutter aus dem Haus gelaufen war und den Albtraum beendet hatte.

»Geh heute nicht zur Arbeit«, sagte die Mutter.

»Dienst ist Dienst, und Schnaps ist Schnaps«, sagte Robin.

Sie seufzte.

»Ich bringe ihn zum Bahnhof«, sagte Ricky.

Immerhin, der Fahrstuhl war seit heute Morgen wieder in Betrieb. Die Russen waren nirgends zu sehen, sie schaffte es mit ihrem Bruder unbehelligt bis zur Bushaltestelle.

»Alle an die Wand«, sagte Robin.

»Du brauchst die Munition für die Terroristen.«

Sie fuhren sechs Stationen bis zum Bahnhof, von dort fuhr der Überlandbus Richtung Sonderswerda. Auf halber Strecke lag die Kiesgrube. Wenn der Busfahrer nett war, ließ er ihn direkt am Tor aussteigen. Es gab in dieser Kiesgrube nichts zu bewachen, bis auf einen alten Bauwagen mit Matratze und Campingkocher. Aber der stand nur für die Wachleute da. Außer Robin gab es noch zwei Kollegen, beide wie er »kognitiv beeinträchtigt«. Entweder waren sie weniger beeinträchtigt als Robin oder einfach faul – jedenfalls verdämmerten beide ihre Dienste im Bauwagen, einer hatte Pornohefte unter der Matratze und onanierte die halbe Nacht. Robin niemals. Er patrouillierte die Nacht vor dem eingefallenen Tor, hin und her, her und hin, bis am Morgen der erste Bus die Ablösung brachte und Robin zurück nach Aschersburg fuhr. Das war sein Leben, sein Sinn, manchmal beneidete Ricky ihn. Heute aber war er unzufrieden. Er hatte Schrammen am Kinn, immer wieder fasste er an seine gepflasterte Nase.

»Wenn die Russen Terroristen sind?«, fragte er.

»Das sind betrunkene Schwachköpfe, die keine Patrone wert sind.«

»Meine Pistole schießt nicht.«

»Natürlich schießt sie. Du hast damit am Schießstand geübt.«

»Das war eine andere.«

»Das war genau die. Aber du darfst erst schießen, wenn's ernst wird.«

Der Überlandbus hielt, Robin stieg ein. Ricky winkte ihm nach, aber er fühlte sich schon als Wachmann im Dienst, setzte sich auf den Platz hinter dem Fahrer und winkte nicht zurück.

Sobald sie den Bus nicht mehr sah, vermisste sie Robin. Er war ihr großer Bruder und würde es immer sein. Der Sturz vom Klettergerüst, die Monate in der Klinik wegen der Blutungen im Gehirn, die resignierte Feststellung ihrer Mutter »Er ist nun ein anderer«, als er endlich nach Hause kam; nichts hatte an ihrer Beziehung etwas geändert. Sie war stolz auf ihn, in vieler Hinsicht kriegte er sein Leben besser auf die Reihe als sie ihres. Nur zwei Dinge machten ihr Angst: Dass die Stadtverwaltung ihren Plan wahr machte, die Kiesgrube zu fluten, einen Badesee anzulegen und Robins ABM-Stelle zu streichen; und dass er irgendwann herausbekommen würde, dass die Waffe tatsächlich nicht schoss, dass er kein richtiger Wachmann war und der Sinn seiner Arbeit bloß Betrug. *Manchmal sind Dinge nicht, wie sie aussehen.*

Und dann schaut man besser nicht hinter die Fassade. Hatte Friedrich damit gemeint, dass manche Menschen nur die Fassade haben? Dass man alles zerstört, wenn man sie ihnen nimmt? Sie spürte ihr Telefon in der Tasche – und den Wunsch, ihn anzurufen, seine Stimme zu hören. Aber erstens hatte sie kaum Guthaben auf der Karte, zweitens – was, wenn er ihre Stimme nicht hören wollte? Was fand er überhaupt an ihr? Noch eine Sache, die sie dringend recherchieren musste.

Sie ging Richtung Innenstadt, vorbei an einer Spielhalle, einem Dönerimbiss und der neuen Ladenpassage, in der es Musikbeschallung, Rolltreppen und lange Galerien, aber kaum Läden gab. Dies war der hässliche Fleck, die »Achselhöhle Aschersburgs«; die einzige Fliegerbombe, die im zweiten Weltkrieg auf die Stadt gefallen war, hatte den Bahnhof treffen sollen.

Zwei Mädchen standen über ein Smartphone gebeugt und kicherten. Ein Mann lehnte an einem Auto, blätterte in einer Zeitung und legte die Stirn in Falten. Wonach suchten sie? Was bewegte sie? Was war eine gute Story? Sie hatte ihrer Mutter versprochen, ein Kleid von der Schneiderei zu holen, die Mutter hatte ihr zwanzig Euro und den Abholschein mitgegeben. »Der Schneider musste es ändern, ich habe sechs Kilo abgenommen.« – »Toll, Mama.« – »Meinst du, ich sollte mir die Fingernägel lackieren?« Ricky hatte eine Studie gelesen, nach der siebzig Prozent aller Jugendlichen das Aussehen ihrer Eltern egal war, sich achtzehn Prozent für das Aussehen ihrer Eltern schämten und die restlichen zwölf Prozent … Sie erinnerte sich nicht mehr. Auch so eine Sache: Warum ließ ihre Mutter, nachdem es jahrelang im Schrank gehangen hatte, ihr bestes Kleid ändern? Wieso machte sie sich Gedanken über ihre Fingernägel? Auf welche Wahrheit würde Ricky stoßen, wenn sie nachforschte?

Wegen Krankheit geschlossen.

Ricky stand vor der Schneiderei in der Kupfergasse. Ärgerlich. Sie machte ein Foto des Schildes und schickte es ihrer Mutter. Und jetzt? Sie sollte endlich den Artikel schreiben. Friedrich hatte recht, Kukulies wollte einfach einen kleinen Artikel über eine niedliche Katze. Sie hatte ihren Laptop im Rucksack, ein Foto von Valentin und alle Informationen, die sie brauchte; wenn sie im McDonald's einen freien Tisch fand, brauchte sie nicht länger als einen Milchshake. Danach konnte sie Friedrich anrufen: »Ich habe gerade den Artikel abgeschickt, bestimmt kriege ich das Praktikum.« – »Das feiern wir. Komm in meine Eierschale.« War's das nicht wert?

Am Ende der Fleischergasse, an der Ecke zum Hopfenmarkt leuchtete das Schild der Askanischen Buchhandlung. Sie hatte zwanzig Euro in der Tasche. Sie wollte keinen niedlichen Artikel schreiben, sie wollte eine Wahrheit enthüllen. *Kämpft für das, was ihr liebt!*

Sie ging durch die Drehtür und fragte an der Information: »Haben Sie Bücher über Katzen?«

20.

Katja schob ihr Fahrrad durchs Gartentor, am Ohr ihr Telefon. »Du hast recht, Mama … Ich muss die Einstellungen ändern, Facebook ist für mich eine neue Erfahrung … Katzennutte? Wer hat das geschrieben?« Sie stellte ihr Rad ab und fingerte in der Hosentasche nach dem Hausschlüssel. »Nein, sowas geht nicht … Kannst du das für mich machen? Ich gebe dir mein Passwort und … Ich lebe im 21. Jahrhundert, genau wie du! Nur weil ich nicht alle zehn Minuten auf Facebook und Instagram …« Man musste sich bei Müttern immer daran erinnern, dass sie es gut meinten. Sonst bekam man einen Anfall und schmiss sein Telefon an die Hauswand. »Das ist kein Vorwurf, Mama … Ich weiß, wie wichtig das für deine Karriere … Wie war das Casting?« Sie schloss die Haustür auf. Draußen schien noch die Sonne, aber in der Diele musste sie schon Licht einschalten. Ihre Mutter erklärte, welche Berechtigungen sie blockieren musste und warum sich das Casting um zwei Wochen verschoben hatte. Katja trat ins Wohnzimmer, ihr Blick fiel nach draußen … »Mama, ich rufe dich zurück.«

Sie schob die Terrassentür auf und kniete sich neben den Futternapf. Er war leer. Dabei hatte sie ihn heute Morgen bis zum Rand mit Kroketten gefüllt. Sie blickte sich um, spähte ins Gebüsch, in die Baumkronen.

»Valentin? Valentin?!«

Kein Miauen, kein Schatten zwischen Ästen. Aber Katzen waren Meister im Verstecken. Möglich, er war ganz in der Nähe. Belauerte sie, machte sich vielleicht einen diabolischen Spaß, das würde zu ihm passen. Sie hob den Napf hoch, raschelte mit den Kroketten. »Valentin!«

Das Kreischen einer Motorsäge zerriss die Stille. Sie mahlte mit den Zähnen. Welcher Depp schaltete ausgerechnet jetzt seine Säge ein? Der Lärm kam vom Nebenhaus. Mit Cargohose, schwarzem T-Shirt und Schallschutz auf den Ohren stand ein Mann im Garten der Pastorin und brachte einen Rhododendron in Form.

»Entschuldigung!« Katja schwenkte ihre Arme wie ein Einwinker auf dem Flughafen, bis er sie bemerkte, die Säge ausschaltete und die Ohrschützer abnahm. »Haben Sie eine graue Katze mit rotem Halsband gesehen?«

»Tut mir leid, nein.«

»Sie muss hier herumgelaufen sein.«

»Ich habe keine Katze gesehen.«

»Ich vermisse sie seit ein paar Tagen. Aber sie ist in der Nähe, bestimmt …«

»Wenn ich sie sehe, sage ich Bescheid.«

»Können Sie ein Foto machen, falls ich nicht da bin? Das würde mich beruhigen.«

»Klar, kein Problem.«

Er nahm eine Feldflasche, die am Zaun hing, und trank ein paar Schlucke. Katja hatte gelesen, dass die meisten Frauen Männern zuerst auf den Po schauten. Sie nicht, sie schaute auf die Unterarme – und die waren meistens eine Enttäuschung. Bei diesem Gärtner nicht. Sein ganzer, gut einen Meter achtzig großer Körper schien gut trainiert zu sein. Er hatte einen kurzen, fast schwarzen Bart, ebensolche Haare und sonnengegerbte Haut, wie die Männer aus der Zigarettenwerbung. Er wirkte seltsam aus der Zeit gefallen – einer Zeit, als es noch Zigarettenwerbung gab.

»Ist das der Futternapf?«, fragte er und zeigte auf Katjas Hand, in der sie, wie dämlich, immer noch den Napf hielt.

»Heute morgen war er voll. Deshalb glaube ich nicht, dass Valentin weit ist.«

»Es gibt andere Tiere. Vögel, Igel, Eichhörnchen …«

»Ich bin Biologin, die Existenz anderer Tiere ist mir bekannt.«

Sie ärgerte sich über ihren scharfen Ton. Natürlich hatte der Mann recht, Geflügel-Leber-Kroketten waren auch für andere Tiere interessant. Bloß hatte sich bislang nie ein Tier an Valentins Napf gewagt. Der Mann nahm einen weiteren Schluck, ihn umwehte ein Hauch von Freiheit und Abenteuer. Und noch etwas fiel ihr jetzt auf: der Garten der Pastorin! Er hatte Stauden gepflanzt, Büsche beschnitten, Unkraut gejätet, im Gras blühten Krokusse … Alles war noch unfertig, klar. Aber schon jetzt war der Unterschied zwischen diesem Garten und ihrem eigenen beträchtlich.

»Wo stand der Napf?«, fragte er.

»Auf meiner Terrasse.«

»Kann ich mal sehen?«

Mit erstaunlichem Geschick sprang er über den Zaun. Er folgte ihr, vorbei an Maulwurfshügeln, Unkraut, rottendem Laub vom letzten Herbst.

»Er stand ungefähr da«, sagte sie und zeigte auf die Terrasse. »So kann ich ihn aus dem Wohnzimmer sehen und aus der Küche.«

Er blickte sich um. Er klopfte gegen die Scheibe und den Holzrahmen. Er schaute in den Himmel und zur Straße. »Licht von der Straßenlaterne müsste reichen.«

»Wofür?«

»Eine Kamera. Dann haben Sie den Napf immer im Blick.«

»Ich habe hier draußen keine Steckdose.«

»Brauchen Sie nicht, Akku reicht. Ich fahre nachher zum Baumarkt. Wenn Sie möchten, bringe ich eine mit.«

»Das wäre großartig.«

»Ich mache noch die Rhododendren fertig. Ich komme später vorbei. Okay?«

Um zwanzig nach sieben, violette Schleier hingen am Abendhimmel, sah Katja zum ersten Mal den Futternapf auf dem Display ihres Telefons. Die Bildqualität war verblüffend. Nicht nur die Kroketten waren klar zu erkennen, sondern auch die Schatten, die sie gegen die Keramikwand warfen. Die Bodenfliese rechts vom Napf hatte einen Sprung, der war ihr nie aufgefallen. Kein Käfer würde sich unbemerkt dem Napf nähern können.

»Die Kamera hängt an Ihrem Netz«, sagte der Gärtner.

»Das heißt, auch wenn ich in der Schule bin …«

»Sie können am Ende der Welt sein. Sobald Sie im Internet sind, können Sie den Napf sehen.«

»Fantastisch.«

»Den Akkustand sehen Sie in der App.« Er zeigte auf ein grünes Symbol. »Ich habe noch einen Wechselakku und ein Ladegerät gekauft.« Er gab ihr den Beleg vom Baumarkt: 68 Euro.

»Und Ihre Arbeit?«

»Das war keine Arbeit.«

»Sie waren im Baumarkt.«

»Da musste ich sowieso hin.« Er klappte die Leiter zusammen, die er mitgebracht hatte.

»Ich habe ein schlechtes Gewissen«, sagte sie.

»Müssen Sie nicht.«

»Kann ich Ihnen etwas anbieten? Ein Glas Saft oder Wein?«

»Darf man auf Ihrer Terrasse rauchen?«

Selbstverständlich durfte der Mann auf ihrer Terrasse rauchen. Er holte ein Päckchen Zigarillos aus seiner Hosentasche und bot ihr eines an – Sie schüttelte den Kopf, er zündete seines an. Rauch stieg auf, Muskat- und Zederndfuft erfüllte die windstille Luft.

»Vor ungefähr zehn Tagen«, sagte er, »hat mich Ihr Kater besucht. Ich habe alte Wurzeln aus der Erde gerissen, anstrengende Arbeit. Ich habe Pause gemacht. Er kam zu mir, unter dem Zaun durch. Er hat an meiner Hand geschnuppert, ich habe ihn am Kopf gekrault, unter dem Kinn. Wir haben nebeneinander im Gras gelegen. Ich habe geraucht, er hat geschnurrt. Ich musste weitermachen, er ist in den nächsten Garten gezogen. Wahrscheinlich hatte er mich nach ein paar Minuten vergessen. Aber ich ihn nicht. Ich habe sein Fell auf meiner Hand gespürt, das Stupsen seiner Nase, seine, wie soll ich sagen, Selbstverständlichkeit. Die Arbeit ging leichter von der Hand. Er ist ein besonderes Tier, Ihr Valentin.«

»Ja, das ist er.«

»Warum ich das sage …« Er sog an seinem Zigarillo. »Wir haben Frühling. Das Unterholz ist nicht dicht. Nachbarn mähen ihren Rasen, schneiden die Hecken. Ein rotes Halsband fällt auf. Es gibt hier keine gefährlichen Straßen, keine Bahnlinie. Wir sind nicht in der Ferienzeit, die Leute fahren nicht weg und lassen wochenlang ihre Keller oder Garagen verschlossen. Falls er irgendwo eingesperrt ist, festklemmt – jemand wird ihn hören.«

»Was wollen Sie sagen?«

»Es gibt einsame Menschen. Gibt es überall. Eine Katze kommt, ein Schnurren, ein Stupsen … Es braucht nicht viel, die Katze hat den Menschen im nächsten Moment vergessen. Aber der Mensch vergisst die Katze nicht. Er will, dass sie bleibt.«

Die Zigarillospitze glühte. Katjas Herz pochte. Sie hatte an diese Möglichkeit gedacht, sicher. Valentin war ein ausnehmend schönes Tier. Und an Tagen, an denen sie später nach Hause kam, holte er sich seine Streichelrationen, wo er sie fand: Bei Nachbarn, beim Gärtner – sogar bei der Amazon-Zustellerin, das hatte sie Katja eines Morgens freudestrahlend erzählt. Aber dies war eine neue Dimension.

»Wenn es Probleme mit der Kamera gibt: Ich bin jeden Nachmittag hier.«

»Ich danke Ihnen sehr.«

»Ich heiße übrigens Axel.«

»Ich heiße Katja.«

Einen Moment waren sie unschlüssig, ob sie sich die Hand geben sollten. Doch er hatte die Leiter schon in der Hand, sie beließen es bei einem Nicken. Sie hörte das Quietschen des Gartentors, sah einen letzten Moment die Zigarillospitze … Dann war sie allein mit dem Futternapf, umgeben von einem Hauch Muskat- und Zederndurft.

Die Katze vergisst, aber der Mensch vergisst nicht. Er will, dass die Katze bleibt.

Sie füllte den Napf mit neuen Kroketten und stellte ihn auf die Terrassenfliesen. Inzwischen brannte die Straßenlaterne, im Display nahmen die Kroketten einen blaugrünen Schimmer an. Sie verrückte den Napf ein wenig Richtung Palisade, bis zur Fliese mit dem Sprung. Wurde Valentin gefangen gehalten? Vielleicht in einem Nachbarhaus, keine hundert Meter entfernt?

Sie musste Chemie-Leistungskurs-Klausuren korrigieren. Das Bad wollte sie schon seit Tagen putzen. Ihre Mutter wartete auf Rückruf. Katja stand der Sinn nach einem Spaziergang.

21.

10.000 Jahre vor Christi Geburt. Im Zweistromland gründen die ersten Menschen Siedlungen, treiben Ackerbau und Viehzucht, legen Getreidespeicher an. Doch in den Speichern verbreiten sich Mäuse und andere Nagetiere – eine Katastrophe, das Projekt »Sesshaftwerdung des Menschen« steht auf dem Spiel. Rettung kommt in Gestalt der Lybischen Falbkatze (*Felis silvestris lybica)*, die sich, angelockt von leicht zu erbeutender Nahrung, in den Menschensiedlungen niederlässt und über den Nahen und Mittleren Osten verbreitet. *»Man muss sich bewusst machen«*, las Ricky, *»dass Pferd, Hund, Esel für die Menschen zwar nützliche Begleiter sind, dass aber alles, was wir Kultur und Zivilisation nennen, ohne Katzen nicht möglich wäre – bis heute.«* Die Ersten, die das begriffen, waren die Ägypter, die die Katze bald als Göttin verehren. Antike Bildnisse und Statuen zeigen sie mit kostbaren Halsbändern und Amuletten, der Katzengöttin Bastet weihen die Ägypter einen eigenen Tempel.

Sie saß auf einer Bank im Clara-Zetkin-Park. Eine Laterne schien, sie las in »Geheimnisvolle Katze«, dem einzigen Buch von Madame de Ronron, das es in der Askanischen Buchhandlung gegeben hatte – als Mängelexemplar auf dem Restetisch. Alle ihre anderen Bücher, hatte die Buchhändlerin erklärt, hatte der Verlag nach dem Skandal aus dem Programm genommen. Ihr Besuch in der Buchhandlung war ein Augenöffner gewesen. Auf die Frage: »Haben Sie Bücher über Katzen?«, hatte man sie in den ersten Stock geschickt. Die Katzenabteilung lag neben »Religion und Esoterik«, war aber doppelt so groß. Katzenromane, Katzenkrimis, Katzenratgeber, Katzenfotobände,

Katzenmemoiren, Katzenlebenshilfe, Katzenerotik, Katzen-Ausmalbücher, Katzen-Origami, Katzen-Kalender … Fernsehstars bewarben ihre Katzen-Kinderbücher, neben der Kasse lag ein hoher Stapel des aktuellen Nummer-Eins-Bestsellers: »Die Lavendelkatze«. Ratlos war Ricky durch die Regale gestreift. Kein Menschenleben reichte aus, um auch nur die Hälfte dieser Bücher zu lesen. Was suchten die Frauen – es waren fast alles Frauen –, die um sie herum in den Ratgeberbüchern blätterten? Hier ein Katzen-Tarot-Spiel in die Hand nahmen, dort ein makrobiotisches Katzenkochbuch zurück ins Regal stellten? Auf welche Erkenntnisse hofften sie?

»Geheimnisvolle Katze« war vor fünf Jahren erschienen. Zu dieser Zeit mussten in der Mühle bereits deutlich mehr Katzen gelebt haben als die beiden Perserinnen, mit denen sich Madame de Ronron auf dem Buchrücken zeigte (»Faszinierendes Wissen der wichtigsten Katzenphilosophin unserer Zeit«). Das Buch erzählte die Geschichte der menschlichen Zivilisation, die, behauptete das Buch, nicht möglich gewesen wäre ohne Katzen: ihre Verbreitung auf den Galeeren antiker Seefahrer, die Warnung Hildegard von Bingens, die Hitze einer trächtigen Katze errege beim Menschen Geschlechtslust, Katzenprozesse und -verbrennungen im Mittelalter … Der Mensch konnte ohne die Katze nicht für längere Zeit existieren, nirgends. Aufklärung, Industrialisierung, der Mensch baut Keller, Dachböden, beheizte Häuser, in denen es Katzen gemütlich haben. Er erfindet Dosenfutter mit Lachs, Ente, Truthahn, köstlicher, als eine Maus je sein könnte, Kratzbäume, Katzenminze, Baldriankissen, von Amazon & Co. innerhalb weniger Stunden an ahnungslose Menschen, die sich für Besitzer ihrer Katzen halten, geliefert. Doch wer besitzt wen? *»Der Menschheitstraum einer Welt ohne Arbeit, ohne Hunger und Kälte, gewidmet dem*

Schlaf und der Muße – hat er sich für die Katzen nicht längst erfüllt? Während wir, gestresst und unglücklich, gegen immer neue Krankheiten unserer Zivilisation kämpfen. Sind wir Menschen, die wir uns für die Krone der Schöpfung halten, in Wahrheit bloß Werkzeuge? Die Katze kann ohne den Menschen sein, aber der Mensch nicht ohne Katze.« Ricky ließ das Buch sinken. Sie versuchte, sich Madame de Ronron vorzustellen. Die an ihrer Schreibmaschine saß, neben sich vielleicht eine Tasse Tee, und diese Texte tippte. Um sie herum hungerten Katzen, kämpften, schrien, leckten ihre eiternden Wunden, es stank nach Kot und Urin. Sie war umgeben von unermesslichem Leid, sie musste nur den Kopf heben. Wie konnte die »wichtigste Katzenphilosophin unserer Zeit« so leben?

Ein dunkler Klumpen rannte über die Wiese, wühlte ein Loch ins Blumenbeet, pinkelte gegen das »Hunde anleinen«-Schild. Er kam auf ihre Bank zugestürzt, Ricky zog die Beine hoch.

»Ludendorff! Ludendorff! Komm her! Kommst du her! Kommst du! Ludendorff!!« Das Herrchen tauchte aus der Dunkelheit auf, die Leine um den Hals gehängt, einen Energy-Drink in der Hand. Muskulös, die Haare millimeterkurz – gestern hatte sie ihn bei McDonald's gesehen. »Der tut nichts«, rief er Ricky zu. »Darfst bloß keine Angst haben, das riecht er sofort.«

»Ich habe keine Angst«, log sie, ließ die Beine herunter und hoffte, dass der Hund auf diesen Bluff hereinfiel.

»Respekt gegen Respekt. Wenn du einen Bullmastiff respektierst, respektiert er dich.«

Der Hund war nicht übermäßig groß, aber gedrungen, mit braunem Fell, eckigem Schädel und riesiger schwarzer Schnauze, aus der Sabber hing.

»Mach Platz, Ludendorff …« Sein Herrchen tätschelte ihm den massigen Nacken. »Platz … Machst du Platz! Platz, Ludendorff! Platz!!«

Der Hund setzte sich.

»Bullmastiffs waren früher Schutzhunde für Wildhüter. Unterwerfen jeden Dobermann. Natürlich nur, wenn ich das sage. Wenn ich zum Beispiel sage … Ludendorff! Kommst du her! Ludendorff!!«

Der Hund raste über die Wiese, durch die Blumenrabatten, stürzte ins Gebüsch, Zweige knackten.

»Hat was gerochen, Kaninchen wahrscheinlich. Kaninchen ist kein Gegner, holt er sich zum Spaß. Aber falls da einer im Gebüsch hockt, sagen wir mal, ein Kinderschänder … Ohne Gnade.«

Der Mann setzte sich auf die Bank und musterte sie. Er hatte, stellte Ricky fest, trotz seiner Muskeln und kurzen Haare das Gesicht eines von der Welt überraschten Kindes.

»Ich habe dich schon mal gesehen«, sagte er.

»Gestern bei McDonald's.«

»Danach am Brunnen, mit Caro.«

»Kennst du sie?«

»Schon, ja, also … Und du?«

»Wir sind auf derselben Schule.«

»Echt jetzt?« Er senkte die Stimme, eine Spur ängstlich. »Hat sie einen Typen? Mit dem sie geht?«

Nur die Schnepfen aus der Achten. »Nicht, dass ich wüsste.«

»Aber alle wollen sie, oder? Alle sind scharf auf sie.«

Nur Voll-Spackos wie Lennart. »Caro ist eine eigene Klasse.«

»Ich hau jedem in die Fresse, der sie blöd anmacht. Kannst du in der Schule rumerzählen. Jedem hau ich in die Fresse.«

Ludendorff kam zurück, mit hängendem Kopf und Schwanz, ohne Kaninchen.

»Die haben da was gebaut«, sagte der Mann finster. »Irgendwas, um die Kaninchen zu schützen. Sie hätten sonst gegen Ludendorff keine Chance.«

»Die Kaninchen haben Ludendorff nichts getan.«

»In dieser Welt zählt nicht, was du tust. Sondern wer du bist.«

Ricky fragte sich, ob es Romane für Kampfhund-Besitzer gab; in der Buchhandlung hatte sie keine gesehen. Ludendorff legte sich seinem Besitzer zu Füßen. Dies war eine bittere Niederlage, sie wussten es beide.

»Ich bin der Gordon.«

»Ich bin die Ricky.«

»Kannst du Caro was von mir sagen? Also dass ich immer noch scharf auf sie bin … Nee, nicht scharf, mehr so …«

»Du liebst sie.«

»Nee, auch nicht Liebe, mehr … Oder doch, ich liebe sie. Also, dass ich sie liebe … dass ich will, dass wir immer zusammen sind … Sie muss nur was sagen, dann knall ich das Schwein ab.«

»Das Schwein?«

»Sie weiß schon. Ohne Gnade.«

22.

Der Abend war warm und windstill. Hier und da blinkten Sterne, zwischen wattigen Wolken stand ein halber Mond. Katja spazierte durch Straßen, in denen sie, obwohl sie seit Jahren hier wohnte, noch nie gewesen war: Mörikeweg, Kellergasse, Droste-Hülshoff-Weg … Gepflegte Gärten, erleuchtete Fenster, hier und da ein Sandkasten, ein Swimmingpool, ein Außenkamin aus Feldstein. In einem Garten wurde ein Grillfest gefeiert. Kinder sprangen auf einem Trampolin, eine Stichflamme loderte aus dem Grill, die Frauen kreischten, die Männer beruhigten und legten Folienkartoffeln nach. Geruch von geröstetem Fleisch und Holzkohle. Die Novalisgasse war, als einzige Straße des Poetenviertels, nicht asphaltiert, sondern hatte Kopfstein. Hinter einem Dachfenster saß Serafina am Klavier. Ein fleißiges, stilles Mädchen, Lieblingsschülerin von Frau Herczeg. Sie hatte ihre Lieblinge und machte, anders als ihre Kollegen, keinen Hehl daraus.

Jemand hält meinen Kater gefangen. Der Friede des Viertels täuschte. Valentin war bei einem Menschen. Einem traurigen, einsamen, gestörten Menschen. Dem Stasi-Oberst? Zu einfach, außerdem hatte der Margot. Nein, es war jemand von den Netten, Unauffälligen. Die freundlich grüßten, penibel den Müll trennten, jeden Samstag das Auto wuschen und ihre Abgründe sorgfältig verbargen. Einsamkeit konnte im Spiel sein, aber auch Rachelust der Zukurzgekommenen. Vielleicht hatte dieser Mensch es gar nicht auf Valentin abgesehen, sondern auf Katja? Hatte ihr Glück nicht ausgehalten?

Sie setzte sich auf die Bank in der Rilkegasse und holte ihr Telefon heraus. Die Kroketten im Napf lagen genau so, wie sie

sie zurückgelassen hatte. Schattenloses, fahles Mondlicht verwischte die Konturen. Die Kroketten am Rand verschmolzen mit der Keramik, der Napf, gehüllt in blaugraues *Sfumato,* schien über den Fliesen zu schweben … Claude Monet hatte Heuhaufen gemalt, morgens, mittags, nachts, zu allen Jahreszeiten, bei Nebel und Schnee. Der Futternapf hätte ihn in einen Rausch versetzt.

Sie hörte ein Wimmern.

Fast ein Miauen.

Es kam von der anderen Straßenseite. Sie horchte, hörte nichts. Da – wieder das Wimmern. Sie stand auf, überquerte die Straße, ging eine dichte Hecke entlang, bis sie vor einem schmiedeeisernen Tor stand. Dahinter lag eine Villa mit Doppelgarage und Pool. Alle Fenster waren dunkel. Sie klingelte am Tor, niemand öffnete. Wieder hörte sie das Wimmern, es kam aus dem großen, dunklen Garten. Bilder und Töne stürzten in ihrem Kopf zusammen: Valentin eingesperrt, halb verhungert und verdurstet, die Bewohner im Urlaub, die alten Nachbarn taub, niemand hört seine Schreie … Sie klingelte sturm, hörte das Läuten im Haus. Niemand öffnete.

Sie rüttelte am Tor. Es war verschlossen und hoch. Aber nicht sehr hoch. Die Spitzen waren aus Gusseisen, nicht scharf, eher Zierde – keine Glasscherben oder Rasierklingen, wie sie manche auf ihre Mauern legten. Sie könnte, wenn ihr Fuß Halt in der Hecke fand, wenn es ihr gelang, die Querstreben zu greifen … Es gelang leichter als gedacht; mit einem Sprung landete sie auf der anderen Seite.

Unbefugtes Eindringen auf fremdes Grundstück, strafbar, schon klar. Aber dies war ein Notfall. Sie hörte das Wimmern nun deutlicher. Es kam vom Ende des Gartens. Mit angehaltenem Atem schlich sie im Schatten der Hecke … Und nun sah sie es: Unter alten Bäumen stand ein Kinderhäuschen aus bunt bemaltem Holz, mit Spitzdach, Schornstein und Blumenkästen vor den kleinen Fenstern. Valentin, der in jeden Karton, jede Einkaufstüte kroch … Sie kniete sich vor das Türchen, ihr Herz hämmerte, sie fingerte ihr Telefon aus der Tasche, suchte die Taschenlampenfunktion, halt durch, mein Engel! Der Riegel war mit einem Spielzeugschloss aus Plastik gesichert. Sie rüttelte, riss, das Plastik splitterte …

Der Lichtstrahl glitt über Stühlchen, Tellerchen, Becherchen zu einem Haufen zerfetzter Decken und Kissen, aus denen schwarze Augen funkelten: Eine Waschbärfähe. Fünf Junge, ihre rosa Leiber von hellem Flaum bedeckt, saugten an ihren Zitzen. Das Weibchen knurrte und fauchte, Katja stammelte eine Entschuldigung und schloss schnell die Tür.

Sie wischte sich Schweiß von der Stirn. Sie fühlte sich traurig, leer, erleichtert. Kein Valentin. Aber sie hatte es richtig gemacht. Was hätte sie tun sollen? Auf der Bank sitzen bleiben und das Wimmern ignorieren? Jeder an ihrer Stelle hätte so gehandelt. Nichts, wofür sie sich schämen musste.

Sie atmete durch und lief zurück zum Tor, vorbei an den dunklen Fenstern der Villa. Das Plastikschloss war leicht zu ersetzen. Wenn sie eine Notiz –

Scheinwerfer blendeten auf, eine Sirene schrillte. Katja stand in gleißendem Licht, es kam von überall. Sie flüchtete, den Arm vor dem Gesicht, die Sirene gellte, sie stemmte sich am Gitter hoch, ihre Jacke riss an den eisernen Spitzen, beim Sprung verknackste sie sich den Fuß. Sie humpelte davon, schaffte es auf die andere Straßenseite und sackte auf die Bank.

Die Sirene verstummte, die Lichter erloschen. Alles war wieder still, bis auf ihren keuchenden Atem. Sie hatte Glück gehabt. Kein Motorengeräusch näherte sich, kein Wachschutz, keine

Polizei. Sie rieb ihren Knöchel. Ernsthaft verletzt war er wohl nicht, den Riss in der Jacke konnte sie nähen. Die Alarmanlage sollte wohl nur abschrecken. Alles gut gegangen, halbwegs. Sie versuchte aufzustehen, sackte zurück. Besser, sie gönnte ihrem Fuß ein paar Minuten Pause.

Sie holte ihr Telefon heraus, ihre zitternden Hände wischten über das Display. Nichts Neues an der Napf-Front. Ihre Facebook-Posts wurden kaum noch geteilt und kommentiert. Aber angenommen, Valentins Entführer – und um eine Entführung handelte es sich zweifellos, die Zeit der Beschönigungen war vorbei – angenommen, er folgte ihrem Account. Geilte sich an seiner Macht auf, ihrer Hilflosigkeit. Dann war die nächste Stufe – in Filmen hatte sie das hundert Mal gesehen – eine Kontaktaufnahme. Sie musste versuchen, den Täter aus der Deckung zu locken. Sie musste hier nicht sitzen, taten- und wehrlos, unfähig zu laufen und mit zerrissener Kleidung. Wenn sie die Konfrontation suchte, war sie kein Opfer.

Sie atmete durch und tippte …

23.

Katja schloss ihr Fahrrad ab und ging über den Schulhof. Sie fühlte die Blicke, hörte Getuschel. Ihr Post war bis in die Nacht geteilt und kommentiert worden. Sie hatte im Bett gelegen, ihren Knöchel gekühlt und die Kommentare gelesen: Unverständnis, Empörung, Spott. *»Kindchen, was machst du da …«* Ihre Mutter, um ein Uhr sechsundfünfzig. Zugegeben, sie hatte die Nachricht an Valentins Entführer hastig getippt, sicher war sie im emotionalen Ausnahmezustand gewesen. Zurück in ihrem Haus hatte sie den Post löschen wollen – aber da war er bereits zu oft geteilt worden. Was war überhaupt so schlimm daran, was sie geschrieben hatte?

Jonas und Silvio aus der Sechsten liefen neben ihr her.

»Mein Papa sagt, wenn man kein Beamter ist, muss man für dreißigtausend Euro lange arbeiten«, sagte Jonas.

»Was arbeitet dein Papi?«, fragte Katja.

»Zahnarzt.«

»Mein Papa ist Anlagebetrüger«, sagte Silvio.

»Ist er gar nicht!«

»Ist er doch!«

Die Jungen liefen weg, Katja stieg die Stufen zum Lehrerzimmer hoch. Sie war spät dran, Vertretungsstunde für Schellenberg in der Zwölften. Für eine Tasse Kaffee reichte die Zeit gerade noch, und Kaffee brauchte sie heute morgen.

»Morgen, Enno.«

»Stör mich nicht, ich lese die Kommentare unter deinem Post.« Enno saß am Tisch und starrte in sein Telefon.

»Ich dachte, du bist nicht auf Facebook.«

»Kommentare kann jeder lesen. Die Schüler sprechen von nichts anderem. Einige Kollegen sind ungehalten.«

»Ich wüsste nicht warum.«

»*Die Frau muss echt krank sein, wenn sie dreißigtausend Euro für ihre Katze bietet.*«

»Das habe ich so nicht geschrieben.«

»›*Sie haben meinen Kater. Wieviel verlangen Sie? Zwanzigtausend Euro? Dreißigtausend Euro? Ich bin bereit zu verhandeln.*‹ Weißt du, wie viel manche Menschen für dreißigtausend Euro arbeiten müssen? Nachtschichten und ruinierte Gesundheit inklusive. Wie kommst du überhaupt darauf, dass jemand deine Katze hat?«

»Es gibt Hinweise.«

»Welche?«

»Darüber kann ich nicht sprechen.«

»Sind wir hier beim Verfassungsschutz?«

Katja rührte Milch in ihren Kaffee und schwieg.

»Angenommen«, sagte Enno, »es gibt diesen Entführer wirklich. Für Valentins Freilassung verlangt er dreißigtausend Euro. Würdest du zahlen?«

»Das wäre Erpressung.«

»Würdest du zahlen?«

Immer wieder war in den Kommentaren diese Frage gestellt worden. Nein, sie würde in so einem Fall natürlich nicht zahlen, sondern die Erpressung der Polizei melden. Andererseits, beim Schieben ihres Fahrrades durchs Schultor war ihr das klar geworden: Spott und Hohn vieler Kommentare hatten eine tiefere Ursache. Ihr Post hatte einen wunden Punkt berührt. *Wen liebst du? Wofür kämpfst du? Welchen Preis bist du bereit zu zahlen?*

»Fragst du dich nicht manchmal, warum wir diesen Job machen?« Katja rührte in ihrer Kaffeetasse. »Welche Ideale wir den Schülern mitgeben? Eins plus eins ist zwei. Butter ist teurer als Margarine. Wenn du Medizin studieren willst, brauchst du einen Abi-Schnitt von null komma acht. Alles hat seinen Preis. Und doch können wir wählen. Wir können entscheiden, was uns wichtig ist. Den Preis, den wir dafür bezahlen, geht niemanden etwas an. Das nennt man Freiheit.«

»Es geht hier nicht um Freiheit, sondern um Solidarität.«

»Sagt ein Kollege, der für seine halbe Stelle bestenfalls zwei Fünftel arbeitet. Solidarität mit wem? Die Generation, die wir unterrichten, wird von morgens bis abends nur bewertet, Likes, Dislikes, Ratings hoch und runter. Jeder Mensch ist anders. Jeder will etwas anderes. Verteidigt, was ihr seid. Verteidigt, was ihr wollt. Dreißigtausend Euro für eine Katze? Ihr müsst das nicht verstehen, ihr könnt es übertrieben, sogar anstößig finden. Aber es ist meine Entscheidung, meine Katze, mein Leben – nicht eures.«

»Also tust du es! Du bietest dreißigtausend Euro für Valentin!«

»Meine Entscheidung geht niemanden etwas an!«

Enno lehnte sich zurück, rieb seine Augen. »*Mansplaining*, wie ich es hasse. Aber du lässt mir keine Wahl. Lass die Sache mit Valentin nicht eskalieren. Hol nichts hervor, das besser im Dunkeln bleibt.«

»Was meinst du?«

»Du weißt, was ich meine.«

Der Gong ertönte, Enno stand auf. »Stimmt es, dass Herczeg Caroline *dumm wie Stroh* genannt hat? Vor ihrer Mutter?«

»Trockenes Stroh. Herczeg formuliert gern direkt.«

Schrader seufzte. »Sie macht sich eben Sorgen um ihre Tochter. Beziehungsstress, kommt nachts nicht nach Hause, was weiß ich. Solange sie auf der Schule bleibt, solange es Hoffnung gibt … Gib ihr doch die sieben Punkte.«

»Ich denk nicht dran.«

»Du willst null Punkte, ihre Mutter will vierzehn, ihr trefft euch in der Mitte.«

»Noten werden nicht verhandelt wie auf einem Basar.«

»Für eine Katze zahlst du ein Vermögen, aber eine Schülerin lässt du über die Klinge springen?«

»Das ist nicht fair, Enno.«

»Fairness, interessant …« Er leerte seine Kaffeetasse und nahm den Hanfbeutel, in den alles passte, was er für seinen Unterricht brauchte. »Ich habe dich nie von Fairness sprechen hören. Aber jetzt, wo's um dich geht, um deine Interessen … Manchmal frage ich mich, was mit deinem Wertesystem nicht stimmt.«

»*Mansplaining*, Enno. Was stimmt nicht mit meinem Wertesystem?«

»Zum Beispiel, dass du von anderen mehr erwartest als von dir selbst. Mehr Solidarität, mehr Verschwiegenheit. Könnte gefährlich werden.«

24.

»Die Story ist größer«, sagte Ricky. »Viel größer.«

»Hm«, sagte Kukulies.

»Ich bin sicher, Frau Fontane lügt. Warum bietet sie dreißigtausend Euro für ihre Katze? Warum ruft sie nicht die Polizei?«

»Hm, hm.«

»In der Mühle hat Madame de Ronron über hundertfünfzig Katzen grausam gequält.«

»Haben wir damals groß gebracht.«

»Frau Fontane war bei dieser Mühle. Was wollte sie dort? Es gibt eine Studie aus dem Jahr 2007, für die die DNA antiker Katzenskelette mit der DNA moderner Hauskatzen verglichen wurde. Ergebnis: Die Katze hat sich in zehntausend Jahren kaum verändert. Nicht die Katze hat sich an den Menschen angepasst, sondern der Mensch an die Katze!«

»Haben Sie Ihren Artikel fertig?«

»Ich trage Informationen zusammen, folge verschiedenen Spuren …«

»Sie kennen die Gemeinsamkeit zwischen einer Story und einem Brötchen? Beide müssen Sie verkaufen, solange sie frisch sind.«

»Geben Sie mir noch ein paar Tage, und ich liefere Ihnen ein Riesending.« Sie beugte sich vor und flüsterte: *»Katergate.«*

Er sog pfeifend die Luft ein.

»Wir schlagen Wellen bis Halle und Magdeburg.«

Kukulies stand auf, ging hinter seinem Schreibtisch auf und ab. Die Finger spreizten und krümmten sich, als schnappten sie nach Beute. »Wenigstens kommen Sie mir nicht länger mit afrikanischen Rebellen.«

»*Katergate* ist Lokaljournalismus, nah an den Sorgen der Menschen.«

»Müssten Sie nicht in der Schule sein?«

»Für die Story nicht relevant.«

Anerkennendes Nicken. Er blieb bei den Lamellen stehen und blinzelte durch einen Schlitz.

»Also, was machen wir? Für jeden Zweizeiler müssen Sie in dieser Stadt mit jemandem bechern.« Er rief aus der Tür: »Frau Steps! Haben Sie die Flasche besorgt?«

Frau Steps brachte eine Flasche, als Geschenk verpackt, mit großer Schleife.

»Sie wissen, wo das Polizeirevier liegt?«, fragte er Ricky. »Da gehen Sie hin und fragen nach Hauptkommissar Claaßen. Der feiert nämlich heute seinen Fünfzigsten. Dem stellen Sie die Flasche auf den Tisch und sagen: Herzlichen Glückwunsch von Herrn Kukulies, der einen dringenden Einsatz hat, Salmonellen im Seniorenstift. Wenn er Ihnen ein Glas anbietet, nehmen Sie zwei.«

»Morgens um elf?«

»Tee trinken können Sie bei den Edelfedern. Im Lokaljournalismus wird gesoffen. Hauptkommissar Claaßen ist der Mann, der damals die Razzia in der Mühle geleitet hat. Ah, da leuchten die Reporter-Äuglein! Gehen Sie gleich hin. Vielleicht kriegen Sie was raus.«

Das Revierkommissariat Aschersburg lag in einem senfgelben Gründerzeitbau neben dem Heimatmuseum. Tauben gurrten in den Fensterportalen, zwei Polizeiwagen standen vor dem Eingang. Ricky überprüfte in der Glastür den Sitz ihres Pullovers und ihrer Haare – suboptimal, sie sah Caro die Augen rollen – und im Telefon ihre Informationen: Wolfdieter Claaßen, freundliches Gesicht mit braunem Schnauzbart. Seit fünf Jahren Hauptkommissar, im Februar vor drei Jahren hatte er die Razzia an der Mühle geleitet. Dank an die Kolleginnen und Kollegen für einen Einsatz an der Grenze des psychisch Erträglichen ... Bilder, die sie nie mehr aus dem Kopf bekommen werden ... Abgründe der menschlichen Natur ...

Sie steckte das Telefon ein, drückte die Tür auf und fragte den Pförtner nach dem Büro von Hauptkommissar Claaßen. Er schickte sie durch einen langen, limonengrün gestrichenen Flur, vorbei an Fahndungsaufrufen und Plakaten: »Die Polizei sucht dich!«, »Deine Zukunft – Sicherheit!« Hier, dachte Ricky, bekomme ich sofort einen Praktikumsplatz.

Hinter der Tür am Ende des Ganges hörte sie Lachen und Rufe. Sie klopfte, und weil niemand sie zu hören schien, öffnete sie die Tür. Vier Männer und eine Frau saßen um einen Tisch herum mit einer Torte, auf der unzählige Kerzen brannten. Claaßen pustete mit geblähten Wangen, Wachs spritzte, Dochte rauchten, die Kollegen feuerten ihn an. Flamme um Flamme erlosch, Claaßen lief rot an, presste das Kinn in den Kragen, noch vier Kerzen, zwei, eine ...

Die Kollegen jubelten und applaudierten, Claaßen sank erschöpft zurück und wischte sich mit dem Handrücken über die Stirn. »Einundfünfzig darf ich nicht werden.«

Ein Sektkorken knallte, Gläser wurden gefüllt. Jemand bemerkte Ricky, alle schauten zu ihr.

»Herzlichen Glückwunsch von Herrn Kukulies«, sagte sie und hielt die Flasche Richtung Tisch. »Er ist leider verhindert, Salmonellen im Seniorenstift.«

»Her mit der Buddel!«

»Schickt er jetzt seine Tochter?«

Grölendes Gelächter, Claaßen wickelte die Flasche aus. Oh- und Ah-Rufe. Ricky hatte von Alkohol keine Ahnung, aber Kukulies hatte sich offenbar nicht lumpen lassen.

»Kein Alkohol im Dienst«, sagte Claaßen streng. »Nicht dass du draußen wilde Geschichten über uns erzählst.« Er deutete auf die Sektflasche, *alkoholfrei* stand auf dem Etikett.

»Trinkst einen mit?«

»Wenn ich darf.«

Ein weiteres Glas wurde gefunden und gefüllt. Alle ließen ihren Chef hochleben, stießen an, der Sekt schmeckte wie vergorene Fanta.

»Stück Torte, Mädchen?«

»Gern.«

Sie fühlte sich sofort wohl hier. Vielleicht sollte sie wirklich nach einem Praktikumsplatz fragen und einfach hierbleiben. Sie würde eine Uniform bekommen und Robin platzen vor Stolz.

»Sie sind nicht Kukulies' Tochter, oder?«, fragte die Frau.

»Ich mache vielleicht bei ihm ein Praktikum. Erstmal soll ich einen Probeartikel schreiben. Über Katzen.«

Sie aßen und tranken.

»Er sagt, die Leute finden Katzen spannend. Jede Menge aufregende Geschichten. Bei Ihnen auch, oder?«

»Geht so«, murmelte Claaßen.

»Was war der größte Katzen-Einsatz bei Ihnen?«

»Manchmal klettert eine auf einen Laternenmast und kommt nicht runter«, sagte die Frau.

»Fall für die Feuerwehr«, grummelte ein Kollege in seinen Kuchen.

Täuschte sie sich, oder war die Stimmung abgekühlt? Kaum einer aß noch. Der Jüngere, Rothaarige, der mit seinem

Tortenstück etwas abseits saß – war er nicht auch bei der Razzia gewesen? Sie hatte ihn, ziemlich sicher, auf einem der Zeitungsfotos gesehen.

»Hat Kukulies Sie deshalb hergeschickt?«, fragte Claaßen. »Weiß er nicht, was er in seinem Wurstblatt schreiben soll? Na, schön, ich erzähle Ihnen was. Tolle Geschichte, macht Sie berühmt. Wir kriegen einen Notruf: ›Meine Katinka! Um Gotteswillen, meine Katinka!‹ Es stellte sich heraus, eine alte Frau bewahrte in einem Korb ihr Strickzeug auf. In diesen Korb war nun ihre, sagen wir, etwas füllige Katinka gesprungen und hatte sich so in den Wollknäueln verheddert, dass sie nicht mehr durch den Deckel passte. Zu dritt stehen wir um den Korb herum, die Katze schreit und beißt, die Frau flennt. Was haben wir gemacht, die Polizei, dein Freund und Helfer? Den Korb mit Blaulicht zum tierärztlichen Notdienst gefahren, das haben wir gemacht. Die haben sie rausgeschnitten – unter Narkose! Na? Ist das ein Knüller?« Er blickte sich um, die Frau schmunzelte gequält, niemand lachte. »Und jetzt machen wir Kukulies' Flasche auf. Kein Widerspruch! Befehl von oben!« Er öffnete die Flasche, wischte den zaghaften Widerspruch, ihnen fehlten für so etwas Gutes die passenden Gläser, zur Seite und schüttete den Schnaps in die Sektkelche.

»Mädchen?«

Ricky schüttelte den Kopf. Plötzlich wollte sie nicht mehr hier sein. Schweigend wurde am Schnaps genippt, keiner sah dem anderen in die Augen. Die Atmosphäre war drückend. Sie bedankte sich artig für den Sekt, die Torte, die lustige Geschichte und war froh, als sie draußen vor dem Kommissariat stand und durchatmen konnte.

Hinter ihr flog die Glastür auf, der Rothaarige kam heraus, lief zu einem der Polizeiwagen. Beim Einsteigen bemerkte er Ricky, warf ihr einen Blick zu und schlug die Fahrertür zu. Der Motor heulte auf, Reifen quietschten, der Wagen fuhr vom Parkplatz und hielt an einer roten Ampel. Die Ampel sprang auf grün, der Wagen blieb stehen. Ricky kam näher, die Scheinwerfer blendeten zweimal auf.

25.

Chemieklausur 10. Klasse.

Katjas Blick ging von links nach rechts, von der letzten bis zur ersten Reihe. *Zeige mir, wie ein Schüler seine Klausur schreibt, und ich sage dir, wer er ist.* Regine schrieb schnell, verbissen, vermutlich hatte sie alle Formeln auswendig gelernt, ohne eine einzige zu begreifen. Karsten hatte das Wenige, das ihm die Mädchen in seinen hübschen Kopf getrichtert hatten, bereits aufgeschrieben und hielt sein lächelndes Gesicht in die Sonne. Friedrichs silberner Füllfederhalter glitt lässig übers Papier, Katja war sicher, dass er für die Klausur nicht hatte lernen müssen; aus seiner schwäbischen Wunderschule war ihm der Stoff längst bekannt. Ricky fehlte, seltsam. In der ersten großen Pause hatte sie sie noch auf dem Schulhof gesehen; abseits hatte sie mit Friedrich gesessen. In letzter Zeit sah man sie ständig zusammen. Eine erstaunliche Paarung. Meist konnte man in der sechsten Klasse halbwegs zuverlässig kalkulieren, welche Jungen und Mädchen in der achten oder neunten Klasse zusammenkommen würden. Auf Friedrich und Ricky hätte sie nie getippt. War der Artikel im Aschersburger Tageblatt schon erschienen?

»Lukas, noch so ein Blick nach rechts …«

»Die Sonne blendet.«

»An der Wand ist ein Tisch frei.«

»Geht schon.«

Jonas schrieb und schrieb, der geborene Blender. Später würde er in Talkshows sitzen und eloquent über alle möglichen Themen reden, von denen er keine Ahnung hatte. Tatsächlich gab es Kollegen, die er mit dem schieren Umfang seiner

Antworten beeindruckte. Andere gaben ihm zwölf Punkte, nur um nicht alles lesen zu müssen. Bei Katja verfing diese Strategie nicht. Jonas wusste es und versuchte es trotzdem; eine andere Strategie hatte er nicht drauf.

»Lass die Sache mit Valentin nicht eskalieren. Hol nichts hervor, das besser im Dunkeln bleibt.« Was hatte Enno gemeint? Was sie am 14. Februar vor drei Jahren getan hatte, würde sie heute wieder tun. Und niemand wusste davon – außer Enno. Sie hatte ihm – wie lange war das her, zwei Jahre? – bei einem Abendessen, schon etwas betrunken, alles gesagt. Er hatte sich beeindruckt gezeigt, sie gelobt für ihren »Mut«, ihre »Zivilcourage«. Und er hatte ihr versichert, sie müsse sich keine Sorgen machen; niemand werde sie belangen, niemand ihr Valentin wegnehmen. Von ihm, Enno, erfahre sowieso niemand etwas, Ehrenwort. Seitdem wusste er Bescheid. Und er hatte ein seltenes Talent, sich Menschen gewogen zu machen. Er vermittelte, lotete Kompromisse aus, schmiedete Bündnisse – alles scheinbar ohne Eigeninteresse. Hier ein Gefallen, dort ein guter Rat – am Ende war ihm jeder etwas schuldig. *»Es geht hier nicht um Freiheit, sondern um Solidarität.«* Wieso fing er jetzt mit dieser Sache an?

»Lukas, es reicht.«

»Das war nur –«

»Setzen Sie sich an den freien Tisch.«

Lukas seufzte, nahm seine Sachen und setzte sich an den Einzeltisch.

Es juckte sie in den Fingern, ihr Telefon herauszuholen und nachzuschauen, ob es Neues vom Futternapf gab. Ging natürlich nicht, während der Klausur. Außerdem hatte sie in der letzten Pause schon geschaut, allerdings kaum etwas erkennen können – ein Problem mit Lichtreflexen von der Terrassentür, sie musste den Napf umstellen. Stattdessen hatte sie etwas getan, das vielleicht ein Fehler gewesen war: Sie hatte die Facebook-Seite von Oliver geöffnet. Sich durch die Fotos geklickt. Ein Reihenhaus. Ein kleiner Garten mit Sandkasten und Klettergerüst. Zwei Kinder, ein etwa zweijähriger Junge und ein Baby. Oliver selbst, äußerlich fast unverändert, höchstens der Bart etwas penibler geschnitten. Neben ihm eine Frau, um die er den Arm gelegt hatte: schlank, blaue Augen, schulterlanges Haar, sie hätte Katjas Schwester sein können. So also. Hatte er schnell Ersatz gefunden. Katja war ihm nicht böse, sie hatte keinen Grund. Was sie beschäftigte, war der Opportunismus der Gefühle. Wieviel war Liebe wert, wenn man den einen Menschen verlustfrei durch einen anderen ersetzen konnte? War Liebe – nicht nur zu Menschen, auch zu einem Tier – möglich, ohne den Glauben an ihre Einzigartigkeit? Und wieso schickte er ihr, nach allem, was passiert war, eine Freundschaftsanfrage? In solchen Momenten beschlich Katja das Gefühl, dass sie wichtige Dinge des Lebens nicht begriff, die für alle anderen selbstverständlich waren.

»Ja, Oscar?«

»Ich muss auf die Toilette.«

»Sie waren vor der Klausur auf Toilette.«

»War ich nicht.«

»Ich habe Sie rauskommen sehen.«

»Da habe ich was anderes gemacht.«

Johlendes Gelächter.

»Ruhe! Oscar, Sie gehen nach der Klausur.«

Grinsen, Tuscheln, die Klasse beruhigte sich. In der letzten Reihe saß Caroline allein an einem Tisch. Sie schrieb nichts auf, kein Wort. Sie unternahm nicht den geringsten Versuch, mehr zu erreichen als null Punkte. Zwischendurch sah sie zum Lehrerpult, ein spöttisches Lächeln um ihre violetten Lippen. Wieso fühlte sie sich so sicher? Katja erinnerte sich ans letzte

Jahr, eine Szene an der Tafel. Eine einfache Lücke im Periodensystem, alle Schüler hatten die Antwort gewusst. Sie hatten sich lustig gemacht über die große Caro, die in Jeansjäckchen und Paillettenstiefeln an der Tafel stand und es einfach nicht begriff. Dabei hatte sie sich bemüht, verzweifelt, sie wollte es den anderen beweisen. Svea hatte einen Witz über den IQ von Strassperlen gemacht, die Klasse hatte gewiehert, Caro waren Tränen in die Augen geschossen … Schüler können grausam sein. Katja hatte die Szene abgebrochen: »Kein Problem, Caro. Jeder hat mal eine Blockade.« Sie war zu ihrem Platz gelaufen, hatte sich auf ihren Stuhl geworfen, die Hände vor dem Gesicht, nach dem Gong war sie sitzen geblieben, niemand hatte sie trösten können, auch nicht Katja.

Nichts davon jetzt. Caroline wirkte kalt, vollkommen gleichgültig. Als ob sie ihre Wahl getroffen hatte. Doch wofür hatte sie sich entschieden? Und was war der Preis? »Achtzig Prozent allen Wissens, das wir vermitteln, ist nach zwei Jahren vergessen«, hatte Herczeg gesagt. Letztes Jahr hatten die Schüler über Caro gelacht. Nächstes Jahr würden die meisten die Lücke im Periodensystem selbst nicht mehr finden. Warum saßen sie hier? Wofür lernten sie, wofür kämpften sie? Caro, als Einzige, hielt ihren Kopf nicht gesenkt. Als ob sie für sich eine Antwort gefunden hatte.

»Ja, Friedrich?«

»Ich bin fertig.«

»Wer fertig ist, kann abgeben.«

Friedrich kam zu ihr, in einem dunkel schattierten Kurzarmhemd, das gut zu seinen etwas helleren Locken passte. Er legte die voll beschriebenen Blätter auf den Tisch und fragte leise: »Kann ich Sie danach kurz sprechen?«

»Sicher, warten Sie an der Treppe.«

Er verließ den Klassenraum, schloss leise die Tür. Katja war verwirrt, ihr Herz begann zu klopfen, wie vor einer wichtigen Prüfung. Was konnte Friedrich von ihr wollen? Wieso hatte so viel Ernst in seiner Stimme gelegen?

»Ihr habt noch fünfzehn Minuten.«

26.

»Erzählen Sie das niemandem«, sagte der junge Polizist.

»Mache ich nicht«, sagte Ricky.

»Privatpersonen mitnehmen ist verboten.«

»Alkohol im Dienst auch, oder?«

Er lachte höhnisch. Sie fuhren durch die Stadt, überholten Mitschüler auf ihren Fahrrädern, Ricky sank tiefer in den Sitz.

»Was mich ankotzt, sind die Lügen«, schimpfte er. »Keiner sagt die Wahrheit. Keiner sagt, was damals wirklich passiert ist.«

»Was ist passiert?«

»Ich hau hier sowieso ab. Geh nach Köthen, Dessau … Bitterfeld, wenn's sein muss. Scheißegal. Muss mir das nicht antun.«

Ricky hatte keine Ahnung, wohin sie fuhren. Aber etwas brodelte in dem Polizisten, musste raus. Sie war eingestiegen, bevor er sich's anders überlegte.

»Fand's gut, dass Sie nicht mitgetrunken haben«, sagte er. »Wie alt sind Sie? Fünfzehn, sechzehn? In dem Alter nicht trinken, muss man sich leisten können. Claaßen hat die Flasche nur wegen Ihnen aufgemacht, das ist Ihnen klar? Wegen Ihnen und der Katze!«

Sie passierten den Kreisel, er bog auf die Landstraße ein – auf dieselbe Landstraße, auf der sie gestern mit Friedrich gefahren war.

»Sie waren vor drei Jahren bei der Razzia dabei, oder?«, fragte Ricky.

»Woher wissen Sie das?«

»Ich habe Ihr Bild in der Zeitung gesehen.«

»Ich war ein kleiner Polizeimeister, frisch von der Ausbildung. Claaßen hat den Einsatz geleistet. Nun raten Sie, was ich jetzt bin: immer noch Polizeimeister. Claaßen lässt mich nicht aufsteigen. Verbreitet Gerüchte, ich sei für den Job zu sensibel. Der kleine Franjo ist zu sensibel und sollte lieber Kindergärtner sein! Wissen Sie, was der wahre Grund ist? Ich habe Claaßen gesehen. Ich habe gesehen, wer er wirklich ist. Das verzeiht er mir nie!«

Er kaute auf seinen Nägeln, die ohnehin schon sehr kurz waren. Als er Rickys Blick bemerkte, riss er die Hand hinunter. »Vielleicht hat er recht. Vielleicht bin ich zu sensibel. Unfähig, falscher Beruf …«

»Ist es nicht gut, wenn ein Polizist sensibel ist?«

»Kommt drauf an, wie Sie den Job verstehen.«

»Was ist damals passiert?«

»Darf nicht drüber reden. Kann mich den Job kosten. Schreiben dürfen Sie's sowieso nicht. Claaßen wird alles abstreiten, die anderen auch.«

»Ich schreib die Sache mit dem Wollkorb.«

»Hat er sich ausgedacht. Narkose, lächerlich.« Er hielt am Straßenrand. »Ich weiß gar nicht, ob ich die Stelle finde … Vielleicht bin ich ein Idiot …« Wieder kaute er an den Nägeln. Ricky schaute geradeaus und tat, als bemerke sie es nicht. »Wenn ich Ihnen die Stelle zeige … Wenn ich Ihnen sage, was damals passiert ist … Dann wissen Sie, was Claaßen für ein Mensch ist. Wenn Sie nochmal mit ihm zu tun haben … Sie dürfen ihm nicht trauen.«

»Mache ich nicht.«

»Versprechen Sie's.«

»Ich verspreche es.«

Er fluchte und fuhr wieder an.

Den Rest der Fahrt schwiegen sie. Am Horizont tauchte die Mühle auf wie ein Postkartenmotiv, imponierend vor dem dunkelblauen Himmel. Sie rumpelten auf den Feldweg. Reifen fielen in Schlaglöcher, Zweige schrammten über den Lack. Franjo sah suchend nach links und rechts, bremste, schüttelte den Kopf und fuhr weiter. Der Feldweg machte eine Biegung, Büsche überwucherten ein eingefallenes Gatter …

Franjo hielt an der Seite. »Hier.«

Sie stiegen aus. Fliegen summten in den Büschen, die Luft roch nach Dung und Raps. Franjo schaute sich um, ging ein paar Schritte nach hier und dort, als vermesse er einen Tatort. »In der Zeitung stand, wir hätten alle Katzen gefangen«, sagte er. »Dachten wir auch. Wir haben die Mühle noch einmal durchkämmt, von oben bis unten, da waren die Leute vom Veterinäramt schon weg. Haben sie versiegelt, sind zurück in die Wagen. Die Stimmung war beschissen. Keiner hatte so einen Einsatz jemals erlebt. Ich sowieso nicht, aber auch Claaßen nicht, Schmitz … Erdmann war kurz vorm Heulen. Der Regen hatte zwar aufgehört, aber der Weg stand überall unter Wasser. Und es war zappenduster, kein Mond, keine Sterne, nichts. Wir also in zwei Wagen zurück, im Schritttempo, wir wollten nicht auch noch in einem Schlammloch stecken bleiben. Plötzlich Bremsung. Steht da eine Katze auf dem Weg. Starrt in die Scheinwerfer. Wir hupen, schalten Blaulicht ein, Sirene, wo jedem die Ohren wegfliegen – die Katze bewegt sich nicht. Wir steigen aus, schauen die Katze an. Heute denke ich, sie stand unter Schock. Wenn sie aus der Mühle kam, wenn sie die Freiheit nicht kannte, den Lärm, das Blaulicht …«

»Wie sah sie aus?«

»Ziemlich jung, würde ich sagen. Dünn und verdreckt, graues Fell, aber kahle Stellen. Was machen wir? Alle Katzen mitnehmen, das war die Anweisung. Außerdem wollten wir sie nicht zurücklassen. Es ist Winter, jeden Moment kann es wieder regnen. Also einfangen. Zwei Kollegen langsam von rechts, zwei von links. Sie lässt sich aber nicht einfangen. Geht zurück, faucht und stellt den Schwanz auf. Claaßen, dieser Schwachkopf, sagt: ›Leute, ihr müsst das anders machen.‹ Geht in die Hocke, streckt den Arm aus und sagt ›Miez, Miez‹. Meine Oma hat eine Katze, ein bisschen kenne ich mich aus. Aber selbst wenn man sich nicht auskennt, wenn man noch nie eine Katze gesehen hat, muss man doch kapieren: Das hier ist keine normale Situation. Claaßen aber nicht, hockt da, macht *Miez, Miez,* und tatsächlich kommt die Katze auf ihn zu. Schnuppert an seiner Hand, ein schönes Tier, trotz Dreck und kahlen Stellen. Einen Moment denke ich, Scheiße, ich hab mich geirrt, der Chef hat's drauf. Er packt sie mit der Hand, hebt sie hoch, und die Katze *wusch,* mit den Krallen über sein Gesicht, von der Stirn zum Kinn, richtig tief. Blut, Schreie, Claaßen brüllt: ›Du Drecksvieh!‹, sie macht sich los, genau da! Vor dem Gatter hat sie gehockt! Die Augen haben geblitzt, wie Laser! Claaßen hält sich das Gesicht, Ingrid holt den Verbandskasten, Claaßen schreit ›Ich knall das Drecksvieh ab!‹ Keiner traut sich mehr an die Katze ran. Aber keiner denkt doch, dass Claaßen tatsächlich seine Knarre zieht und auf die Katze zielt! Dass er sie einfach abknallen will. Ingrid sagt ›Chef, das geht nicht‹, alle sagen ›Chef, das geht nicht‹, ein Polizist kann nicht einfach eine Katze abknallen, mit Dienstmunition, das wird kontrolliert. Claaßen schreit ›Ihr schreibt mir nicht vor, was geht!‹ Ingrid will seine Wunden desinfizieren und dabei die Situation entschärfen, eigentlich kann sie sowas gut, auch mit Betrunkenen, Frau eben, die hat das im Gefühl. Claaßen stößt sie weg. Richtig in den Dreck. Hält seine Waffe auf uns gerichtet, seine Kollegen, das Gesicht wie ein Zombie, und schreit ›Ein Schritt, ich baller euch ab!‹ Und die ganze Zeit beobachtet uns die Katze, völlig ruhig. Stell dir vor, endlich Freiheit, und das Erste, was du siehst, sind fünf depperte Polizisten.« Franjo atmete durch. »Es fängt an zu regnen, sofort ist die Katze verschwunden. Der Regen macht Claaßens Kopf klar, wenigstens ein bisschen. Sieht auf die Waffe in seiner Hand. Lacht los, als ob alles ein Witz war. Wir sind in die Wagen gestiegen und zurückgefahren. Keiner hat über die Sache geredet. Keiner redet davon bis heute. Wir fahren zusammen auf Streife, wir laden uns zu Geburtstagen ein, unsere Kinder fahren zusammen ins Ferienlager. Keiner redet über die Katze. Aber jeder denkt an sie, jeden Tag.«

Schweigend standen sie auf dem Weg. Franjo schaute zum Gatter hinüber, lange, als sähe er die Katze dort immer noch.

»Was, glauben Sie, ist mit ihr passiert?«, fragte Ricky.

»Überlebt hat sie sicher nicht. Gibt Raubvögel, hungrige Füchse. In den Nächten danach wurde es richtig kalt, bis minus zehn Grad. Aber wie sie uns angesehen hat, ohne eine Bewegung. Als ob sie unsterblich ist. Als ob nichts auf der Welt ihr gefährlich werden kann.« Er ging zum Wagen und öffnete die Tür. »Ich muss zurück. Hab gesagt, ich bringe den Wagen zur Inspektion.«

»Ich bleibe noch etwas hier«, sagte Ricky.

»Wie wollen Sie zurückkommen?«

»Geht schon.«

»Das ist keine Geschichte, die Sie schreiben können.«

»Ich weiß.«

»Ich habe sie nie jemandem erzählt. Nur eben, weil Sie nicht getrunken haben … Weil mir das imponiert …«

»Danke, dass Sie mir vertrauen.«

Zum ersten Mal sah sie ihn lächeln. Er setzte sich ans Steuer und startete den Motor. Er wendete, der Wagen rumpelte zurück Richtung Landstraße.

Sie war allein.

Fliegen summten.

Sie ging auf die Mühle zu.

27.

Katja fuhr auf ihrem Rad nach Hause, erleichtert, dass ihr Knöchel kaum noch schmerzte und sie diesen Schultag mit Anstand über die Runden gebracht hatte. Immer wieder hatte sie für ihren Post auch Zustimmung bekommen, hatten Schüler die dreißigtausend Euro als List und Falle interpretiert, um den Entführer aus der Deckung zu locken. Irritierend war allerdings das kurze Gespräch mit Friedrich nach der Klausur gewesen. »Geben Sie Ricky Material für ihren Artikel«, hatte er gesagt. »Irgendeine Anekdote über Ihren Kater. Damit sie den Artikel schreiben kann und nicht weiter im Schlamm wühlt.« – »Im Schlamm?« – »Sie glaubt, sie ist an einer großen Story dran. Entweder sie findet nichts, dann war's das mit dem Praktikum. Oder sie gräbt wirklich was aus. Das wäre vielleicht nicht gut, Sie wissen schon …« Bevor Katja hatte antworten können, war Krugmeyer die Treppe hochgekommen, hatte sie nervös zur Seite genommen: Ob ihr Nein für die Bewerbung wirklich das letzte Wort sei. Ob sie eine Klarstellung ihres Facebook-Posts für eine angemessene Idee halte, dreißigtausend Euro, es könnte Schüler auf dumme Gedanken bringen … »Was für dumme Gedanken?« – »Sie wissen schon.« Wieso nahmen heute Morgen alle an, dass sie irgendwelche Dinge wusste, über die niemand offen sprach? An welcher Story war Ricky dran? Vollends aus der Bahn geworfen hatte sie ein nie gehörtes Signal ihres Telefons: Die neue App hatte eine Bewegung am Futternapf gemeldet. Sie war gerade im Chemie-Labor angekommen, hatte das Telefon aus der Jackentasche gerissen, das Display zeigte aber nicht Valentin, sondern eine Blaumeise, die sich zwei, drei Kroketten aus dem Napf pickte und weiterflog. Sie hatte sich zusammenreißen müssen, um das Telefon nicht in den Glasschrank mit den Reagenzgläsern zu werfen.

Doch nun schob sie ihr Rad über den Bürgersteig. Axel grüßte mit einer Handbewegung vom Dach des Nachbarhauses. Ein Zigarillo im Mund, reinigte er mit einer Teleskopbürste die Dachrinnen, holte Moos und Matsch heraus, sie klatschten neben der Leiter ins Gras. Katja hatte die Dachrinnen ihres Hauses noch nie gereinigt. Ohne viel Nachdenken war sie davon ausgegangen, dass sich das Regenwasser allein darum kümmert. Offenbar ein Irrtum. Maulwurfshügel, Hecken, Dachrinnen … Die Liste der Dinge, die sie in Angriff nehmen musste, wurde länger. Wenn sie Axel bat, ihr ein Angebot zu machen? Konnten zwei Frauen, beide Anfang dreißig und nicht vollkommen unattraktiv, sich einen Gärtner teilen? Oder musste ein solches Arrangement in Schreierei und Zerwürfnis enden – spätestens, wenn am Ende ein Garten schöner war als der andere? Sie musste lachen, als sie das Gartentor öffnete (endlich die Scharniere ölen!). Sie brauchte einen Bergtee, sie konnte auch Axel einen Becher aufs Dach reichen. Nein, besser: einen Smoothie. Alle Zutaten – Bananen, Birnen, Ingwer, Amarant – hatte sie da. Kein Mensch konnte zu einem solchen Smoothie Nein sagen.

In der Küche band sie ihre Schürze um, schnitt das Obst, schälte Ingwer. Gerade schüttete sie Amarantkörner in den Mixbehälter, als es an der Tür klingelte.

»Frau Fontane?«

Nicht Axel, den sie im Stillen erwartet hatte, stand vor der Tür, sondern eine elegante Frau Mitte vierzig im cremefarbenen Mantel, unter dem Arm eine schmale Ledermappe.

»Ich bin die Frau von Gerhard von Oertzen. Ich vermute, der Name sagt Ihnen nichts? Niemandem sagt er etwas. Mein

Mann ist Landrat des Salzlandkreises. Es wundert mich immer ein bisschen: Die Leute schimpfen auf die Politik, die Politiker. Aber die Verantwortlichkeiten, die Sachzwänge, in denen sie handeln …«

»Falls ich in eine Partei eintreten soll …«

»Wir wohnen im Haus Rilkegasse Ecke Mörikeweg. Mir scheint, Sie haben unserem Haus gestern einen Besuch abgestattet?«

Katja wurde heiß und kalt. Ihre Hände verklammerten sich in der Schürze.

»Regionalpolitiker sind wenig bekannt und wenig beliebt«, sagte Frau von Oertzen. »Sie erhalten nicht einmal Personenschutz, ein Skandal in diesen Zeiten. Umso weniger können wir auf eine Alarmanlage verzichten. Unsere Tochter hat sie auf den Bildern der Überwachungskameras erkannt. Offenbar sind Sie auf Facebook sehr aktiv.«

»Ich kann das erklären …«

»Mein Mann tobt, er will Anzeige erstatten.«

»Bitte glauben Sie mir …«

»Ich denke, ich kann ihn davon abbringen. Keiner liebt Politiker, alle lieben Katzen. Mit einer Anzeige kann er nur verlieren. Dank Ihnen wissen wir wenigstens von den Waschbären. Sie hätten uns das Kinderhaus weggefressen, wochenlang haben wir nichts gemerkt.«

»Bitte akzeptieren Sie meine Entschuldigung. Das Schloss ersetze ich natürlich. Und die Politik Ihres Mannes finde ich absolut –«

»Ich weiß, wie der Verlust eines Haustieres schmerzt. Unserem Jüngsten ist der Nymphensittich entflogen, tagelang wollte er nichts essen. Weshalb ich gekommen bin. Unsere Aufnahmen werden eine gewisse Zeit gespeichert, und beim Abgleich ist dem

Sicherheitsdienst etwas aufgefallen …« Sie öffnete die Ledermappe und schaltete ein Tablet ein. »Hier sehen Sie unser Eingangstor und die Straße. Unsere Tochter bestellt regelmäßig Pizza, wir können sie davon nicht abbringen. Nun schauen Sie …«

Sie ließ die Aufnahme laufen. Katja sah einen roten Kastenwagen mit »Pizza Pronto«-Schriftzug am Straßenrand halten. Eine junge Frau mit Strähnchen und Piercings stieg aus, öffnete die Ladetür, holte einen Pizzakarton und eine Getränkeflasche heraus und klingelte am Tor. Sie drückte das Tor auf und verschwand aus dem Bildausschnitt. Die Ladetür blieb offen.

»Achten Sie auf den Wagen.«

Ein hellgrauer Fleck näherte sich von der Straße. Er schlich um den Wagen herum, hielt kurz inne und sprang hinein. Das Mädchen kam zurück, schob die Ladetür zu, setzte sich in den Wagen und fuhr fort. Katjas Beine wurden weich. Sie musste sich am Türrahmen festhalten. »Wo …«

»Die Filiale ist am Halleschen Tor.«

Die Tür zu »Pizza Pronto« flog auf, Katja kam hereingestürmt, hinter ihr Axel. Ein Pizzabäcker schob gerade eine Pizza in den Ofen, Katja hielt ihm ihr Telefon vors Gesicht: »Ich muss diese Frau sprechen!«

28.

Katja lenkte ihr Auto durch den Nachmittagsverkehr. Axel saß neben ihr, auf dem Rücksitz fläzte die Pizzakurierin.

»Vier Pizzen im Arsch!«, schimpfte sie. »Kartons aufgerissen! Lachs weggefressen! Lass ich einmal die Tür offen! Bin ich eine Verbrecherin oder was?!«

»Niemand macht Ihnen einen Vorwurf«, sagte Axel.

Katja musste sich zusammenreißen. Und ob sie ihr einen Vorwurf machte! Diese Frau war durch die ganze Stadt gefahren, mit einer Katze im Laderaum, und hatte nichts gehört?

»Katzen gehören an die Leine, wenn Sie mich fragen«, sagte die Pizzakurierin.

»Niemand fragt Sie«, sagte Katja.

»Das ist Meinungsfreiheit! Drecksland!«

Sie fuhren Richtung Gewerbegebiet-Ost. Dorthin hatte sie die Pizzen geliefert – oder liefern wollen.

»Garnele im Arsch … Prosciutto im Arsch … Soll ich Ihnen sagen, was er mit der Sardellenpizza gemacht hat?«

»Valentin mag keine Sardellen.«

»Raufgepisst hat er! Der ganze Wagen hat gestunken!«

»Sie haben die Tür offen gelassen! Das ist verantwortungslos! Einer wie Ihnen sollte man den Führerschein wegnehmen!«

»Und Ihnen die Katze!«

»Meine Katze ist weg!«

»Das bringt doch nichts«, sagte Axel.

Er hatte recht, und dass dieser Mann ständig recht hatte, nervte sie in diesem Moment auch.

»Sagen Sie meinem Chef nichts«, jammerte die Frau. »Lajos hat mir neue Pizzen gemacht. Aber wenn mein Chef davon erfährt …«

»Wir sagen nichts«, sagte Axel. »Wir wollen nur wissen, wo Sie die Katze rausgelassen haben.«

Sie fuhren aus der Stadt hinaus ins Gewerbegebiet. Sie passierten den Güterbahnhof Aschersburg-Ost, ein Gartencenter, einen Sanitärgroßhandel und Stoppelfelder, auf denen Krähen pickten.

»Ist es noch weit?«, fragte Katja.

»Ein bisschen.«

Immer spärlicher wurde die Bebauung. Eine Diesellok fuhr neben ihnen her, ein Lastwagen kam aus einer Zementfabrik. Schilder zeigten den Weg zur Autobahn.

»An der Ampel«, sagte das Mädchen.

Sie hielten am Straßenrand und stiegen aus. Eine Auffahrt führte auf die Autobahn Richtung Magdeburg. Feierabendverkehr floss zäh in beide Richtungen. Über die Brücke donnerte ein Regionalexpress.

»Ich habe Gerumpel im Laderaum gehört. Ich habe die Tür aufgemacht, da ist sie rausgesprungen. Eine Garnele im Maul –« Der Rest ging im Lärm des Zementlasters unter, der sie überholte.

Katja lief ein paar Schritte die Auffahrt hoch. Sie fühlte die Vibrationen von der Brücke und roch die Abgase des Lasters. Dies war der schlimmste Ort, um eine Katze auszusetzen. Eine Katze, die verängstigt und desorientiert war nach einer Fahrt im dunklen Laderaum. Die im Poetenviertel groß geworden war, weder Bahngleise noch Lastwagen kannte, nie ein Auto gesehen hatte, das schneller als dreißig fuhr. Die nie den infernalischen Lärm von Autobahnen oder Güterzügen gehört hatte.

»Wo ist er hingelaufen?«, rief Katja.

»Da hoch.«

»Zur Autobahn?«

»Ist das meine Schuld?!«

Katja ging weiter, schaute ins Gras, in die Gräben, unten lagen die durchweichten Pizzakartons. Sie passierte das Autobahnschild. Ein Motorrad kam ihr entgegen und hupte. Axel kam ihr nach, sie fühlte seine Hand an ihrem Handgelenk. »Sie können hier nicht weiterlaufen.«

»Ich muss ihn finden.«

»Es ist über eine Woche her. Wenn er auf die Autobahn gelaufen ist, hatte er keine Chance.«

»Ich will einen Beweis. Sein Halsband …«

»Was ändert es?«

»Diese Kuh!« Tränen stiegen Katja in die Augen. »Wie kann man so doof sein … Eine Katze an einer Autobahn rauslassen. Wer ist so bescheuert?!« Ihr Kopf sank gegen seine Brust. Sie fühlte seine Hände auf ihrem Nacken, an ihrem Kopf, Dummheit ist die größte Sünde, die größten Verbrechen geschehen aus Dummheit! Einer Katze die Garnele aus dem Maul reißen, so dumm, so dumm …

Katja hob den Kopf von seiner Brust. »Ich muss hier weg.«

Axel nickte und gab ihr ein Taschentuch. Gemeinsam gingen sie die Auffahrt hinunter. Das Mädchen lehnte am Auto, Kopfhörer auf den Ohren, und spielte am Handy.

29.

Ricky ließ den Klopfer gegen die Tür fallen, einmal, zweimal.

Niemand öffnete.

Der gelbe Smart stand in der Auffahrt, jemand musste zuhause sein. Sie ging um die Mühle herum. Die Terrasse war menschenleer. Alles war still. Die Sonne stand über dem Horizont, die Mühlenflügel warfen lange Schatten. Aus dieser Mühle war im Winter vor drei Jahren, ein kleiner grauer Kater entwischt. Er hatte sich nicht einfangen lassen, weder von den Mitarbeitern des Veterinäramts, noch von fünf bewaffneten Polizisten. Trotz Kälte, Nässe und seines verwahrlosten Zustandes hatte er überlebt. Wann hatte Frau Fontane ihn gefunden? Und wo?

Sie schob die Terrassentür auf und den Vorhang ein Stück zur Seite: Sie blickte in einen dämmrigen Raum. Eine Fliege flog dicht an ihrem Ohr ins Freie.

»Hallo?«

Keine Antwort. Sie blickte sich um, sah niemanden, schlüpfte hinein und schob die Terrassentür hinter sich zu. Der Raum war gleichzeitig Küche und Wohnzimmer – nicht groß, aber gemütlich. Die alten Holzmöbel schienen vor langer Zeit für die ungewöhnlichen Maße der Mühle angefertigt worden zu sein. Kupfertöpfe und -pfannen hingen an Haken, verblichene Teppiche lagen auf glasierten Fliesen. Vieles war erhalten aus der Zeit, als hier noch Korn gemahlen worden war. Seile und Rohre hingen von der Decke, es gab Luken, Halterungen, wahrscheinlich für die Mehlsäcke. In der sechsten oder siebten Klasse hatten sie auf einem Schulausflug eine Mühle besichtigt, aber Ricky erinnerte sich nur noch vage daran. An den Wänden hingen Fotos von Madame de Ronron aus glanzvollen Zeiten: mit Fans, Prominenten und dem Ministerpräsidenten von Sachsen-Anhalt, Festakt zur Verleihung einer Verdienstmedaille.

Die Regale standen voll mit Nippes: Katzenvasen, Katzenbecher, Katzenflaschenhalter. Außerdem ein eigentümlicher Kerzenständer in Katzenform, Ricky musste eine Weile hinschauen, um den Mechanismus zu begreifen: Die Kerze brannte, Markierungen im Wachs zeigten die Zeit an. Wenn die Kerze bis zu einem Metallstift heruntergebrannt war, fiel der Schwanz der Katze um und schlug ein Glöckchen.

Eine schmale Treppe führte ins obere Stockwerk. Die Stufen knarrten, es roch nach Holz, Staub und den Mottensäckchen, die ihre Mutter jeden Frühling in die Schränke hängte.

»Ist hier jemand?«

Knacken im Gebälk, sonst Stille. Ricky stieg weiter hoch und kam in ein Schlafzimmer. Zwei schmale Betten standen nebeneinander, die weißen Decken und Kissen waren sorgfältig glatt gestrichen. Dazwischen stand ein Nachttisch mit einer Schirmlampe (spielende Kätzchen). Gegenüber ein Kleiderschrank wie aus einer Bauernstube und ein niedriges Regal, in dem Pantoffel und Schuhe standen. Hinter einer schmalen Tür lag vermutlich das Bad. Viel Platz gab es nicht, und das lag am Mühlstein neben der Treppe, fast in der Mitte des Raumes. Eine Welle mit einem kleinen Zahnrad unter der niedrigen Decke koppelte ihn mit einem größeren Zahnrad, von dem die »Königswelle«, an so viel konnte sich Ricky noch erinnern, weiter hoch zum Mühlrad führte. Es sah aus, als könnte die Mühle morgen wieder in Betrieb gehen.

Über eine Stiege, noch steiler als die Treppe zum Schlafzimmer, gelangte sie ins nächste Stockwerk. Sie sah einen

Holztisch mit Stuhl. Die grob gezimmerten Regale standen voll von Madame de Ronrons Büchern: gebundene Ausgaben, Taschenbücher, Übersetzungen. Ein eigenes Regal war für ihren größten Erfolg reserviert, die *Aphorismen auf Samtpfoten*: *Aphorisms on velvet paws*, *Aphorismes sur pattes de velours*, *Aforismos em patas de veludo …*

An der Königswelle hing ein Kalender: *Durch das Jahr mit den schönsten Katzenweisheiten von Madame de Ronron*. Ricky hob das Deckblatt und las die Weisheit für Januar:

Der Mensch fragte die Katze: »Was muss ich tun, damit die Menschen mich lieben wie dich?« Die Katze antwortete: »Liebe zunächst dich selbst, wie ich mich liebe.«

Für Februar:

Im Schlaf der Katze liegt mehr Weisheit als im Wachen des Menschen.

Der Kalender war vor vier Jahren erschienen. Um diese Zeit musste Madame de Ronron die Kontrolle über ihr Leben und ihre Katzen längst verloren haben. In einem Interview hatte sie von ihrer Fanpost erzählt, in mancher Woche bekam sie über hundert Briefe. Dass sie versuche, sie alle zu beantworten, an manchen Tagen bis tief in die Nacht. Waren es deshalb immer mehr Katzen geworden? Weil Madame de Ronron auf die sie von allen Seiten bedrängenden Fragen keine Antworten mehr fand?

Wie eine Mahnung, ein stummer Schrei, hing ein Papier über der Schreibmaschine.

Was kann ich wissen?
Was soll ich tun?
Was darf ich hoffen?
Was ist die Katze?

Es hieß, die Polizei hatte sie am Abend der Razzia an ihrer Schreibmaschine gefunden, während der Arbeit am zweiten Band ihrer *Aphorismen*. Auch jetzt war Papier in die Maschine gespannt.

Angst. Grauenvolle Angst. In welche Hände eines perversen Psychopathen war sie geraten? Ihr Schwanz zitterte wie unter der Qual eines irrsinnigen Stromschlags.

Ricky blätterte durch den Papierstapel neben der Schreibmaschine.

Miu wusste, sie hatte nur noch wenige Sekunden zu leben. Wie ein Blitzlichtgewitter durchzuckten die Stationen ihres Lebens ihr gepeinigtes Hirn. Romeo: Noch einmal sich an seinem Begehren befriedigen ergötzen! Noch einmal den zarten Biss in ihrem wollüstig voller Inbrunst aufgerichteten Nacken spüren!

Je weiter Ricky blätterte, desto zahlreicher wurden die Korrekturen. Sätze waren durchgestrichen, ganze Absätze umgestellt. Nach knapp zweihundert Seiten brach das Manuskript ab.

Sie zog ein Schubfach auf, es war voll weiterer Manuskripte:

Böse, böse Miezekatze

Das Grauen faucht um Mitternacht

Miau, wenn du kannst!

Auf jeder Seite Mord und Gewalt: Von Ratten vergewaltigte Katzenjungen, Katzenbabys im Thermomix, der Timer tickt, Folterkeller, von Bluthunden bewacht, traumatisierte Katzenermittler. Immer waren die ersten Seiten sauber getippt, fast ohne Korrekturen. Bald wurden die Korrekturen mehr, Wörter, Sätze, ganze Absätze waren durchgestrichen, markiert, handschriftlich kommentiert (*»Mist, Mist, Mist!«*). Ricky öffnete weitere Schubladen, sie waren voller Manuskripte. Einige blätterte Ricky durch, sie brachen alle nach spätestens zweihundert Seiten ab, manchmal mitten im Satz.

Sie hatte fast nichts von Madame de Ronron gelesen, außer *»Geheimnisvolle Katze«* nur ein paar Kolumnen im Internet. Seit ihrem Zusammenbruch hatte sie nichts veröffentlicht. Und das hier war nicht ihr Stil. Das war nicht die zerbrechliche, blinde Frau, die am Teich stand und Enten fütterte. Sie hatte Katzen gefangen gehalten und gequält, das war nicht zu leugnen. Aber sie hatte nie darüber geschrieben. Konnten diese Manuskripte eine Art Therapie sein? Rache an den Katzen, die ihr viel gegeben, aber alles genommen hatten? Wenn sie die Handschriften vergleichen könnte … Wenn sie einen Brief von Madame de Ronron fand oder eine alte Manuskriptseite …

Sie hörte ein Motorengeräusch, das lauter wurde, und drückte die Schubladen zu. Hier oben waren die Fenster vernagelt, sie musste sich auf die Zehenspitzen stellen, um durch einen Spalt zwischen den Brettern zu schauen. Ein vw-Bus arbeitete sich die Steigung hoch. Der Gang wurde heruntergeschaltet, das Getriebe schleifte, fast kam der Bus zum Stehen. Er schaffte es bis zur Auffahrt und hielt vor der Tür – zu dicht, um von hier oben zu sehen, wer ausstieg. Aber sie hörte Stimmen, erst die von Madame de Ronrons Tochter – dann eine Stimme, die sie kannte, aber hier niemals erwartet hätte.

Ricky hörte Wortfetzen, dann Flüstern, Vertraulichkeit … sogar einen Kuss? Sie wurde unruhig, sie musste hier weg. Die Stimmen entfernten sich in Richtung Terrasse. Ricky stieg hinunter ins Schlafzimmer, spähte die Treppe hinunter. Die Frau kam in die Küche, füllte einen Kessel mit Wasser, stellte ihn auf den Gasherd, entzündete die Flamme und verschwand wieder. So leise wie möglich hastete Ricky die Treppe hinunter. Auf der Terrasse konnte sie drei Silhouetten in der Abendsonne erkennen. Etwas abseits saß Madame de Ronron auf einem Stuhl. Dann ihre Tochter, und dicht daneben … Mit wenigen Schritten war sie bei der Tür. Sie drückte die Klinke, das Holz kreischte auf den Fliesen …

»Was machen Sie hier?«

Die Frau stand in der Terrassentür.

»Ich habe geklopft …«, stammelte Ricky. »Sie haben Herein gesagt.«

»Niemand hat Herein gesagt.«

»Ich habe es bestimmt gehört.«

»Was ist hier los?«

»Hallo, Schrader.«

»Ricky!« Seine Augenlider zuckten. Er war eindeutig unerfreut, sie hier zu sehen. »Was machst du hier?«

»Ich habe geklopft. Ich dachte –«

»Seit wann bist du hier?«

»Ich bin gerade gekommen.«

Schrader und die Frau tauschten Blicke. Kauften sie ihr die Lüge ab? Jedenfalls konnten sie nicht das Gegenteil beweisen.

»Gudrun, das ist Ricky. Eine meiner engagiertesten Schülerinnen.« Er zwinkerte Ricky zu, fand langsam zu seiner gewohnten Lockerheit.

»Ich kenne die junge Frau«, sagte die Tochter kühl. »Sie war vor ein paar Tagen schon mal hier.«

»Wirklich?«

»Sie hat meine Mutter boshaft erschreckt.«

»Bosheit war nicht meine Absicht. Ich hatte ein paar Fragen wegen Frau Fontanes Katze. Es gibt Hinweise –«

»Ricky, hör auf!« Schraders Lockerheit war wieder weg. »Können wir endlich diese penetrante Katze vergessen? Frau Fontane geht es nicht gut, das merken wir alle. Niemandem hilft es, wenn du in der Wunde stocherst! Wie bist du überhaupt hergekommen?«

»Per Anhalter.«

»Ich fahre dich zurück.«

»Mich würde bloß interessieren –«

»Jetzt!« Er schob Ricky zur Tür. Drehte sich zu Gudrun um: »Ich bin zuversichtlich, wir können – »

»Ich denke ernsthaft über die Möglichkeit nach«, sagte sie und deutete auf eine Broschüre in Pastellfarben, die auf dem Tisch lag. Wie ein drohender Geist erschien Madame de Ronron in der Terrassentür. Er wollte noch etwas sagen, tauschte einen Blick mit Gudrun, schüttelte den Kopf. Er drehte sich zu Ricky: »Ab nach Hause.«

30.

Schrader verschaltete sich, fluchte. Der vw-Bus war alt, überall klapperte es. Aus dem Armaturenbrett, wo sonst ein Radio steckte, hingen Kabel.

»Du enttäuschst mich«, sagte er. »Immer noch die Katze. Gibt es keine anderen Themen? Korruption, soziale Missstände … Es gab Zeiten, da hast du dich für relevante Fragen interessiert.«

»Mein Probeartikel fürs Aschersburger Tageblatt –«

»Probeartikel! Damit kriegen sie dich klein! Sie wollen dich banal machen, du sollst keine kritischen Fragen stellen!«

Sie fuhren auf der Landstraße Richtung Aschersburg. Kühe standen im Abendlicht auf der Weide, am Rückspiegel baumelte eine gelbblaurote Hand aus Filz: *Hands off Venezuela.* Ricky schämte sich. Schrader hatte recht. Katzenartikel! Aschersburger Tageblatt! Wie tief war sie gesunken?

»Warum sind Menschen besessen von Katzen?«, fragte er. »Weil sich das kapitalistische Versprechen für die meisten nie erfüllt. Sie arbeiten in entfremdeten Jobs, leben in entfremdeten Beziehungen, hausen in entfremdeten Wohnblocks. *Du kannst erreichen, was du willst! Gib mehr, gib alles!* Wie Esel traben sie hinter der Karotte her. Katzen sind Freiheit, die sie kaufen können. Streicheln, verwöhnen, eine milliardenschwere Katzenindustrie zieht ihnen das letzte Geld aus der Tasche. Katzen sind das Opium des Volkes. Die neoliberale Verarsche unserer Zeit.«

»Hatten die Menschen im Sozialismus keine Katzen?«

»Doch. Aber anders.«

Sie hielten an einer Tankstelle. Schrader tankte, ging bezahlen, Ricky blieb im Wagen sitzen und sah ihn durch die Glasscheibe an der Kasse gestikulieren. Die Verkäuferin schüttelte den Kopf, er schlug sich mit der Hand gegen die Stirn, sie griff zum Telefon. Anscheinend wollte sie seinen Ausweis sehen. Er musste etwas unterschreiben und kam zurück.

»Gangster.« Er schlug die Tür zu. »Alles Gangster! Meine Kreditkarte funktioniert nicht. Magnetstreifen kaputt, was weiß ich. Macht die Frau einen Aufstand, als sei ich der Ölpreisschock persönlich. Wir leben in einem kranken System, Ricky. Alle haben Angst.«

Beim dritten Anlauf sprang der Motor an, sie fuhren weiter.

»Sag niemandem, dass du mich in der Mühle getroffen hast. Ich kenne diese Frau kaum. Vor Jahren auf einer Demo gegen CO_2-Verpressung kennengelernt. Ruft sie mich an und fragt, ob ich sie zum Makler begleiten kann. Sie fühlt sich überfordert, hat Angst … Was sollte ich machen?«

»Was wollte sie beim Makler?«

»Die Mühle verkaufen, was sonst? Aber sie finden keinen Käufer.«

»Die Mühle muss doch eine Menge wert sein und sie ist so schön.«

»Denkmalschutz, böse Falle. Der Unterhalt kostet ein Vermögen, nichts darfst du verändern. Die Zuschüsse vom Staat sind ein Witz. Im Winter kriegst du das Ding nicht warm. Bei Wind pfeift's in den Flügeln, du verstehst dein eigenes Wort nicht. Von außen ein Traum, von innen ein Gefängnis. Der Makler war ein Gangster, klar, sind sie alle. Aber eins hat er verstanden: Die Lage ist ein Traum. Aus dem Grundbesitz – der Hügel, das Wäldchen, der Blick über die Saale – kann man was machen. Aber nicht, solange die Mühle da steht.«

Schrader hatte sie Gudrun genannt. Sie hatten gekichert und auf der Terrasse dicht zusammengestanden, wie ein Liebespaar. Wieso sollte niemand davon wissen?

Sie passierten das Ortsschild. Am Kreisel fuhr er in die Thälmannstraße, er wusste, wo sie wohnte. Lockerer Lehrer, fährt seine Schülerin nach Hause. Das war nun wieder nett.

»Wie geht's deinem Bruder?«

»Meine Mutter hat Angst, dass das Job-Center die ABM-Stelle streicht.«

»Verbrecher, denken nur an den Profit. Falls es ernst wird, sag Bescheid. Ich kenne die Abteilungsleiterin, wegen mir hat die damals Abitur gemacht. Ist mir einen Gefallen schuldig.«

Die Plattenbauten kamen in Sicht. Er hielt am Rondell und schaltete den Motor aus. »Versprich mir, Ricky, dass du relevant bleibst. Widerspenstig. So viele in deinem Alter passen sich an, Hauptsache durchkommen. Du bist zu klug dafür.«

»Mein Probeartikel –«

»Was stimmt mit unserer Zeit nicht? Erziehen wir euch zu wenig zum Widerstand? Denk größer! Denk unbequem! In Magdeburg gibt es ein Stadtmagazin, *Pflasterstein*. Engagierte junge Leute, recherchieren auf Demos, in den Brennpunkten. Die haben nicht viele Leser, aber die richtigen. Wenn du da ein Praktikum machst und ein paar Artikel unterbringst … Ich habe Kontakte, wenn du willst, lasse ich deinen Namen fallen …«

»Das würden Sie tun?«

»Klar, mache ich. Aber du musst mir auch etwas versprechen: Kein Wort zu niemandem.«

»Bestimmt nicht.«

»Fahr auch nicht wieder zur Mühle. Keine Recherche, keine Katze, kein Stochern im Dreck. Ist eine Sackgasse, glaub's mir.« Er hielt ihr die Hand hin. »Versprochen?«

»Versprochen.«

Sie schüttelten sich die Hände. Sie dankte für die Fahrt, er winkte ab. Sie stieg aus, ruckelnd fuhr der Bus an. Sie winkte ihm nach, bis die Rücklichter hinter dem Norma-Markt verschwanden.

Erfüllt von neuer Hoffnung ging sie die bunten Balkons entlang, hinter denen die Lichter der Fernseher glimmten. *Pflasterstein,* ein Name wie eine Verheißung. Sie hatte keine Ahnung, von welchem Geld sie jeden Morgen die Bahnfahrt nach Magdeburg bezahlen sollte, aber das war jetzt nicht wichtig. Und Schrader war einfach ein super Lehrer, der half, wo er konnte. Was ging sie sein Verhältnis zu dieser Gudrun an?

Die Russen standen gegenüber am Haus F mit ihren Bierdosen, lachten und lallten. Es waren in Wahrheit Rumänen, das musste man sich immer wieder klarmachen: Ausgestoßene, Verzweifelte, letzte Ausfahrt Alkohol, Drogen, Gewalt … Schon spross in ihrem Kopf der Keim für eine radikale Reportage, genau richtig für den *Pflasterstein.* Sie ging auf die Männer zu: »Scheißleben, was?«

Sie glotzten.

»Aber ihr seid nicht das Problem. Das System ist das Problem.«

Einer rülpste.

»Neoliberale Verarsche, gib mehr, gib alles. Alle haben Angst.«

»Hast Angst vor uns oder was?«, fragte einer.

»Ich nicht, aber –«

»Kannst uns einen blasen.«

Schnell ging sie auf ihren Hauseingang zu, hinter ihr johlten und rülpsten die Männer. Okay, das war jetzt nicht optimal gelaufen – aber ein Anfang war gemacht. Wenn sie Vertrauen aufbaute, wie zu den Putzfrauen, ihren Geschichten zuhörte … *Katergate*, ein Dreck!

Sie stieg die Treppen hoch, der Fahrstuhl steckte wieder irgendwo fest. Am besten, sie löschte ihren Artikel, Frau Fontanes Foto, das gesamte banale Katzenmaterial von ihrem Computer. Schrader hatte ihr die Augen geöffnet. Robins ABM-Stelle war so gut wie gerettet. Das Leben war dunkel, aufregend und schön. Nicht einmal der Laubengang erschien ihr heute deprimierend. Hauptsache, sie blieb relevant.

31.

Der Korken ploppte. Katja schenkte ihnen beiden ein. Barolo aus dem Piemont, ein Wein für besondere Anlässe. Ein Wein für den Abschied von Valentin.

»Danke, dass du mitgekommen bist.«

Sie nickten sich zu und tranken. Katja hatte Feuer im Kamin entzündet, nicht weil es kalt war, sondern für die Stimmung. Scheite knackten, Flammen züngelten. Käse, Brot, Oliven standen angerichtet auf dem Couchtisch.

»An dem Morgen, an dem er verschwand, hat er eine Maus in die Küche gebracht«, sagte sie. »Er hat sie neben meine Müslischale gelegt. Ich war wütend und habe ihn aus dem Haus geworfen. Er wäre sonst nie in den Pizzawagen gesprungen.«

»So darf man nicht denken.«

»Ich habe ihn gepackt, ins Gras geworfen ...«

»Eine Katze vergisst das.«

»Ich vergesse es nicht. Es ist die letzte Erinnerung, die ich an Valentin habe.«

Auf der Rückfahrt hatten sie die Frau in der Pizzeria abgesetzt. Sie hatten am Gemeindehaus der Matthäuskirche gehalten, wo Axel ein Zimmer bewohnte. Er hatte geduscht, sich umgezogen, sie hatte beim Italiener für den Leichenschmaus eingekauft. Er war aus dem Haus gekommen, in olivgrünen Chinos, einem schwarzen Polohemd und einer leichten schwarzen Jacke ... Sachen, die ihm gut standen, man hätte ihn für eine Modestrecke fotografieren können; die aber keiner Zeit gehörten, keinem Ort, die in die Wildnis so gut passten wie in die Metropole – und nichts über den Mann verrieten, der sie trug. Sie duzten sich nun, in stillem Einverständnis. Eine Rückkehr zum Sie war nach der Szene an der Autobahn, ihren Tränen und seiner Hand auf ihrem Nacken nicht möglich.

»Woher hattest du Valentin?«, fragte Axel.

»Von einem Bauernhof in Mecklenburg. Ich habe ihn gesehen und mich sofort in ihn verliebt.« Sie zögerte: »Das ist jedenfalls die Geschichte, die ich allen erzählt habe.«

»Und die Wahrheit?«

»Durfte niemand wissen, zu gefährlich.« Sie trank einen größeren Schluck. »Ich jogge gern. Im Winter nicht oft, aber an diesem 14. Februar vor drei Jahren schon. Am Saaleufer, durch den Wald … In der Umgebung gibt's einige schöne Strecken. Das Wetter war nicht gut. Schneeschauer, starker Wind, ich hatte eine stressige Woche hinter mir und musste raus. Der Pfad, den ich eigentlich laufen wollte, stand an mehreren Stellen unter Wasser, ich musste einen Umweg laufen. Ich komme durch ein Waldstück und höre ein Wimmern. Ich bleibe stehen und sehe unter einer vereisten Fichte eine kleine, graue Katze. Sie liegt in einer Höhle aus Schneematsch, die sie sich gegraben hat. Katzen können Kälte ertragen, bis minus zwanzig Grad halten sie aus. Wenn aber das Fell nass wird, kann es in wenigen Stunden vorbei sein. Diese hat keine Kraft mehr. Sie schaut aus großen Augen zu mir hoch. Ich nehme sie hoch, sie wiegt fast nichts, nur Fell und Knochen. Ich wärme sie an meiner Brust. Ich laufe zum Auto, meine Hände um die eiskalte Katze gelegt. Alle paar hundert Meter bleibe ich stehen, schaue, ob sie noch lebt. Im Auto wickle ich sie in meine Jacke, zuhause in eine Decke und lege sie vor die Heizung. In diese Decke da …« Sie zeigte auf eine verfilzte und zerrupfte Wolldecke auf der Couch. »Ich bin Vegetarierin, für eine Katze habe ich nichts im Haus. Ich fahre los, Sonntag, alle Geschäfte geschlossen. An einer Tankstelle kaufe ich Milch, Eier und die letzte Dose Katzenfutter. Ich komme zurück, die Katze liegt in der Decke und rührt sich nicht, ich denke, ich bin zu spät gekommen. Aber nein, sie atmet. Ich mache das Futter und die Milch warm, füttere sie mit einem Löffel, Bissen für Bissen, Schluck für Schluck … Ein kleiner Kater, acht, neun Monate alt, das graue Fell ist zerzaust und hängt an den Rippen. Die erste Nacht ist die schlimmste. Er liegt in meinem Bett, atmet rasselnd, jetzt fühlt er sich heiß an, will nicht fressen, ich fürchte, er kommt nicht durch … Aber als es am Morgen hell wird, liegt er in meinem Arm, atmet ruhiger und schläft.« Sie starrte ins Kaminfeuer. Alles war wieder da, ihre Angst, der Sturm und die Dunkelheit, der kleine, graue Kopf mit dem weißen Fleck zwischen den grünen Augen, die sie anstarrten, zwischen Vertrauen und Angst. »Am nächsten Morgen musste ich in die Schule. Ich habe ihn auf die Decke vor die Heizung gelegt, Schüsseln mit Milch und Futter hingestellt, aus Blumenerde und Plastikwanne eine Katzentoilette improvisiert … In der Schule sprachen immer noch alle über die Mühle. Ein paar Tage zuvor hatte dort eine Razzia stattgefunden, über hundertfünfzig Katzen waren befreit worden. Zunächst hatte ich keine Verbindung hergestellt: Ich hatte den Kater drei Tage später gefunden, zwölf Kilometer entfernt. Und es hieß, alle Katzen seien mitgenommen worden, denn sie waren unterernährt, hatten Bisswunden, Parasiten, bei einigen gab es Verdacht auf Leukose … Hitzige Diskussion im Lehrerzimmer, ich habe Partei fürs Veterinäramt ergriffen: Die Tiere waren nicht zu vermitteln, nicht sozialisierbar, eine Gefahr für andere Katzen … Es gab keine Alternative zum Einschläfern.

Aber als ich wieder zuhause war, habe ich den Fundort auf der Karte studiert. Es gab kein Dorf in der Nähe, keinen Bauernhof, nichts. Eine Katze, getrieben von Hunger und Angst, kann in drei Tagen zwölf Kilometer laufen, auch bei schlechtem Wetter. Der Kater lag schlafend auf der Decke, sein Atem rasselte immer noch. Aber er hatte gefressen, getrunken und ein winziges Geschäft in der Plastikwanne erledigt. Er wachte auf, ich habe ihn zwischen den Ohren gekrault, unter dem Kinn. Er hat sich um meine Hand gerollt und zum ersten Mal geschnurrt. Mein Plan war gewesen, das Tierheim und die Polizei anzurufen, bestimmt vermisste ihn jemand. Jetzt dachte ich: Lieber nicht, ich bringe ihn in Gefahr. Im selben Moment fiel mir der Name ein. Am Valentinstag hatte ich ihn gefunden. Also Valentin.« Sie blätterte durch ihr Telefon und zeigte Axel das Foto, das sie noch nie jemandem gezeigt hatte: Valentin auf seiner Decke, am ersten Tag nach der Rettung. Schwach, zerzaust, abgezehrt. Doch der Blick aus seinen großen, grünen Augen aufmerksam, mit einer Spur Misstrauen. Trotz seiner Schwäche hatte er die Vorderpfoten vorgestellt, war bereit zum Sprung. »Am Freitag hatte er sich so weit erholt, dass ich eine Transportbox kaufen und ihn zur Tierärztin bringen konnte – in Dessau, das erschien mir sicherer. Die Fahrt in der Box war ein Alptraum, er hat gekratzt, ins Gitter gebissen, die Gefangenschaft hielt er nicht aus. Er wollte sich auch nicht untersuchen lassen, hat gebissen und gekratzt, die Ärztin musste ihn sedieren. Sein Zustand war erbärmlich, Würmer, Milben, natürlich hatte er starkes Untergewicht. Die Tierärztin war entsetzt: ›Wo haben Sie den her? Das grenzt an Tierquälerei!‹ Da habe ich das erste Mal gelogen: ›Von einem Bauernhof in Mecklenburg.‹ Einige Tage später kamen die Ergebnisse aus dem Labor: Urin- und Blutwerte waren schlecht, er brauchte Spezialnahrung und Tropfen. Aber er hatte keine Leukose, nichts Lebensbedrohliches.« Sie schenkte Wein nach. »An diesem Abend lag er auf meinem Schoß. Plötzlich richtet er sich auf und blickt mich an, anders als sonst, weicher. Er blinzelt mit einem Auge, leckt meinen Daumen, meinen Handrücken, als wollte er fragen: ›Du lässt mich nicht fallen, oder?‹ Ich hatte eine unglückliche Beziehung in Hamburg hinter mir. Ich hatte einen Mann fallen lassen, stimmt nicht, ich hatte ihn nicht wirklich fallen gelassen … Jedenfalls kraule ich Valentins Kopf, blinzle zurück und sage: ›Ich lasse dich nicht fallen. Solange du es mit mir aushältst, kannst du hierbleiben.‹ Am nächsten Tag hat er gegen den Fensterrahmen gekratzt und wollte raus. Ich war gekränkt, so albern es klingt. Gleichzeitig war mir klar, ich konnte ihn nicht auf Dauer einsperren. Wenn er seine Freiheit zurückwollte, würde ich ihn nicht aufhalten. Zehn Minuten war er im Garten, dann ist er zurückgekommen und auf meinen Schoß gesprungen. Am nächsten Tag war er eine halbe Stunde draußen. Am übernächsten Tag ist er zu den Kindern auf der anderen Straßenseite gelaufen. Er kam zu Kräften, sein Fell wurde dicht und glänzend, Nachbarn sprachen mich an: ›Wo haben Sie diese wunderschöne Katze her?‹ – ›Von einem Bauernhof in Mecklenburg.‹«

»Warum nicht die Wahrheit?«

»Weil ich Angst hatte. Tiere sind nach § 90a BGB zwar keine ›Sachen‹ mehr wie früher, aber weiterhin Besitz. Ich hatte Valentin gefunden, aber er gehörte mir nicht. Die verrückte Schriftstellerin, ihr Vormund, das Veterinäramt … Alle hätten ihn mir wieder wegnehmen können, jederzeit. Er wollte aber nicht weg. Es ging ihm gut bei mir, er wurde stark, eroberte sein Revier, verprügelte Nachbarkatzen. Ich habe eine Katzenklappe in die Tür bauen lassen, die Tierärztin hat ihn geimpft, gechippt und, dazu musste sie mich überreden, kastriert. Aber die rechtmäßige Eigentümerin bin ich bis heute nicht.«

Sie öffnete die zweite Flasche. *Man darf nie zu wenig guten Wein im Haus haben* – eine der Weisheiten ihres Vaters, der sie, fünf Jahre nach seinem Tod, aus vollem Herzen zustimmte. Sie tranken und schwiegen. Katja schnitt ein Stück Käse ab. Man konnte gut mit Axel schweigen. Er wertete nicht, er kritisierte nicht. Die Katze war ihm wichtig, weil sie ihr wichtig war. Doch nun sagte er, mit ruhigem Blick ins Feuer: »Ich habe eine Mitarbeiterin verloren. Wir sind in einen Hinterhalt geraten. Ich hatte Glück, sie nicht.«

»Warst du Soldat?«

»Ich habe in Mali Brunnen gebaut.« Er schob sein Hosenbein hoch und zeigte seine Prothese. »Fuß und Unterschenkel, sonst ist nichts passiert.«

Sie verschluckte sich an dem Käse, war sprachlos und verwirrt. Sie musste jetzt etwas sagen, oder nicht? »Gott, wie schrecklich!« oder »Hat das furchtbar weh getan?« Irgendwas sagte man doch!

»Ich kann sie bis heute nicht vergessen«, nahm er ihr die Entscheidung ab. »Es ist, als ob ihr Geist bei mir ist, jeden Tag. Die erste Zeit habe ich mich dagegen gewehrt. Das sind Kinderfantasien, dachte ich, ohne Körper gibt es keinen Geist. Aber seitdem ich dieses Gefühl zulasse, kann ich ihren Tod akzeptieren.«

Die Zartheit seiner Worte klang seltsam aus dem Mund dieses kräftigen Mannes mit den festen Unterarmen, dem umschatteten Blick und dem schwarzen Bart. Eines Mannes, der Erde umgrub, auf Dächern herumkletterte und sich im Baumarkt auskannte. Der Fuß, Unterschenkel und eine

Mitarbeiterin in Afrika verloren hatte. Keinen Schmerz hörte sie in seiner Stimme, keine Bitterkeit.

»Ich musste erst wieder gehen lernen«, sagte er. »Zweimal die Woche gehe ich noch zur Reha, in einem Zentrum der Diakonie. Die Gemeinde hat einen Gärtner gesucht, einen Handwerker, eigentlich einen Mann für alles. Bewegung ist wichtig, Rumsitzen will ich nicht. Zwei Monate bin ich noch hier.«

»Und danach?«

»Werde ich wieder Brunnen bauen.«

»In Mali?«

»Es gibt überall etwas zu tun.«

»Hast du keine Angst?«

»Es ist mein Beruf.«

Im Kamin loderte eine Flamme hoch. Die zweite Flasche des Barolo schmeckte noch besser als die erste.

»Wolltest du schon immer Brunnenbauer werden?«, fragte sie.

»Nein. Aber nach der Haft hatte ich nicht viele Möglichkeiten.«

Lieber nicht weiter fragen. Man musste nicht alles über einen Menschen erfahren, nicht am ersten Abend, nicht beim dritten Glas Rotwein. Doch eines spürte sie deutlich, trotz oder wegen ihrer leichten Trunkenheit: Im Sessel gegenüber saß ein Mann, der seine Bestimmung gefunden hatte. Der nicht zweifelte, der seinen Weg ging, ob mit Prothese oder ohne – weil es der Weg war, den er gehen musste.

Sie deutete auf den Rest der Flasche. Er schüttelte den Kopf und stand auf. »Ich will morgen rechtzeitig mit dem Dach fertig werden. Gegen Mittag liefert die Gärtnerei neue Pflanzen.«

Sie nickte und brachte ihn zur Haustür. Er nahm seine Jacke vom Garderobenhaken, sie standen einander gegenüber, unsicher, wie sie sich voneinander verabschieden sollten. Händedruck zu wenig, Kuss zu viel.

»Ich danke dir«, sagte sie.

»Du hast es richtig gemacht. Valentin hatte ein schönes Leben, wegen dir.«

»Kommst du so spät noch ins Gemeindehaus?«

»Drüben steht mein Fahrrad.«

Eine Umarmung, ein flüchtiger Kuss auf die Wange … Er ging zum Gartentor. Jetzt, wo sie ihn von hinten sah, bemerkte sie, dass er ein Bein eine Winzigkeit weniger belastete als das andere. Sah seinen Schatten auf dem Bordstein, hörte ihn das Tor zum Garten der Pastorin öffnen und sein Fahrrad herausschieben. Hinter der Hecke entfernte sich das Rücklicht.

Sie atmete die Nachtluft, die nach Erde, gemähtem Gras und Maiglöckchen roch.

»Valentin?«, flüsterte sie in die Dunkelheit.

Keine Antwort.

Nie wieder eine Antwort.

Er hatte ein kurzes, schönes Leben gehabt. Sie wollte, sie durfte nicht daran denken, wie es vermutlich geendet hatte.

Sie schloss die Tür und ging zurück ins Wohnzimmer. Im Kamin glühten schwach die Scheite. Sie holte ihr Telefon heraus und las die letzten Kommentare zu ihren Posts:

Wer so einen Stress wegen seiner Maunzi macht, hat ein Problem mit seiner Muschi!

Wer so eine Gülle postet, hat ein Problem mit seiner Gurke!

Geh sterben!

Geh selber sterben!

Das war unerträglich. Sie konnte diesen Schwachsinn nicht weiterlaufen lassen, ihre Mutter hatte recht. *Wir müssen einsehen, wenn es vorbei ist. Hoffen wider besseres Wissen ist dumm.*

Sie leerte ihr Glas und traf eine Entscheidung: *Ich muss eine traurige Mitteilung machen*, schrieb sie. Danach einige weitere Zeilen, in denen sie für die Anteilnahme dankte und bat, von weiteren Fragen abzusehen.

Sie drückte auf *Posten* und schaltete ihr Telefon aus.

32.

Angeln bei Vollmond war Glückssache, doch Herczeg hatte schon manch schönen Erfolg erzielt. Vor allem Zander jagten bei Vollmond dicht unter der Wasseroberfläche. Ein leckerer Gründling als Köder, leichtes Bleischrot, damit er nicht zu tief sank … Der Rest war Warten. Doch nun saß sie schon über drei Stunden auf dem verlassenen Bootssteg hinter der Schleuse. Mehr als eine magere Brasse hatte sie nicht gefangen; ärgerlich hatte sie sie in den Eimer zu den Futterfischen geworfen. Angelte sie an der richtigen Stelle? Sollte sie es weiter stromabwärts versuchen, hätte sie statt Gründlingen besser Rotaugen oder Kaulbarsche mitgebracht? Sinnlose Spekulation, niemand konnte sich ins Hirn eines Zanders einfühlen. Das Glück belohnt den Geduldigen. Geduld heilte Wunden und klärte den Blick.

Krugmeyer hatte sie also übergangen. Sein Schweigen verletzte sie mehr, als es ein offenes Wort gekonnt hätte. Warum hatte er nicht gesagt: *Liebe Frau Herczeg, ich schätze Sie als Kollegin, aber als Direktorin scheinen Sie mir ungeeignet aus den und den Gründen*? Sie hätte damit leben können – vermutlich. Wobei sie tatsächlich seit Tagen an nichts so oft dachte, wie an diese Gründe, die doch nie gefallen waren. Sie peinigte sich damit selbst – *hässlich, widerwärtig, Mundgeruch* – sie schnitt sich in die Seele wie Isabel aus der Siebten, die sie beim Ritzen auf der Toilette erwischt hatte. Und doch verletzte kein Wort so tief wie dieses dröhnende, joviale Schweigen. Heute Morgen waren sie sich an der Kaffeemaschine begegnet. Krugmeyer hatte sie gegrüßt und einen Witz über seine zittrigen Hände gemacht. Als ob sie die Wahrheit dahinter nicht kannte!

In dem Campingstuhl tat ihr der Rücken weh. Sie musste sich einen neuen kaufen. Sie stand auf, reckte sich, ging den Steg auf und ab und schüttelte sich die Wut aus den Gliedern. Nun gut, so war das Leben eben. Man musste die Dinge so scharf sehen, wie sich der Mond da oben abhob, mit seinen Dellen und Kratern, ihre Augen wurden von Jahr zu Jahr besser. Und die Frage, ob ein Mensch ein besseres Leben verdient hatte, war so dumm wie die Frage, ob der Mond seine Krater verdient hatte. Der Mensch war sein Leben! Der Mond war seine Krater! Und jede Illusion, er könne –

Sie hörte ein Scheppern und fuhr herum. Der Eimer neben der Angel war umgefallen, silbrig zappelten die Gründlinge auf dem Steg. Die Brasse röchelte im Griff zweier Tatzen. Krallen und Zähne bohrten sich in Kopf und Kiemen, die Brasse bäumte sich auf, Knurren und Fauchen, nasse Schuppen glänzten in silbergrauem Fell. Die Katze riss das erste Stück Fleisch heraus, die Schwanzflosse zuckte, während am Kopf schon die ersten Gräten glänzten.

Herczeg näherte sich mit angehaltenem Atem. Die Katze blickte auf, machte durch Knurren und angelegte Ohren klar, wem der Fisch gehörte. Die Gründlinge zappelten um ihr Leben, manche fielen zwischen den Bohlen ins Wasser.

»Was bist du für ein Hübscher …«

Herczeg kniete sich hin. Die Katze fraß weiter, Blut breitete sich auf dem Steg aus, rot wie ihr Halsband. Die Katze hielt mit dem Fressen inne und leckte ihr Maul. Sie blickte Herczeg an, aus phosphorgrünen Augen – ihr Blick aufmerksam, mit einer Spur Misstrauen.

»Du musst keine Angst haben …«, flüsterte sie. »Musst du nicht …« Sie streckte ihre Hand aus, die Katze rührte sich nicht. Sie berührte den weißen Fleck zwischen seinen Augen und kraulte seine Stirn. »So ein Hübscher … so ein Hübscher …«

2. Teil

»EIN HAUS OHNE KATZE IST WIE EIN AQUARIUM OHNE FISCHE.«

Jean-Louis Hue

33.

Das Leben ging weiter.

Katja unterrichtete, die Schüler lernten. Sie schrieben Klausuren, Katja korrigierte. Die Todesnachricht hatte an der Schule Bestürzung ausgelöst, Schüler wie Kollegen hatten den ganzen folgenden Tag ihr Beileid bekundet. »Wie ist es passiert?«, »Wo haben Sie ihn gefunden?« Katja hatte über Valentins Herkunft gelogen, nun log sie über sein Ende. Genauer gesagt flüchtete sie sich in Andeutungen, Allgemeinplätze: »Es war ein schneller Tod.« »Er hat nicht gelitten.« »Die Beerdigung findet im engsten Kreis statt.« Am Abend hatte sie, entgegen ihrem Vorsatz, noch einmal ihren Facebook-Account geöffnet und sich für die vielen Beileidsbekundungen, virtuellen Tränen, schluchzenden Emojis bedankt. Spenden? Die Frage hatte sie nicht begriffen, aber sie war immer wieder aufgetaucht: Wo könne man spenden? Katja hatte die Kontonummer des Aschersburger Tierheims angegeben, die freuten sich bestimmt. Dann hatte sie ihren Account, hoffentlich für immer, geschlossen.

Die nächste Zeit funktionierte sie auf Autopilot. Sie war zu allen höflich, achtete auf korrekte Kleidung und Frisur, hakte Routinearbeiten ab. Sie bemühte sich, ihrem Leben mit kleinen Veränderungen einen frischen Anstrich zu geben. Das Haus ausmisten, zum Beispiel. Katzentoilette, Futternapf, Trinkbrunnen, Kratzbaum, Spielangel, Transportbox … Das Haus war voll von Valentin, ständig fand sie weitere Dinge – hier ein vergessenes Baldriankissen unter dem Sofa, dort einen Laserpointer in der Schublade. Dazu zwei Kartons Katzenstreu, ein halber Sack

Trockenfutter, sechs Dosen Nassfutter, zwei unbenutzte Zeckenhalsbänder, eine Flasche Wurmkur … Sie sagte den Routinecheck bei der Tierärztin ab. Die Kamera über der Terrassentür brauchte sie nicht länger. Beim nächsten Besuch würde sie sie ihrer Mutter mitbringen, die konnte von elektronischem Schnickschnack nie genug kriegen. Die anderen Sachen? Zum Wegwerfen waren sie zu schade. Doch Frau Heppner, der einzigen Katzenbesitzerin in ihrer Straße, wollte sie sie nicht geben. Mit ihr hatte sie sich verkracht, weil Valentin angeblich ihren Sokrates … Egal, sie packte alles in Müllsäcke und verstaute sie auf dem Dachboden.

»Du könntest eine Katze aus dem Tierheim adoptieren«, sagte Enno. »Eine schwache, behinderte, die sonst keiner will.«

»Warum sagst du nicht gleich, ich soll mir einen Hund kaufen?«

»Heute Nachmittag Lust zu joggen?«

»Lieber nicht.«

Ihr Polo fiel durch die TÜV-Prüfung. Unterboden verrostet, Bremsscheiben verschlissen, Motor verliert Öl. »Ob sich die Reparatur bei der alten Karre noch lohnt?« Der Prüfer wiegte den Kopf. »Die Plakette kriegen Sie jedenfalls nicht.« Also studierte Katja einen Abend lang Testberichte im Internet: Elektro gegen Verbrenner, Automatik gegen Schaltung, Coupé gegen Roadster … Sie klappte entnervt den Laptop zu. Das war alles zu viel, zu viel Angebot, zu viel Freiheit. Am Ende unweigerlich Reue: *Ich habe den falschen Wagen gekauft. Er hat vier Türen, ich hätte einen Fünftürer gebraucht.* Eines der Probleme, die die DDR besser gelöst hatte: Man bestellte einen Trabant, wartete vierzehn Jahre und hatte seine Ruhe.

Seit über drei Wochen hatte es nicht geregnet. Der Wetterbericht sagte eine wachsende Gefahr von Waldbränden voraus.

In den Nachbargärten drehten sich die Rasensprenger, abends hing Nebel zwischen Büschen und Bäumen. Nicht in ihrem Garten. Die Blätter verdorrten, das Gras färbte sich braun. Axel – wer sonst – stand eines Nachmittags mit einem Rasensprenger vor ihrer Tür. Er stellte ihn auf, schloss ihn an, Wasser sprühte in alle Richtungen, sie ließ es geschehen. Axel drängte auch auf die Neugestaltung des Gartens: Magnolien hier, Heckenkirschen dort, Sichtachse und Fluchtpunkt – sie nickte alles ab. Auch am Haus selbst gab es jede Menge Dinge zu tun. Die Dachschindeln waren vermoost, die Fensterfugen undicht. Das Gartentor rostete, ein neuer Durchlauferhitzer durfte nur vom Fachmann installiert werden. Axel versprach, sich um alles zu kümmern. Ihr Leben ohne Valentin glich einem Hohlraum: Alles hallte, schien weit weg und berührte sie nicht. Die Kollegen bemerkten Katjas Zustand und versuchten, sie aus ihrer Lethargie zu reißen. Hannah Gödicke schwärmte ihr vom Badminton vor, das sie seit ein paar Wochen spielte: »Man schlägt den Ball und rennt und merkt dabei gar nicht, wie viele Kalorien man verbrennt. Jetzt hast du doch Zeit!«

Stimmt, jetzt hatte Katja Zeit. Aber seltsam: Viel fing sie nicht an mit ihrer Zeit. Die Bücher auf dem Nachttisch blieben unaufgeschlagen. Die erste Badminton-Stunde schob sie vor sich her. Abends saß sie in ihrem Sessel, hörte dem Rasensprenger zu, spürte die Leere auf ihrem Schoß und wusste nicht, wohin mit ihren Händen. Valentin hatte nie viel Lärm gemacht: Tapsen auf den Dielen. Miauen, wenn er Hunger hatte. Schnurren, wenn sie sein Fell bürstete. Ohne ihn war das Haus still, kalt und tot.

Sie dachte oft an das Gespräch mit Axel zurück, horchte in sich hinein: Spürte sie Valentins Geist? Sie hatte seinen Tod akzeptiert. Warum spürte sie seinen Geist nicht? Über dem Fernseher stand das Foto, das sie gemeinsam mit Axel ausgesucht hatte: Valentin sitzt im Winter vor dem Regenrohr, seine rote Zunge leckt am Eiszapfen. Ein Ort des Gedenkens sei wichtig, hatte Axel gesagt, gerade wenn es kein Grab gebe. Also hatte sie das Foto hinter Glas drucken lassen und ins Regal gestellt. Nun, also? Wo war Valentins Geist?

Eines Abends spürte sie einen Stich, völlig unerwartet, beim Lesen eines Fachartikels am Küchentisch: Katzen, behaupteten britische Verhaltensbiologen, schleppten gar keine Beute an, um ihren Besitzern ein Geschenk zu machen; vielmehr wollten sie ihrem Menschen, der außer zum Dosenöffnen offenbar zu nichts fähig war, endlich das Jagen beibringen. Da war es wieder, das Gefühl der Schuld. Sie sah die Maus neben die Müslischale, Valentins erwartungsvollen Blick. Wenn sie einfach gespielt hätten? Ein bisschen die Maus über den Tisch geschnippt, am Schwanz gezogen, um die Beute gekämpft? Stattdessen hatte sie ihn gepackt, in den Garten geworfen, er war hungrig in den Pizzawagen gesprungen …

Sie setzte sich aufs Fahrrad und fuhr Richtung Industriegebiet Ost und zur Autobahn. Sie ließ ihr Rad an der Ampel stehen. Sie suchte den Seitenstreifen ab, den Graben, nach einem Rest seines Körpers, dem Halsband … Sie lief die Autobahn entlang, bis ein Polizeiwagen stoppte: »Sie dürfen hier nicht rumlaufen!«

»Meine Sonnenbrille ist mir vom Kopf geflogen.«

Die Polizisten fuhren sie zurück zu ihrem Fahrrad und verzichteten gnädig auf eine Anzeige. »Aber wenn wir Sie nochmal da oben sehen …«

Katja versprach, es werde nie wieder vorkommen, und fühlte sich wie ein ungezogenes Kind.

Trotz ihrer Trauer, die die Welt grau färbte, registrierte sie an der Schule Veränderungen. Enno, zum Beispiel – seit einiger Zeit benahm er sich seltsam. Er wirkte fahrig, gereizt, als schlafe er zu wenig oder kiffe zu viel. Er hatte keinen Drei-Tage-Bart, sondern war einfach unrasiert. Zur Lehrerkonferenz erschien er verspätet, mit Frau Kirstein geriet er in einen blödsinnigen Streit wegen eines Papierstaus im Fotokopierer. In der Mühlgasse hatten sie eine absurde Begegnung; Enno und die rundliche Frau von der Mühle. Es war ihm peinlich gewesen, er hatte getan, als ob er die Frau kaum kennt. Sie hatte sich umso fester bei ihm untergehakt und ihre Wange gegen seine Schulter gedrückt. Vor allem aber schnorrte er Katja um Geld an. »Ich habe eine Betriebskostennachzahlung, der Vermieter betrügt mich, ich kann ihm nichts beweisen.« – »Du hast als Einziger noch nicht deinen Anteil für die Opernkarten bezahlt.« – »Ich war von Anfang an dagegen! Parsifal, Hitlers Lieblingsoper!«

Krugmeyer, hieß es, hatte neue Medikamente verschrieben bekommen. Er zeigte sich selten außerhalb seines Büros, an der Lehrerkonferenz hatte er aufrecht, mit starrer Miene teilgenommen und kaum etwas gesagt. Eine neue Kaffeemaschine war gekommen, chromblitzend und mit vielen Knöpfen. Frau Dengler, seine Sekretärin, berichtete, er sitze die meiste Zeit am Schreibtisch und studiere die Bedienungsanleitung.

Die größte Veränderung bemerkte Katja bei Herczeg. Jünger sah sie aus und frischer. Ihre Wangen schimmerten rosig. Wenn sie morgens ins Lehrerzimmer kam und allen einen wunderschönen guten Morgen wünschte, umwehte sie eine Leichtigkeit, die alle verblüffte. »Das Angeln«, sagte Schellenberg. »Jede Nacht atmet sie die frische Luft. Kommt erst frühmorgens zurück, ich seh's aus meinem Fenster bei der Gymnastik.« Aber wann schlief sie? Und wenn sie jede Nacht angelte, was machte sie mit dem vielen Fisch? Einmal kam Katja am Musikzimmer vorbei und hörte Herczeg Klavier spielen, was nicht ungewöhnlich war. Doch jetzt sang sie dazu.

»Auch kleine Dinge können uns entzücken,
Auch kleine Dinge können teuer sein.
Bedenkt, wie gern wir uns mit Perlen schmücken;
Sie werden schwer bezahlt und sind nur klein.«

Über einer zarten Klavierbegleitung schwebte ihr mädchenhafter Sopran.

»Bedenkt, wie klein ist die Olivenfrucht,
Und wird um ihre Güte doch gesucht …«

Katja stand an der Tür, lauschte, lange nicht mehr hatte sie etwas so Schönes gehört. Krugmeyer kam den Gang herunter, steif, eine Hand in der Hosentasche, die andere umklammerte den Griff seiner Aktentasche. Er blieb stehen: »Die olle Herczeg. Wissen Sie, was Sie mich gefragt hat? Ob Sie sich als Direktorin bewerben soll. Ob ich ihre Bewerbung unterstütze. Genau, was Magdeburg in die Karten spielt. Und dann brechen die Schülerzahlen ein, nach drei Jahren ist der Laden dicht.«

»Es muss nicht so kommen.«

»Es würde so kommen! Das wissen wir beide! Haben Sie noch einmal überlegt … die Liste …«

»Ich brauche keine Liste, ich will nicht.«

Er seufzte und ging weiter, die Aktentasche gegen sein Sakko gepresst.

»Denkt an die Rose nur, wie klein sie ist.
Und duftet doch so lieblich, wie ihr wisst.«

An der Treppe blieb Krugmeyer stehen. Er starrte die Stufen hinunter und hatte Angst vor dem ersten Schritt. Katja hörte dem Gesang zu und tat, als sähe sie es nicht. Denn das Naheliegendste, was sie tun konnte, war gleichzeitig das Schlimmste: Hingehen, ihn am Arm nehmen wie einen hilflosen Greis und mitfühlend fragen: »Kann ich Ihnen helfen?«

34.

»Die Story ist größer«, sagte Ricky. »Viel größer. Frau Fontane hat über die Herkunft ihres Katers gelogen, jahrelang. Was versteckt diese Frau?«

Kukulies runzelte die Stirn.

»Frau Fontane hat Valentins Entführer öffentlich dreißigtausend Euro geboten. Kurze Zeit später erklärt sie den Kater für tot. Keine Todesursache, kein Foto von seinem Grab – nichts. Frau Fontane ist Beamtin, sie hat Geld wie Heu. Wurde sie erpresst? Wenn ja, von wem?«

Kukulies kratzte sich an der Nase.

»Angeblich plant sie eine Umgestaltung ihres Gartens. Warum ausgerechnet jetzt? Will sie Spuren verwischen? Jahrelang spielt diese Frau ein doppeltes Spiel. Ich vermute –«

»Sie haben mir *Katergate* versprochen.«

»Die Story ist größer als *Katergate*.«

»Einen Artikel, den ich drucken kann.«

»Geben Sie mir zwei, drei Tage …«

Kukulies schob ihr zwei Blätter Papier hin. »Nazim Al-Hajjar. Zehnte Klasse Gesamtschule Wörmitz. Hat mir einen Artikel über das Straußenfest in Güslitz geliefert, ich muss sagen: Alle Achtung. Straußenfedern, Straußensteak, Straußenleder, Fotos vom Straußeneierlaufen für die Kinder. Eine halbe Seite kriege ich voll.«

Ricky fühlte, wie sich um sie herum alles zu drehen begann. Der Stuhl sackte weg, sie fiel ins Bodenlose.

»Der Junge ist Syrer«, hörte sie Kukulies' Stimme. »Seit zwei Jahren in Deutschland. Hier und da ein Komma zu viel, ansonsten – beeindruckend.«

»Aber Valentin … »

»Der Kater ist tot! Und Ihre Story auch! Tut mir leid, Mädchen. Ihr Brötchen war zu lange im Ofen.«

Das, fühlte Ricky, war ihr Ende. Nichts war von ihrer Zukunft übrig als ein Häuflein zerschmetterter Illusionen. Alles, was sie jetzt sagen konnte, würde ihr Scheitern nur erbärmlicher und sie selbst zur Witznummer machen. Trotzdem sagte sie – sie konnte nicht anders, sie musste sich endgültig vernichten: »Haben die in Syrien überhaupt Strauße?«

»Das ist doch völlig egal! Der Junge hat einen Artikel geschrieben, Sie haben keinen geschrieben! Reden ist Silber, Schreiben ist Gold!« Kukulies griff ihre Hand, die schlimmste Demütigung war Mitleid. »Nehmen Sie's nicht zu schwer. Diesmal wird's nichts mit dem Praktikum. Aber draußen gibt's mehr als tote Katzen. Wenn Sie eine Story haben, eine wirklich gute Story, nicht in Ihrem Kopf, sondern auf Papier – kommen Sie wieder her.«

Der Straußen-Artikel erschien am nächsten Tag im Aschersburger Tageblatt, *von unserem Korrespondenten Nazim Al-Hajjar.* Ricky las ihn drei Mal, fünf Mal, mit jedem Lesen stieg ihre Wut: So etwas hätte sie in einer halben Stunde aus dem Handgelenk geschüttelt. Sie suchte Nazim Al-Hajjar im Netz und fand ihn auf Facebook, Twitter, Instagram. Er postete Fotos aus Wörmitz und Aleppo, groß natürlich seinen Artikel, für den er Herzchen und Daumenhochs einsammelte, als hätte er den Pulitzerpreis gewonnen.

»Das ist kulturelle Aneignung«, klagte sie bei den Fahrradständern.

»Schwachsinn«, sagte Friedrich.

»Ich habe das recherchiert. Es gab in Syrien Strauße, *Camelus syriacus,* aber die sind längst ausgestorben. Die Strauße, die in Deutschland gezüchtet werden, der Rothals- und Schwarzhalsstrauß …«

»Scheiß-Ausländer, nehmen uns die Praktikumsplätze weg?«

»Das sage ich nicht. Aber man wird ja wohl noch fragen dürfen –«

»Nein, darf man nicht!«

Und dann hatten sie sich verkracht. Ricky sei mit ihrer *Kategate*-Story einem Phantom nachgejagt, hatte Friedrich geschimpft, immer wieder habe er gesagt, gib den Artikel ab, gib ihn endlich ab! Aber nein, alles habe sie besser gewusst, sich in abstruse Theorien reingesteigert und nichts zustande gebracht! Jetzt wolle sie einen Syrer belehren, über welche Straußenart er schreiben dürfe und über welche nicht?! Angeschrien hatten sie sich, Sechstklässler hatten gekichert und Grimassen geschnitten. Friedrich hatte seinen Roller gestartet und Ricky stehen lassen.

Seitdem sahen sie sich kaum noch. In der Pause saß Ricky allein in der Ecke des Schulhofs, die vorher ihr gemeinsamer Platz gewesen war. Hatten sie zusammen Unterricht, wichen sie einander aus. Friedrich wartete auf eine Entschuldigung – ha, da konnte er lange warten! Wäre sie im Recht gewesen, hätte sie sich mit Leichtigkeit entschuldigt, aus Großmut und um des Friedens willen. Aber weil sie im Unrecht war, wäre es seine Sache gewesen, Großmut zu zeigen. Dass er das nicht schaffte, brachte Ricky erst recht gegen ihn auf.

In einer großen Pause kam Karsten zu ihr, strahlend vor Stolz. »Ich habe gemacht, was du gesagt hast. Ich habe meine Männlichkeit reflektiert.«

»Und?«

»Ich schreib jetzt bei Friedrich direkt ab.«

Tatsächlich hatte sie die beiden zusammen vor dem Gilberto gesehen, jeder ein Eis in der Hand, die Köpfe zusammengesteckt.

Sie hatte etwas Verletzendes rufen wollen, »Küsst euch, dann könnt ihr in einer Soap mitspielen!« oder sowas; stattdessen war sie mit zusammengebissenen Zähnen und schepperndem Schutzblech nach Hause gefahren. Friedrich hatte nicht einmal den Kopf gehoben.

Sonntag. Sie lag auf dem Bett, starrte gegen die Decke und fühlte sich von der Welt vergessen. Ihre größte, weil am wenigsten zu begreifende Enttäuschung war nicht Friedrich, auch nicht Kukulies oder das verlorene Praktikum – sondern Schrader. Gleich am Morgen nach der gemeinsamen Fahrt von der Mühle hatte sie ihn angesprochen. Ob er zu seinem Angebot stehe, das Praktikum beim *Pflasterstein* … Er hatte sie angesehen, mit seltsam stumpfem Blick, als könne er sich kaum erinnern. Er hatte etwas von »sind kommerziell geworden« gegrummelt, »Pseudo-Anarcho-Blatt, halten sich mit Werbung über Wasser …« – »Ja, aber wenn ich ein paar gute Artikel schreibe …« – »Du bist zu jung für Kompromisse«, hatte er gesagt, mit resigniertem Gesicht, als wolle er sagen: »Schau mich an.« Wann war man alt genug für Kompromisse? Schrader war nicht mehr der lockere Typ, nicht nur ihr fiel das auf. Er war angestrengt locker. Krampfhaft ausgeleiert.

Caro hatte ihr Abi offenbar in den Wind geschrieben. Sie kam kaum noch zum Unterricht und wenn, dann ging sie früher. Freitag war sie unerwartet in Französisch aufgetaucht, mit ihrem »Ich dachte, ich schau mal bei euch Deppen rein«-Gesicht. Ricky hatte endlich Gelegenheit gehabt, ihr die Nachricht zu überbringen: »Wenn du willst, knallt er das Schwein ab.« – »Wer?« – »Der Besitzer von Ludendorff.« – »Meine Fresse«, hatte Caro geseufzt, *ennui*, das Wort hatten sie gerade gelernt. »Ständig verlieben sich Typen in mich und wollen für mich einen abknallen. Sei froh, dass du das Problem nicht hast.« An der Tür hatte sie sich umgedreht: »Wenn du ihn siehst, sag Gordon, er soll sich raushalten. Die Sache ist eine Nummer zu groß für ihn.« Ricky hatte die Szene wieder und wieder in ihrem Kopf abspielen lassen – surreal, aber mit Klasse. Alle spielten eine Rolle, auch Caroline, schon klar. Aber wenigstens war sie der Star ihres eigenen Films.

Im Wohnzimmer spielte Robin *Fortnite.* Er ballerte Panzer, Soldaten, Aliens ab. Die Szenerie änderte sich, das Spiel blieb gleich. Was vermutlich den globalen Erfolg erklärte: Abknallen und abgeknallt werden, egal wer du bist, egal wo du bist – auf mehr kam es im Leben nicht an.

»Hast du heute Nacht Dienst?«, fragte sie.

»Muss Terroristen erschießen.«

In der Küche räumte ihre Mutter den neuen Geschirrspüler aus. Verzückt hielt sie ein Glas in die Höhe. »Viel besser als der alte. Die Gläser hatten immer Schlieren, oder?«

»Stimmt, sie hatten Schlieren.«

»Und der Flüstermodus. Hast du was gehört?«

»Nein, nichts.«

»Wir können ihn nachts laufen lassen, und morgens ist alles sauber.«

Das Null-Zins-Angebot aus dem Technikmarkt, letzte Woche war es im Briefkasten gewesen. Und weil die Gewerkschaft gerade einen Einmal-Bonus ausgehandelt hatte, hatte ihre Mutter entschieden: »Den gönnen wir uns jetzt.«

Sie räumte Teller und Schüsseln in den Schrank. »Was ist eigentlich mit deinem Praktikum bei der Zeitung?«

»Die haben schon einen.«

»Einen Jungen? Ach, Ricky … Das läuft alles über Beziehungen. Einer kennt den Cousin vom Onkel vom Schwager …

Der hat bestimmt nicht halb so viel Talent wie du.« Ihr Finger strich zärtlich über das Touch-Display des Geschirrspülers. »Soll ich mal den Herrn Speck fragen? Unseren Filialleiter? Ich weiß, Supermarkt ist nicht dein Traum. In deinem Alter habe ich mir das auch anders vorgestellt. Aber Supermarkt ist mehr als nur Kasse und Lager. Werbung, Kundenbetreuung … Wichtig ist, dass du offen bleibst, flexibel. Dass du dich nicht in einen Traum verrennst.«

Da stand ihre Mutter in der Küche, freute sich über den Geschirrspüler und merkte nicht, wieviel Angst sie Ricky mit diesem Satz machte. Alles wofür sie kämpfte, wofür sie brannte – nicht mehr als ein Traum, in den man sich besser nicht verrannte? Am Ende stand das böse Erwachen: Kundenbetreuung bei Rewe. Weil das die Rolle war, die der Regisseur des unbegreiflichen Films, der »Leben« hieß, für sie vorgesehen hatte.

»Ich bringe Robin nachher zum Bahnhof«, sagte Ricky. »Ist sicherer.«

35.

Katja und Axel machten eine Radtour. Sie fuhren über Wiesen und durch Wälder, hielten an einem Mittelaltermarkt und aßen Würzbrot mit Griebenschmalz. Sie kauften Honigbier und tranken es auf einer Wiese, zwischen Gänseblümchen und Osterglocken. Axel erzählte von Afrika, Süd-Asien, den Kindern und der Dürre. Von seiner Haft erzählte er nichts, und sie wollte die Idylle nicht trüben und nachbohren. Stattdessen erzählte sie von ihrer Jugend in Rostock, dem Studium in Berlin und Hamburg, ihrem schwierigen Anfang in Aschersburg. Sie erzählte nichts von den Enttäuschungen und der zerbrochenen Beziehung, vor der sie nach Aschersburg geflohen war. Über diese Dinge zu schweigen, fühlte sich gut an, auf eine schwer zu fassende Weise vertraulich. Keine Erklärungen, keine Rechtfertigungen. Nichts band Menschen fester zusammen als Geheimnisse, die sie nicht teilten.

Axel erzählte von Meister Eckhart, einem Mystiker des Mittelalters, den er gelesen und über den er viel nachgedacht hatte, weil er in Afrika oft viel Zeit hatte. »Wahrheit ist, wenn wir nicht nach dem Warum fragen. Wenn wir den Grund der Dinge nicht in einer Ursache außerhalb der Dinge suchen. Eckhart sagt: ›Wer die Dinge lässt, wie sie Zufall sind, der besitzt sie dort, wo sie ein reines Sein und ewig sind.‹«

Auf dem Rückweg zeigte Katja ihm die Fichte, unter der sie Valentin gefunden hatte. Alles hatte sie wieder vor Augen, die Kälte, den Schnee, den ausgezehrten Körper. Tränen flossen ihr übers Gesicht, Axel legte seinen Arm um sie. Lange standen sie so, ihr Kopf an seiner Schulter. Einfach nur auf diese Stelle zu schauen, sich an das Leben zu erinnern, das sie ihm von diesem

Tag an geschenkt hatte, das ein gutes Leben gewesen war, nicht nach dem Warum zu fragen, nicht nach Ursache oder Schuld … Es erleichterte ihr den Abschied.

In lauer Abenddämmerung fuhren sie auf dem Saale-Radweg zurück. Und dort begegneten sie Herczeg, die gerade ihre Angelausrüstung vom Lastenrad hob. Sie fuhr zusammen wie ein erschrecktes Reh, als Katja ihren Namen rief.

»Hier angeln Sie also.« Katja deutete auf den Steg.

»Ja … Ja … Dies ist mein kleines Reich, sozusagen …« Herczegs Augen zuckten unruhig nach hier und dort.

»Axel, das ist Frau Herczeg, eine meiner liebsten Kolleginnen. Das ist Axel, mein Gärtner.«

»Einen Gärtner hatte ich schon lange nicht mehr.«

Axel hielt ihr die Hand hin, doch Herczeg nahm sie nicht. Ihre Hände hielten sich an Angel und Eimer fest, ihr nervöser Blick glitt zwischen Steg und Büschen hin und her.

»Ja, dann«, sagte Katja, »wie sagt man unter Anglern? Hals- und Beinbruch?«

»Petri Heil … oder Petri Dank … Alles dummes Zeug, die Fische beißen, wie sie wollen …«

Sie fuhren weiter, Katja drehte sich noch einmal um: Herczeg stand auf dem Steg wie versteinert.

»Was hatte sie?«, fragte Axel.

»Sie ist manchmal etwas eigen.«

Sie passierten die Schleuse, fuhren über die Brücke in die Innenstadt. *Axel, mein Gärtner …* Katja schmunzelte. Sie kannte nicht einmal seinen Nachnamen. Es waren wohl alle in diesen Tagen ein wenig durcheinander.

An diesem Abend, Axel hatte sich gerade verabschiedet, flüchtige Umarmung und Kuss – stand sie in der Küche und überlegte, ob sie eine Tasse Gerstentee oder ein zweites Glas Weißwein trinken, ob sie eine Regenwald-Doku auf arte schauen oder Klausuren korrigieren sollte. Ihr Telefon klingelte.

»Guten Abend, Mama.«

»Tante Gretel stirbt.«

»Oh.«

»Magenkrebs. Der Arzt sagt, mit Weihnachten wird's nichts mehr.«

»Das tut mir leid.«

»Kannst sie ja mal anrufen.«

Katja hatte Tante Gretel seit fünfzehn Jahren nicht gesehen. Die Idee, einen Menschen anzurufen, bloß weil er stirbt, erschien ihr makaber. Trotzdem sagte sie: »Ich rufe sie in den nächsten Tagen an.«

»Aus dem Casting ist auch nichts geworden. Der Regisseur sagt, mir fehlt die hinfällige Ausstrahlung.«

»Dass du keine hinfällige Ausstrahlung hast, war doch klar.«

»Kann man das nicht spielen? Ich habe eine Großmutter gespielt, deren Enkelin von der Mole fällt. Obwohl ich keine Enkelin habe!«

Ging das wieder los.

»Was war falsch an Oliver? Er hatte gute Manieren, er sah gut aus und hatte was im Kopf. Ihr habt zusammengepasst.«

»Bitte fang nicht wieder damit an.«

»Man muss auch mal durch die Tür gehen. Sonst bleibt man immer in der Diele stehen.«

»Ist das eine deiner Facebook-Weisheiten?«

»Ich habe deinen Vater geheiratet! Keine einfache Entscheidung, weiß Gott nicht! Aber die richtige!«

Sicher, Mama? War es die richtige Entscheidung?

Sie redeten noch eine Weile über dies und das. Tante Gretel fragte immer nach Katja, wenn sie sich zum Kaffee trafen. Sie hatte Katja im Arm gehalten, da war sie vier Wochen alt. Sie wollte noch einmal an die Schlei fahren, einmal den Hafen von Maasholm sehen, mit dem Raddampfer zur Lotseninsel fahren. »Ins Krankenhaus geht sie nicht, eher springt sie vom Königsstuhl«. Katja erinnerte sich vage an diese Frau mit krausem, grauem Haar und dicker Brille, sie sagte: »Fahr doch mit ihr an die Schlei« und »Es gibt spezielle Hospize« … Erst nach dem Auflegen fiel ihr ein, dass sie nicht einmal nach Tante Gretels Telefonnummer gefragt hatte.

Oliver. Ja, er hatte gut ausgesehen, gute Manieren und etwas im Kopf. Ja, sie hatten gut zueinander gepasst – das hatte sie eine Weile wirklich geglaubt. »Was für ein schönes Paar«, alle hatten das gesagt. Waren sie nicht glücklich miteinander gewesen? Gemeinsam lachen, gemeinsam kochen, guter Sex, vor dem Einschlafen kuscheln. Gemeinsame Pläne, gemeinsame Zukunft …

Schluss, nicht in alten Wunden stochern. Sie schenkte sich ein zweites Glas Wein ein. Sie setzte sich an den Tisch und nahm sich die Chemieklausuren der Zehnten vor. Regine, verlässliches Mittelmaß. Sie überflog die Seiten, hier und da sprang ein Fehler ins Auge, den sie mit Rotstift umkreiste … Für den Rest gab sie elf Punkte. Oscar, schwieriger Fall, wahrscheinlich hatte er die Hälfte abgeschrieben. Aber solange sie keinen Beweis hatte …

Sie schob die Klausuren weg, nahm zwei weitere Schlucke und griff nach dem Telefon. Sie zögerte, setzte das Glas noch mal an die Lippen und wählte dann Axels Nummer.

»Was machst du?«, fragte sie.

»Ich lese.«

»Ich habe mit meiner Mutter telefoniert. Meine Tante stirbt. Ich bin betrunken.«

Und sie erzählte von Oliver. Ihrem Kennenlernen, ihrer Verliebtheit. Er war ein Jahr älter als sie, Lehrer am Gymnasium Othmarschen, sie machte dort ihr Referendariat. Bei Sonnenuntergang saßen sie an der Elbe, er träumte von einem Segelboot. Sie spazierten am Süllberg, er entwarf den Plan eines gemeinsamen Hauses, noch seien die Zinsen niedrig und der Immobilienmarkt nicht überhitzt. Sie aßen Eis am Kinderspielplatz, er sprach von seinem Bedauern, als Einzelkind aufgewachsen zu sein; später wolle er vier Kinder, zwei Jungen und zwei Mädchen. Dass Katja Teil dieser Pläne, dieser Zukunft war, betrachtete er als selbstverständlich. Nach und nach verplante er ihr Leben; an jedem Wochenende ein paar Jahre weiter voraus.

»Einmal kamen wir an einem Friedhof vorbei«, erzählte sie Axel. »Ich habe gesagt, ›Vielleicht sollten wir schon mal einen gemeinsamen Grabstein aussuchen.‹ Und er: ›Gute Idee.‹ Ich war nicht mal sicher, ob er den Witz verstanden hatte!«

Sie erzählte Axel von dem Abendessen in einem portugiesischen Restaurant an den Landungsbrücken. Gambas vom Grill, Vinho Verde, Kerzenschein. Nach dem *Pastel de Nata* Olivers emotionales Geständnis. Keine Frau werde er je lieben wie Katja, sein künftiges Leben solle auch ihres sein. Griff in die Sakkotasche, Präsentation einer nachtblauen Samtschatulle … Katja hatte den Ring angeblickt, hatte Oliver angeblickt und den Kopf geschüttelt.

»Aber das Eigentliche passierte danach.«

Am nächsten Tag war Oliver krank. Auch am übernächsten, die ganze Woche. Unterricht fiel aus, besorgte Freunde und Kollegen erkundigten sich. Was sie erfuhren, war erschütternd: Katja habe ihn gedemütigt, mit seinen Gefühlen gespielt, von Anfang an eine falsche Nummer abgezogen und ihn schließlich in einen Abgrund gestoßen. Alles sei Kalkül gewesen, um sich in der Schule, bei Kollegen und Prüfern lieb Kind zu machen.

»Es war furchtbar: Alle haben ihm geglaubt!«

Natürlich, keiner redete offen. Alle grüßten Katja freundlich, machten ihr Komplimente für ihr neues Kleid ... Aber durch die Blume gab man ihr zu verstehen, dass sie Oliver übel mitgespielt habe. Eindeutige Signale habe sie ihm gegeben, monatelang, jeder habe das sehen können. Und jetzt? Der arme Oliver. Bleich sähe er aus, abgemagert. Eine gemeinsame Freundin fürchtete, er könne sich etwas antun.

»Die letzten Wochen des Referendariats waren ein Albtraum. Die Prüfung habe ich bestanden, trotz allem. Danach habe ich die halbe Nacht geheult. Ich wollte nur weg aus Hamburg.«

Katja trank das Glas leer. Nie hatte sie über diese Sache gesprochen, bis jetzt – und es tat gut. Es erleichterte sie, so musste es sich anfühlen, zu beichten. Beichte? War sie denn schuld? Weil sie einen Mann nicht geheiratet hatte, den sie nicht liebte? Nicht genug liebte? Der sie erdrückt hatte mit etwas, das er für Liebe hielt?

»Du weißt, du hast das Richtige getan«, sagte Axel ruhig. »Du konntest diesen Mann nicht heiraten. Du wärest heute todunglücklich. Ihr beide.«

»Oliver hat auch längst eine andere. Ein Haus, Kinder, diesmal läuft alles nach Plan. Aber ich? Seitdem habe ich niemanden mehr in mein Leben gelassen, schon gar keinen Mann. Bis auf Valentin. Ja, Valentin war der Erste, mit dem ich wieder in einem Bett schlafen konnte. Und weißt du, warum? Weil er nichts von mir wollte. Falsch, er wollte ständig etwas: fressen, gestreichelt werden, auf meinem Schoß liegen und fernsehen ... Aber er wollte den Augenblick. Nie die Zukunft. Er wollte nie mein Leben bestimmen. Valentin war der erste Mann meines

Lebens, neben dem ich aufwachen, dessen Kopf ich küssen, bei dem ich einfach glücklich war. Ist das nicht verrückt? Sag mir, dass ich verrückt bin.«

»Warum soll ich etwas sagen, das nicht stimmt und du nicht hören willst?«

»Oliver hat mir eine Freundschaftsanfrage über Facebook geschickt. Begreifst du das?«

»Manchmal versteht man die Menschen nicht.«

Axel sagte, er werde morgen vorbeikommen, irgendein Problem mit dem Schornstein, das sie nur halb begriff. Er sagte, sie solle bald schlafen gehen, es sei ein langer Tag gewesen. Sie sagte, das werde sie bestimmt tun.

»Gute Nacht, Axel.«

»Gute Nacht, Katja.«

Einen Moment hatte sie das Gefühl, er wolle noch etwas sagen. Aber dann legte er auf, und sie legte auch auf.

Sie starrte auf die Klausuren und in das leere Weinglas. Sie fühlte sich besser. Leichter. Freier. Erschöpft, aber kein bisschen müde.

Sie blieb noch eine Weile sitzen. In der Ferne rief ein Uhu.

36.

Ricky blickte dem Bus Richtung Sonderswerda nach. Sie waren verspätet losgekommen, Robin hatte wieder zugenommen und den Hosenknopf seiner Uniform nicht zugekriegt. Alles hatten sie versucht, Bauch einziehen, Luft rauspressen, nochmal aufs Klo gehen. Schließlich hatte ihre Mutter mit dem Dosenöffner ein zusätzliches Loch in den Gürtel gebohrt. Ricky hatte ihren Bruder überzeugt, dass der offene Knopf hinter der Gürtelschnalle niemandem auffallen würde, schon gar nicht den Terroristen. Er war nicht zufrieden gewesen, hatte gegrummelt und immer wieder seine Uniform im Spiegel kontrolliert. Endlich waren sie aus dem Haus gekommen, die Russen hatten auf dem Spielplatz gesessen und sie nicht beachtet. Trotzdem hatte Robin mit einer Hand nach seiner Waffe und mit der anderen nach der Gürtelschnalle gegriffen.

Zehn Uhr abends, Ricky stand allein auf dem Bussteig. Immer noch war es fast unnatürlich warm, sie würde sowieso nicht einschlafen können. Und zuhause: Das war die Mutter, der Geschirrspüler, das Praktikum bei Rewe. Ziellos schlenderte sie in Richtung Händelplatz, dann westlich, ins Weberviertel. Die Gassen waren hier noch enger als im Rest der Altstadt, die Fachwerkhäuschen neigten sich unter der Last ihres Alters, historische Laternen warfen gelbliches Licht aufs Kopfsteinpflaster. Aschersburger verirrten sich selten in diesen Teil der Stadt, wo Touristen in den Antiquitäten- und Trödelgeschäften stöberten, Speckkuchen aßen und sich mit ausgestreckten Armen in der schmalsten Gasse Sachsen-Anhalts fotografierten. *Und* es gab, versteckt in der Spindelgasse, das *King George,* Aschersburgs einziges Bordell. Ricky hatte eine Studie gelesen, nach der zweiundsiebzig Prozent aller Männer sich nach dem Besuch eines Bordells traurig und beschmutzt fühlten. Sie erinnerte sich nicht, was die restlichen achtundzwanzig Prozent empfanden. Ob die Männer, die sich traurig und beschmutzt fühlten, deshalb ins Bordell gingen? Bezahlten sie Geld dafür wie für Tränen in einem Liebesfilm? Ob es Bordelle gab, die »traurig und beschmutzt« nicht im Angebot hatten, ob im Gegenteil … Ricky blieb stehen. In solchen Momenten wurde ihr schmerzhaft bewusst, wie wenig Ahnung sie von den wichtigen Dingen des Lebens hatte. Sie las all diese Artikel, Bücher, Studien – aber was wusste sie von der Welt? Weniger als ein Syrer von deutschen Straußen.

Sie hörte Absätze auf dem Kopfsteinpflaster klackern. Sie drehte sich um und sah eine hoch gewachsene Frau aus der Tuchmachergasse kommen, in weißer Lederjacke mit Fransen und kniehohen Stiefeln mit Pailletten und Pfennigabsätzen. Schmuck glitzerte an Fingern, Handgelenken, Ohren, was billig aussah und auch wieder nicht – weil es passte. Ricky drückte sich in einen Hauseingang, Caro ging an ihr vorbei, eine Wolke süßen, betäubenden Parfums blieb. War sie, Ricky bebte bei dem Gedanken, aus dem *King George* gekommen? Unwahrscheinlich, die Spindelgasse lag weiter Richtung Bahnhof. Wenn sie allerdings von der anderen Seite, über die Posamentengasse … Ricky beschloss Caro zu folgen, die ausgestorbenen Gassen hallten vom Echo der Absätze. Obwohl sie Abstand hielt, atmete sie Caros Parfum, das teuer sein konnte oder sehr billig, Ricky hatte keine Ahnung. Caro war ein Top-Model oder eine Traurig-und-beschmutzt-Prostituierte – sie war ihre eigene Klasse. Sie ging schnell, trotzdem knickte sie auf den hohen Absätzen nicht um. War sie auf dem Weg nach Hause? Aber die Bäckerei Ebner lag weiter südlich, mitten in der Stadt. Ricky hielt sich im Schatten der Häuser, wagte kaum zu atmen. Caro drehte sich nicht um, nichts schien sie wahrzunehmen, sie hatte ein Ziel.

Jenseits des Weberviertels lagen die Reste der Stadtmauer. Die Stelle galt als verrufen, wegen ihrer Nischen, Schatten und Graffiti. Letztes Jahr hatten Kinder sich beim Spielen an einer gebrauchten Spritze gestochen; es hatte einen Skandal gegeben bis zur Sondersitzung des Stadtrats. Eine einsame Laterne, umschwirrt von Nachtfaltern, warf fleckiges Licht auf die brüchige Mauer, niedergetretenes Gras und dornige Büsche. Caro schaute auf ihre Armbanduhr, die aussah wie der Hauptgewinn aus einem Kaugummiautomat. Aus ihrer Fransen-Handtasche holte sie ein Schminketui mit Spiegelleuchte. Sie schminkte sich die Lippen nach, Lidschatten, schnell und präzise. Sie wollte den Spiegel wieder einstecken, überlegte es sich anders und zupfte noch ein paar Haare aus den Augenbrauen.

Ein Klumpen rannte auf sie zu, wedelte mit dem Schwanz, sprang an ihr hoch. »Na, Schnucki?« Caro kniete sich hin, tätschelte Ludendorff hinter den Ohren. Keine Spur von Angst, sie mochte den Hund, der Hund mochte sie. Er wollte ihr übers Gesicht lecken, sie wehrte ihn ab und lachte. Erst als Gordon aus der Dunkelheit auftauchte, die Leine über den Schultern, erhob sie sich und setzte ihre blasierte Miene auf.

Ricky kauerte sich hinter einen Busch und hörte die beiden leise sprechen. Vor allem sprach Gordon, Caro rollte nur hin und wieder mit den Augen und machte wegwerfende Gesten. Ricky sah, wie er Geldscheine aus seiner Jackentasche zog, grüne und gelbe, Caro tätschelte ihm mitleidig die Wange – viel zu wenig. Ludendorff schnupperte derweil im Gras, pinkelte gegen die Mauer, grub eine Coladose aus. Gordon redete immer verzweifelter auf Caro ein. Er holte jetzt einen Ring hervor, der dunkelrote Stein funkelte im Laternenlicht. Caro prüfte ihn, flüchtig interessiert. Sie schüttelte den Kopf und gab ihm den Ring zurück – zu wenig.

Ludendorff versteifte sich. Er knurrte, reckte den Kopf vor und schaute in Rickys Richtung. Ricky kauerte sich tiefer hinter den Busch, der Hund knurrte lauter. Gerade wollte er losstürzen – da packte Caro ihn am Halsband, zog ihn zurück, er zerrte und bellte, Gordon versuchte vergeblich, ihn zu beruhigen, schaffte es aber, ihn an die Leine zu nehmen. Caro hatte Gordon völlig in ihrer Gewalt. Obwohl er älter war als sie, fast ein Mann, obwohl er muskulös war und eine schwarze Lederjacke mit Silberkette trug, putzte sie ihn herunter wie eine Mutter ihren begriffsstutzigen Sohn.

Sie entfernten sich Richtung Innenstadt, immer noch zerrte der Hund an der Leine und schaute in Rickys Richtung. Sie zitterte, am ganzen Körper spürte sie die Bisse, zu denen es um ein Haar gekommen wäre. Endlich waren sie weg. Ricky wartete noch einen Moment, dann stand sie auf und atmete durch. Sie klopfte sich Dreck von Hose und Pullover …

»Überraschung.«

Caro stand auf dem Weg, lachte spöttisch und steckte sich ein Kaugummi in den Mund. »Die Kandidatin hat null Punkte. Glaubst, ich habe dich nicht gesehen, oder was? Leuten nachspionieren musst du noch lernen.«

»Ich war nur in der Nähe.«

»Nähe wovon?«

»Allgemein.«

»Kannst dich mal bedanken. Ohne mich wärst du jetzt ein Haufen Wolle und Hackfleisch. Obwohl, wahrscheinlich ist der Pulli Synthetik.«

»Nein, der ist aus Wolle.« Ricky fühlte sich wie letztes Jahr im Bus, als der Kontrolleur sie beim Schwarzfahren erwischt hatte. Sie brauchte dringend ein anderes Thema. »Du kommst in letzter Zeit kaum noch in die Schule.«

»Und?«

»Glaubst du, du schaffst noch deine Versetzung?«

»Machst dir Sorgen oder was?«

Wieder ein schlechtes Thema, spießig, streberhaft. »Nicht direkt, aber –«

»Versetzung interessiert mich einen feuchten Furz.« Caro ließ eine Kaugummiblase platzen. »Hast du mal überlegt, was die uns da beibringen? *Nicht für die Schule, sondern für das Leben lernen wir …* Das Leben funktioniert aber leider nicht nach den Regeln von Beamtenlehrern.«

»Du weißt, wie es funktioniert?«

»Ich mache die Regeln.«

Caro lief los, ihre Absätze klackerten. Ricky folgte ihr wie ein Hund seinem Herrchen. Caro empfing eine Nachricht auf ihrem Telefon, tippte eine Antwort und spuckte das Kaugummi gegen eine Hauswand. Bei jeder anderen hätte das wie eine alberne Pose gewirkt, aber bei ihr? Caros Leben, Caros Regeln, sollten die anderen denken, was sie wollten. Sie kamen an der Spielhalle vorbei und am Döner-Imbiss.

»Ich hau sowieso ab«, sagte Caro. »Deutschland ist am Ende, guck dich um. Nur noch Araber.«

»Wohin willst du?«

»Dubai. Scheint krass die Sonne.«

»Ist Dubai nicht teuer?«

»Nicht, wenn du Geld hast. In Dubai fragt dich keiner, ob du Abi hast. Hauptsache, du hast Erfolg.«

»Womit?«

»Wirst schon sehen.«

»Ist Gordon dein Freund?«

»Ach, Ricky …« Sie seufzte, wie über eine hoffnungslose Fünftklässlerin. »Ich bin eine *bitch*. Ich spiel mit den Männern, solange ich meinen Spaß habe. Wenn ich sie nicht mehr brauche …« Sie schnippte mit den Fingern.

Das alles klang aufregend, gefährlich und ein bisschen gaga. Sie waren nicht in Dubai, sondern in Aschersburg. Caro hatte keinen Erfolg, kein Talent und ganz sicher kein Geld. Sie fantasierte sich ein Leben aus Instagram und Tiktok zusammen und tat, als wär's ihr eigenes. Aber angenommen, nur einmal angenommen, Caro kam damit durch? Konnte man ein Leben abschreiben wie eine Klausur? Wenn man's geschickt machte und keiner was merkte – war es am Ende das eigene? Weil keiner den Unterschied sah?

Sie kamen zum Wassertor.

»Musst du nicht allmählich in die Heia?«, fragte Caro.

»Bin noch nicht müde.« Ricky fühlte sich endgültig wie ein Kind.

»Muss noch ein paar Sachen erledigen.«

»Kann ich mitkommen?«

»Sind ein paar Nummern zu groß für dich.« Caro blickte Ricky prüfend an, strich ihr eine Strähne aus dem Gesicht. Jetzt, dachte Ricky, frage ich sie, was Kryolipolyse ist. Aber Caro sagte: »Siehst eigentlich ganz süß aus. Könntest was aus dir machen. Bisschen Contouring, Highlighter auf die Stirn … Rouge, betont deine Unschuld …«

»Vielleicht will ich das gar nicht.«

»Vielleicht traust du dich nicht.«

Caro hob ihre Hand, Scheinwerfer näherten sich. Ein Taxi hielt. Ein Taxi! Caro öffnete die Tür, wie eine Diva auf dem Weg zur Filmpremiere. »Du willst zur Zeitung, oder? Kannst bald eine Story schreiben.«

»Worüber?«

»Über mich. Leute, die ich verarsche. Hatten wir in Englisch: *Everyday you fight your history.*«

»*Write your history.*«

»*Fight,* Ricky. Musst besser aufpassen.«

Das Taxi fuhr an. Ricky blieb mit offenem Mund stehen und sah den Rücklichtern nach. *Story … History … Traust dich nicht …*

Ein Wagen mit gelbem Licht auf dem Dach näherte sich. Ricky fuchtelte mit den Armen, das Taxi hielt. »Schnell! Folgen Sie da vorn dem Taxi!«

37.

Seit drei Stunden saß Herczeg am Steg, in banger Erwartung, die Angel in der Hand. *Ruhig … Er wird kommen … Er ist jede Nacht gekommen …* Früher oder später, jede Nacht, war sein kleiner, bepelzter Kopf aus der Dunkelheit aufgetaucht. Mit wachsamem Blick und aufgerichtetem Schwanz war er auf den Steg gekommen, hatte sich, eine Armlänge entfernt, hingesetzt und stumm, den Blick auf die Pose im Wasser geheftet, auf seinen Fisch gewartet. Wo hatte er den Tag verbracht? Hatte er im Unterholz geschlafen? Mäuse gejagt, aus Pfützen getrunken? Herczeg wusste es nicht. Nichts wusste sie über diesen Kater, außer dass er Valentin hieß und von aller Welt für tot gehalten wurde. Vor ein paar Stunden, als sie Frau Fontane und ihrem Gärtner begegnet war, hatte sie sich gefühlt wie eine Verbrecherin. Aber wieso eigentlich? Betrog sie jemanden? Machte sie sich strafbar? *Das ist mein Gärtner,* dazu das fröhliche Gesicht – welche Scharade! Herczeg war ein paarmal an Frau Fontanes Garten vorbeigekommen. Seit Jahren hatte der keinen Gärtner gesehen. Frau Fontane hatte für ihren Kater bereits Ersatz gefunden, das war die primitive Wahrheit. So wichtig war er ihr offenkundig nicht gewesen. Wahrscheinlich hatte sie ihn längst vergessen. Die aufgesetzte Trauermiene in den ersten Tagen? Heuchelei, sonst nichts. Sie vermisste Valentin nicht. Und Valentin vermisste sie nicht, im Gegenteil. Warum sonst war er nicht zurückgekehrt? Geflohen war er vor ihr. Sie beide waren doch froh, einander los zu sein. Herczeg musste sich nichts vorwerfen.

Sie horchte auf ein Rascheln, ein Tapsen – alles blieb still. Eine Wolke schob sich vor den Mond, Angst ergriff sie wie

Alpdruck: Valentin war etwas zugestoßen. Ein Auto hatte ihn überfahren, ein Fuchs ihn gerissen, ein Ast ihn erschlagen. Er war in die Sümpfe geraten, niemand hatte sein Schreien gehört … Die Angelroute bog sich, die Pose tauchte unter. Herczeg kurbelte und zog einen Barsch aus dem Wasser. Appetitlicher Bursche, fest hatte er sich am Haken verbissen, kraftvoll schlug er um sich, während sie ihn einholte.

Ein Schatten, ein Streichen von Fell an ihrem Bein – Valentin war neben ihr aufgetaucht, lautlos, nur der peitschende Schwanz verriet seine Erregung. Der Barsch wehrte sich heftig, Herczeg schaffte es kaum, ihm den Haken aus dem Maul zu ziehen. Sie warf ihn auf den Steg, schon bohrte Valentin seine Tatzen hinein. Kampf der Alphamännchen, Blut und Fauchen, Krallen und Flossenschläge … Der Barsch furchtlos und von erstaunlicher Ausdauer, aber natürlich war er dem Kater nicht gewachsen, seinen Krallen und Zähnen, seinem Hunger, seiner Kraft und Intelligenz.

Der Kampf war entschieden. Valentin stand über dem toten Fisch, Gräten knackten, er leckte und kaute. Herczeg saß auf dem Campingstuhl und hielt Wache. Um diese Zeit gab es kaum noch Spaziergänger oder Jogger, aber man konnte nicht wissen. Von der Äsche gestern hatte er das meiste verputzt. Dieser Barsch war zu groß für ihn, das meiste würde liegen bleiben. Und wenn schon. Sie hatte den Barsch für ihn gefangen. Die ganze Zeit war Valentin in ihrer Nähe gewesen, kein Zweifel. Geduldig und voll Vertrauen hatte er auf seinen Lohn gewartet. Der Fisch belohnt den Geduldigen. Wie schön er war! Wie anmutig sein Kauen, wie glänzend das Fell! Er war nicht abgemagert, nicht verwahrlost. Anscheinend ging es ihm gut im Wald. Er vermisste den ungepflegten Garten nicht, das verwinkelte kleine Haus – und schon gar nicht die Frau, die darin wohnte.

Valentin setzte sich. Er leckte sein Mäulchen, seine Tatzen, er wollte ganz sauber sein. Erst dann kam er zu Herczeg und rieb seinen Kopf an ihrem Bein. Er streckte die Vorderpfoten und hob sein Hinterteil. Er blickte hoch, und endlich erfüllte sich ihre Hoffnung: Er sprang auf ihren Schoß. Er schnurrte, seine Vorderbeine tretelten, durch den Drillich ihrer Hose spürte sie seine Krallen auf der Haut. Ihr Körper erbebte, Schauer durchfuhren sie, fester drückte sie den pelzigen Körper gegen ihren Schoß. Er rieb seinen Kopf an ihrer Hand, leckte den Daumen. Ihre Blicke trafen sich, die Zeit dehnte sich zur Unendlichkeit. Er blinzelte, als wolle er sagen: »Du und ich – wir gehören zusammen.« Tränen schossen ihr in die Augen. Sie kraulte ihn zwischen den Ohren, er kuschelte sich in ihren Schoß. Seine Flanke hob und senkte sich, die Glieder und der Schwanz zuckten, er schloss die Augen.

Sein rotes Halsband zeigte die Telefonnummer. Sie musste sie nur anrufen, um … Sie dachte nicht daran. Valentin war zu *ihr* auf den Steg gekommen. Er hatte *ihren* Fisch gefressen. Er lag in *ihrem* Schoß. Er hatte sie erwählt, erwählte sie jede Nacht neu. Zwang sie ihn? War er nicht frei?

Sie versuchte, das Halsband zu lösen. Der Verschluss war korrodiert, wahrscheinlich trug er es schon lange. Am besten schnitt sie es durch und warf es in die Saale. Falls jemand Valentin tagsüber sah, war er nichts als ein streunender Kater. Das Messer lag neben dem Eimer. Keine Eile, die Nacht war noch lang.

38.

Ricky klingelte am Tor. Sie klingelte zweimal, dreimal, hinter ihr wartete das Taxi. Die Eierschale lag dunkel zwischen den Bäumen wie ein von Außerirdischen verlassenes Raumschiff. Ricky klingelte sturm. Mitternacht, schon klar – aber Friedrich musste sie aus dieser Situation retten, sie kannte niemanden sonst, der die Möglichkeit hatte. Wenn er darauf bestand, würden sie danach nie wieder miteinander reden.

Endlich gingen in der Eierschale Lichter an. Die Haustür öffnete sich, tatsächlich kam Friedrich heraus – in grauen Joggpants und weißem T-Shirt, darüber seine weinrote Jacke. Alles an diesem Haus war gewunden, sogar der Weg zum Tor. Es dauerte eine Ewigkeit, bis er vor ihr stand. »Was willst du?«

»Ich brauch Geld.«

»Weißt du, wie spät es ist?«

»Zweiundvierzig Euro.«

»Bist du verrückt?«

»Frag den Taxifahrer.«

Er runzelte die Stirn. Er drückte das Tor auf, ging zum Taxi, und das Wunder geschah: Er holte sein Portemonnaie aus der Jacke und reichte, einfach so, seine Kreditkarte durchs Fenster. Kapitalismus, dachte Ricky, könnte viele Probleme lösen; es bräuchte einfach jeder Mensch eine Kreditkarte.

Er kam zurück, hinter ihm fuhr das Taxi an. »Und jetzt?«

»Ich weiß nicht, wie ich nach Hause kommen soll.«

»Ricky, du –«

»Ich habe Caro verfolgt. Sie plant eine kriminelle Nummer in Dubai. Vermutlich hat sie ihren Taxifahrer erpresst, er ist vor uns über eine rote Ampel gefahren. Der Typ mit dem Kampfhund. Sie sagt, sie spielt mit ihm, bis sie ihn wegwirft. Ich glaube, in Wahrheit –«

»Stopp, Ricky …«

»Sie hat etwas gegen ihn –«

»Stopp!« Er deutete zum Haus. »Meine Eltern sind auf einer Ballettpremiere in Dessau.«

»Ist das gut oder schlecht?«

»Komm erstmal rein.«

Sie gingen auf das Haus zu, vorbei an Blumen, die betörend dufteten, und kugelförmigen Bonsais. Als sie die Schwelle überschritten, leuchteten wie von selbst Lampen auf: Erst in der Diele, die keine Diele war, eher eine Lobby; dann im Wohnzimmer, das kein Wohnzimmer war, eher eine Wohnwelt, eine Wohngalaxie. So viel Raum, so viel Weite: ein Rundbogen hier, ein paar Stufen dort. Ein abstraktes Bild, da hinten eine Skulptur, die nichts darstellte. Alles war hell, sogar die Schatten, überall war Licht, obwohl sie nirgends Lampen sah. Die Schwerkraft schien aufgehoben und damit die Wirklichkeit – solche Häuser gab es nur im Film oder im Traum.

»Willst du was trinken?«, hörte sie, weit entfernt, Friedrichs Stimme.

Er stand in einer offenen Küche, die keine Küche war, eher die Vision einer Zukunft ohne Nahrung: Alles glänzte und blitzte, es gab so viel Glas, Stahl, Chrom, Abzugshauben und polierte Platten, dass sich der Gedanke, dort Pommes zu frittieren oder eine Pizza heiß zu machen, verbot.

»Ricky? Geht's dir gut?«

Sie näherte sich gebannt einer Kaminecke, zu der man einige Stufen hinunterschreiten musste. Ledersessel. Ein Bärenfell. Fotobände, wie zufällig auf einem Beistelltisch, vermutlich über

Gazellenjagd in Afrika. Ein Regal mit Cognac- und Whiskyflaschen, die unendlich alt und teuer aussahen. In ihrem ganzen Leben hatte sie nie etwas so Gemütliches gesehen.

Friedrich kam, mit einer Flasche und zwei Gläsern. Sie war erleichtert und sogar stolz, nicht nur das französische Etikett lesen, sondern an der Flaschenform erkennen zu können, dass es sich um Sekt handelte. »Veuve Clicquot? Sekt für Witwen?«

»Gehen wir hoch.«

Sie folgte ihm auf einer geschwungenen Treppe, die nach oben, aber nicht ins Obergeschoss führte – weil es Geschosse hier nicht gab, sondern alles geheimnisvoll ineinanderfloss. Friedrich stieß eine Tür auf: »Mein Kinderzimmer.«

Er sagte es mit leichtem Spott, aber es gab über dieses Zimmer nichts zu spotten, im Gegenteil: Ein Kind, das in solch einem Zimmer aufwuchs, konnte sich eigentlich nur erschießen. Nichts hatte es vom Leben zu erwarten, das diesen Palast je übertreffen könnte. Die Fensterfront, der Schreibtisch, die Musikanlage, der in die Wand eingebaute Kleiderschrank, sogar das Bett – alles war gleichzeitig riesig und klein, weil in dem Zimmer Platz für immer mehr war. Aber nirgends lag etwas herum, kein Comicheft, keine Socken. Die Schulbücher im Regal waren nach Fächern sortiert. Die Decke lag glatt auf dem Bett, wie in einem Hotelzimmer. Was hatte Friedrich hier gemacht, bevor sie gekommen war? Eine Gitarre hing an der Wand – sie hatte nicht gewusst, dass er Gitarre spielte. Möglich, sie hing da nur als Dekoration.

»Kann ich auf die Terrasse gehen?«, fragte sie.

»Hey Siri, schieb die Terrassentür auf«, rief Friedrich in den Raum. Lautlos fuhr die Terrassentür auf.

Korbsessel standen zwischen bepflanzten Schalen, in eine Ecke war eine Hängematte gespannt. Sie trat an die Brüstung, der Mond spiegelte sich im glatten Wasser eines Swimmingpools, der die Form eines Tropfens hatte. Bäume begrenzten das Grundstück, das eher ein Park war; dahinter lag die Naturheilklinik, die sein Vater gekauft, modernisiert und über die Grenzen Sachsen-Anhalts hinaus bekannt gemacht hatte. Sogar jetzt, in der Nacht, sah Ricky Alte und Gebrechliche vor dem steinernen Pavillon sitzen, in dem der berühmte Heilbrunnen lag. Sie stützten sich auf Stöcke oder saßen im Rollstuhl und tranken in andächtigen Schlucken aus Messingbechern. Hier und da neigten sich Köpfe zueinander, als könne ein zu laut gesprochenes Wort die heilende Wirkung stören. Der Korken ploppte; Friedrich kam mit zwei Gläsern zu ihr auf die Terrasse.

»Stimmt es, dass das Wasser gegen Krebs und Alzheimer hilft?«, fragte sie.

»Wenn du meinen Vater fragst, wird er es bestreiten. Kein Arzt darf so etwas behaupten.«

»Aber die Leute glauben dran?«

»Es gibt Berichte im Internet über wundersame Heilungen. Kranke, die die Ärzte schon aufgegeben hatten. Bei denen sich der Tumor zurückentwickelt, die ihre Angehörigen wieder erkennen. Mein Vater macht den Patienten Mut, den Berichten zu glauben. Aber er verspricht nichts. Sowas kann er.«

Im letzten Satz hörte sie eine Spur Verachtung. »Magst du deine Eltern?«

»Ich habe sie mir nicht ausgesucht.«

Sie stießen an. Es klang feiner, heller als die Sektgläser, mit denen sie an Silvester zuhause anstießen. Vor allem schmeckte der Sekt besser. Veuve Clicquot, wenn alle Witwen solchen Sekt tranken, musste man vor dem Altwerden keine Angst haben.

»Das Taxigeld gebe ich dir wieder«, sagte sie.

»Die Karte läuft über meinen Vater. Merkt er nicht.«

Sie standen an der Brüstung, tranken und schwiegen. Ein Lachen kam vom Pavillon und wurde niedergezischt. Ricky hatte so viele Fragen: Wie verbrachte Friedrich seine Nachmittage, seine Abende? Spielte er auf der Gitarre? War er glücklich? Die Fragen lösten sich im Prickeln des Witwensekts auf, in Schleiern winziger Bläschen, die im Glas von hier nach dort wogten wie Elfen im Märchenreich.

»Ist dir kalt?«, fragte er.

»Ein bisschen.«

Sie gingen zurück ins Zimmer. »Hey Siri, mach Romantik.«

Siri zauberte eine romantische Lichtstimmung. Friedrich schenkte Sekt nach, und mit jedem Schluck schien ihr, als stiegen mehr Elfen aus dem Glas in ihren Kopf.

»Was ist hinter der Tür?«, fragte sie.

»Das Bad.«

»Du hast ein eigenes Bad? Kann ich es sehen?« Sie schämte sich für ihre Neugier, und andererseits schämte sie sich nicht. Endlich war sie in der Eierschale, vielleicht das einzige Mal – sie musste recherchieren. Friedrich öffnete die Tür, Lichter flammten auf, erleuchteten einen Badetraum. Überall Spiegel, Glas, Marmor. Alles blitzte, als würde es nie benutzt, als habe Siri ihr Kommen vorausgesehen und bis zur letzten Minute das Bad geputzt: Kein Tropfen trübte den Glanz von Glas und Kacheln, elektrische Zahnbürste, Rasierzeug, Hautcreme und Kamm reihten sich auf der Ablage wie eine Polonaise. Nirgends ein verlorenes Haar oder ein Zahnpastafleck. Sogar der Klodeckel war hinuntergeklappt.

»Was ist das?«, fragte sie.

»Die Dusche.«

»Kann nicht sein.«

»Was sonst?«

Sie stand vor einem Wunderwerk aus Düsen und Schläuchen, Hebeln und Drückern. »Kann ich da rein?«

»Musst dich ausziehen.«

Stimmt, ja – selbst unter so einer Dusche wurde man nass.

»Ich lass dich allein, okay?« Bevor sie antworten konnte, hatte er die Tür hinter sich geschlossen.

In mehreren Spiegeln – über dem doppelten Waschbecken, an der Tür, neben der Dusche – erblickte sie ihr ratloses Gesicht. Dieses Bad war schön und unheimlich. Aber jetzt war es zu spät, einen Rückzug versperrte ihr die Selbstachtung. Sie zog sich aus und wusste nicht, wohin mit ihren Sachen. Auf den Klodeckel? Eher nicht. Das Waschbecken? Ausgeschlossen, der Pullover fluste. Es gab Haken, aber da hingen schon eine Kulturtasche, Handtücher und ein flauschiger Bademantel. Andererseits – niemand sah sie, außer Siri, und die hielt hoffentlich dicht. Also ließ sie ihre Sachen auf dem Boden liegen. Vielleicht lag es am Sekt, an der indirekten Beleuchtung, an einer geheimnisvollen »Wer ist die Schönste im ganzen Land?«-Beschichtung des Türspiegels; doch je länger sie sich nackt betrachtete, desto hübscher fand sie sich. Rundlich, hell, die Brüste zwei Äpfel, nicht groß, nicht klein. *Unschuldig*, hatte Caro gesagt, was eine Frechheit war, obwohl es stimmte. *Kannst was aus dir machen.* Was sollte sie aus sich machen? Ganz ehrlich, sie fand sich gut so, wie sie war.

»Kommst du klar?«, hörte sie Friedrich von draußen.

»Natürlich.«

Die Dusche, sie konnte sich nicht länger drücken. Sie schob die Glastür auf und stieg hinein. Welche Schalter sollte sie drehen, welche Hebel drücken? Sie versuchte es mit dem größten, Wasser spritzte aus einem Schlauch, eiskalt, dann dampfend, sie drehte einen Knauf, eine Fontäne schoss ihr ins Gesicht, sie schrie, floh aus der rauschenden Dusche … Friedrich kam herein, beendete mit einem Knopfdruck das Inferno hinter der Glaswand.

»Das Ding will mich nicht.« Ricky kauerte neben dem Waschbecken, tropfend und verbrüht.

»Soll ich's dir zeigen?«

Ricky zuckte die Schultern, er zog sich aus: T-Shirt, Joggpants … Schon stand er nackt vor ihr. Das Licht schmeichelte seiner frühlingsbraunen Haut, seinen Muskeln – und noch etwas anderem, sie wollte den Blick abwenden, aber von überall warfen die Spiegel sein Bild zurück, da konnte sie ebenso gut hinsehen. Es beruhigte sie ein wenig, dass es ihm ähnlich gehen musste: Wo immer er den Kopf hindrehte, sah er wenigstens etwas von ihr. Sie konnte also auch gleich aufstehen, sich ihm nackt zeigen und mutig vorgehen.

»Bist du sicher?«, fragte er, plötzlich befangen.

Weil sich zwischen seinen Beinen etwas regte, ha! Achterbahn-Moment, die Bügel schlossen sich über den Schultern, zu spät für einen Rückzieher – also gleichgültig tun, sich die Aufregung nicht anmerken lassen, Erlebnis, Abenteuer, war sie dafür nicht auf der Welt?

Friedrich schloss hinter ihnen die Glastür, drehte einen Schalter, drückte den anderen, Wasser sprudelte von oben, von der Seite, abwechselnd Schwall und Massage. Er goss Gel über ihren Kopf, ihre Schultern, alles schäumte und roch nach Meer und Wind. Er massierte ihren Hals, ihren Nacken, gerade so kräftig, dass sie sich an ihm festhalten musste, um nicht auszurutschen. Seine Lippen waren an ihrem Ohr, er flüsterte: »Jetzt.« Im nächsten Augenblick war alles Wasser und Dampf, Rausch und Hitze, es spritzte und sprudelte aus allen Düsen, sie atmete, schluckte, drückte ihre Lippen auf seinen Mund. Etwas Großes,

Hartes wuchs aus dem Dampf, sie drückte Friedrich gegen die Kacheln, er umfasste ihre Schenkel, sie pressten sich aneinander, Ricky fühlte Hitze, einen kurzen Schmerz … Ein Duschkopf riss aus der Halterung, Wasser spritzte in ihre Augen, sie sah nichts mehr, hörte nichts mehr, nur noch Friedrichs Stöhnen, ihre Kraft, sie fühlte keinen Ort, keine Zeit, nur seine Nähe, seine Lippen … Sie sanken die Kacheln hinunter, blieben umschlungen liegen. Friedrich griff nach oben, das Tosen hörte auf.

Sie lagen in der Duschwanne, ihr Kopf an seiner Brust. Wasser tropfte aus den Düsen, von den Haaren, Dampfschwaden hingen in der Luft. Friedrich küsste ihre Wangen, ihre Stirn. Entweder ihr Herz hatte noch nie so stark gepocht, oder beide Herzen pochten synchron. Der Nebel wurde lichter, sie sah Friedrichs Glied auf seinem Schenkel liegen, immer noch groß, aber weich und besänftigt. Sie berührte es mit der Fingerspitze, es zuckte wie ein kleines Tier kurz vor dem Einschlafen.

»Geht's dir gut?«, fragte Friedrich leise.

Sie nickte und drückte sich fester an ihn.

Unten hörte sie Stimmen, einen Mann und eine Frau. Friedrich verspannte sich. Die Stimmen hallten von den nackten Wänden des Hauses wider, das Giften der Frau, das Höhnen des Mannes. Ein Glas ging zu Bruch, dann etwas Größeres. Das Haus, in dem sich die Räume in alle Richtungen öffneten, schien zu beben vom Schreien der Frau, dem betrunkenen Lachen des Mannes: »Fass mich nicht an!«, »Hysterische Hexe!«. Echos verzerrten und vervielfältigten die Stimmen, das Weinen, Schlagen von Türen.

»Begreifst du jetzt, warum ich immer allein bin? Warum ich niemanden mit nach Hause bringen kann?« Friedrichs Hände fassten Ricky fester, aber nicht, um sie zu schützen, sondern als brauche er selbst Schutz.

»Streiten sie sich oft?«

»Es ist die Hölle!« Friedrich zitterte, er presste seinen Kopf an ihren Hals, nichts war übrig von seiner Coolness.

Ricky griff über sich, zog einen Hebel, und diesmal den richtigen: Wasser übertönte die Schreie, sie drückte Friedrich an sich und flüsterte in sein Ohr: »Ist gut … Es ist gut … Alles ist gut …«

39.

Katja lag im Bett, wälzte sich von einer Seite auf die andere und konnte nicht einschlafen. Der Wecker auf dem Nachttisch zeigte 3.14 Uhr. Die Gedanken drehten sich im Kreis und fanden nirgends Halt. Sie hätte so spät keinen Alkohol trinken dürfen, das bekam ihr nie.

Sie stand auf, ging in die Küche und trank ein Glas Wasser. Auf dem Tisch lagen die Chemie-Klausuren, mehr als zwei hatte sie nicht mehr geschafft.

Welches ist das einfachste Molekül, das nur aus Stickstoff- und Wasserstoffatomen besteht? Zeichnen Sie die Strukturformel und geben Sie die Oxidationszahlen an.

Sie starrte auf die Klausur und begriff die Frage nicht. Stickstoff, Wasserstoff, Ionen und Isotope schwirrten durch ihren Kopf, fusionierten und spalteten sich – sie schlug die Klausur wieder zu.

Ihr Blick fiel in den dunklen Garten. Sie hatte eine Idee. Ohne Anlass, ohne Nachdenken, unmöglich zu sagen, woher sie kam und warum gerade jetzt. Aber diese Idee blies alle Schwäche und Verwirrung aus ihrem Hirn.

Sie holte Papier und Kugelschreiber aus der Schublade, setzte sich an den Küchentisch und zog eine senkrechte Linie über das Papier. Über die linke Spalte schrieb sie »Pro« und über die rechte »Kontra«.

40.

Erste Vögel zwitscherten, doch draußen war es noch dunkel. Friedrich lag dicht neben Ricky, sie hörte ihn tief und ruhig atmen.

Sie konnte nicht länger schlafen. Die Welt fühlte sich neu an. Sie fühlte in sich eine Kraft, die sie nie gefühlt hatte, die in ihr zerrte und mit der sie etwas anfangen wollte, jetzt, sofort – bloß wusste sie nicht was. Gestern Nacht waren sie, nass und erhitzt, ins Bett gekrochen. Unten hatten sich Friedrichs Eltern weiter angebrüllt, an Schlaf war nicht zu denken gewesen. Also hatten sie geredet. Ricky hatte von ihrem Vater erzählt, der kurz vor ihrer Geburt an Leukämie gestorben war. Kurz vor seinem Tod hatte er den Zwillingen die Namen ausgesucht, Roxanne und Robin, die fand er schön. »Roxanne Röpcke«, hatte Friedrich gesagt und gegrinst. Sie hatte von ihrer Mutter erzählt, die jede Woche fünf Tage bei Rewe an der Kasse saß und die, obwohl sie die Namen nicht verhindert hatte, die beste Mutter war, die sie sich vorstellen konnte, die sie mehr liebte als jeden anderen Menschen, außer vielleicht ihren Bruder. »Das ist schön«, hatte Friedrich gesagt und sich fester an sie gedrückt. In dieser Nacht war sie die Starke gewesen. Sie hatte seinen Kopf gestreichelt, er war in ihrem Arm eingeschlafen wie ein Kind.

Sie betrachtete sein Gesicht, die Lippen, die Wangenknochen, die Augenbrauen. Er schien ihr so schön, so vollkommen, dass sie glaubte, es sei unmöglich, sie bildete sich alles nur ein. Also schloss sie die Augen, zählte bis fünf und öffnete sie wieder: Friedrichs Kopf ruhte noch immer in ihren Armen und war genauso schön wie vorher. Sie fragte sich, was das alles bedeutete.

Ob sie nun zusammen waren. Oder ob alles zwischen ihnen geheim bleiben müsse, weil er sich für die letzte Nacht und die Offenbarung seiner Schwäche schämte und sie in der Schule erst recht nicht mehr miteinander reden würden.

Sie stand leise auf und ging zur Fensterfront (wie lange man in diesem Zimmer vom Bett zum Fenster unterwegs war). Hinter den Bäumen wurde der Himmel grau. Ein einsames Blatt trieb im Swimmingpool. Traumhaus, Albtraumhaus. *Der Mensch macht aus jedem Paradies eine Hölle*, hatte Friedrich gesagt, am Teich bei der Mühle. Sie hatte den Satz nicht verstanden, oder nur so halb. Jetzt begriff sie, was er gemeint hatte.

Auf dem Schreibtisch stand eine weiß schimmernde Kugel – da drinnen wohnte Siri, wach, immer aufmerksam, hielt für jeden Wunsch einen Algorithmus bereit. Ricky beugte sich hinunter und fragte leise: »Hey, Siri – wie lebt es sich in der Hölle?«

»Tut mir leid, das weiß ich leider nicht«, plärrte Siri. Friedrich drehte sich im Bett um, Ricky legte schützend die Hände um die Kugel.

»Hey, Siri«, flüsterte sie. »Mach die Tür auf, aber leise.« Sie hatte sich wohl schlecht ausgedrückt, denn lautlos glitt nicht die Terrassentür auf, sondern die Tür des Kleiderschranks.

Kein Kleiderschrank, eine Boutique. Lange Reihen und hohe Stapel von Hemden, Hosen, Pullovern, Polohemden. Anzüge, Gürtel, Schuhe … Nur einen Bruchteil davon hatte Friedrich bislang in der Schule getragen. Alles dezent, alles teuer, für einen Segeltrip auf einer Holzyacht oder den Fünf-Uhr-Tee im englischen Königshaus. Nichts davon konnte man in Aschersburg kaufen, wahrscheinlich nirgends in Sachsen-Anhalt. Dieses veilchenblaue Hemd, zum Beispiel, mit der schräg gesetzten Reißverschlusstasche – Ricky hatte es nie an ihm gesehen, es wäre ihr aufgefallen.

Sie nahm es vom Bügel, zog es an und betrachtete sich im Innenspiegel des Schranks (was machte es mit einem Menschen, wenn er überall von Spiegeln umgeben war?). Das Hemd war zu weit, klar. Viel zu weit. Andererseits … Sie nahm einen Gürtel vom Haken, dunkelbraunes Wildleder mit Kupferschnalle. Jetzt passte das Hemd. Obwohl es fast wie ein Kleid aussah. Aber eben nur fast. Sie schaute in den Spiegel, ein Hauch von Glamour und Verwegenheit schaute zurück.

Sie hörte eine Bewegung im Bett: Friedrich hatte sich aufgerichtet, musterte sie – das Hemd, den Gürtel, ihre nackten Beine … Er hob den Daumen, sank zurück und schlief weiter.

Sie ging leise die Treppe hinunter, in ihren Leggings und seinem Hemd. Hoffentlich hatten Friedrichs Eltern ihre Schuhe neben der Haustür nicht bemerkt. Besser, sie verließ die Eierschale, bevor sie aufwachten und es Ärger gab. Auf halber Höhe blieb sie stehen, die Hand am Geländer.

Wo waren sie gestern Nacht hergekommen? In welcher Richtung lag die Haustür? Sie hatten die Küche links passiert, nein, sie waren durch den Bogen –

»Wer sind Sie?«

In einem Sessel in der Kaminecke saß, sehr aufrecht, eine blasse, dünne Frau und starrte Ricky an. Sie hatte einen schwarzen Bubikopf, groß geschminkte, pastellblaue Augen und ein schmales Näschen. Sie trug ein elfenbeinweißes Morgenkleid und hielt den Kopf unnatürlich weit Richtung Ricky gedreht, wie eine verrenkte Schaufensterpuppe. In einer Hand mit langen, nachtviolett lackierten Fingernägeln hielt sie ein Glas. Auf dem Tisch stand eine Flasche Witwensekt.

»Ich komme von oben«, sagte Ricky.

»Sind Sie Friedrichs Freundin?«

»Ich weiß nicht …«

»Ich kenne seine Freunde nicht. Nie bringt er jemanden mit nach Hause.« Sie deutete auf einen Sessel gegenüber.

Ricky stieg die Stufen hinab und näherte sich dem Sessel.

»Trinken Sie?«, fragte Friedrichs Mutter.

»Wir müssen bald in die Schule.«

»Ist Friedrich gut in der Schule? Er zeigt nie seine Zeugnisse.«

»Er ist einer der Besten.«

Die Frau blickte Ricky von oben bis unten an und runzelte die Stirn. »Habe ich Friedrich das Hemd nicht mitgebracht? Aus Playa del Carmen? Er mochte es nicht, es war ihm zu ausgefallen. Hüten Sie sich vor konservativen Männern. Sie reden von Werten und betrügen an jeder Ecke. Nun setzen Sie sich doch.«

Ricky setzte sich in einen Sessel.

Die Frau trank das Glas leer und schenkte sich nach. »Mögen Sie Ballett? Wir waren gestern auf einer Premiere in Dessau. Natürlich ist Dessau nicht Stuttgart oder Zürich. Aber sie geben sich Mühe, darauf kommt's an. Und man muss doch mal raus. Was anderes sehen. Man kann doch so nicht leben!« Ihre Stimme brach, im Glas platzten die Bläschen.

Je länger Ricky hier saß, desto mehr wollte sie weg. Gleich würde Friedrichs Mutter wieder versuchen, ihr ein Glas Sekt aufzudrängen, das war völlig klar. Ihr Blick fiel auf den Beistelltisch, auf eine Broschüre, die dort gestern Nacht noch nicht gelegen hatte. »Kann ich die sehen?«

»Ach, das …« Friedrichs Mutter reichte ihr die Broschüre. »Ständig wollen Leute Geld von meinem Mann. Ständig soll er in irgendwas investieren. Makler, aufdringlicher Kerl in einem grauenvollen Anzug. Macht Geld etwa glücklich? Angeblich beruhigt's. Aber mich beruhigt Geld nicht. Mich beruhigt es überhaupt nicht! Trinken Sie doch ein Glas!«

Ricky schüttelte den Kopf und betrachtete die Broschüre: Seidenmattes, festes Papier, Regenbogenfarben in Pastell. Ein geschwungener Schriftzug auf dem Titelblatt, *Sachte in Sachsen-Anhalt.* Darunter ein Aquarell, Sonnenschein, eine Flussbiegung, Kühe auf der Weide. Eine Baumgruppe und ein Hügel. Ein Idyll, das einem Ort, an dem Ricky erst vor ein paar Tagen gewesen war, zum Verwechseln ähnlich sah … Mit einem Unterschied: Das Aquarell zeigte auf dem Hügel keine historische Holländermühle, sondern ein Hotel.

»Lesen Sie feministische Bücher?«, fragte Friedrichs Mutter. »Überall heißt es, wir sollen uns emanzipieren, selbstbewusst unseren Weg gehen. Wie denn? Wenn die Männer uns immer noch wie Dreck behandeln. Wenn sie in uns nicht mehr sehen als eine hübsche Abendbegleitung. Wir machen ein freundliches Gesicht, nicken und lächeln zu allem, was die Männer reden … aber eines Tages« – sie nahm einen tiefen Schluck – »sind wir einfach nicht mehr da.«

Friedrich zog sich gerade an, als Ricky ins Zimmer stürmte, die Broschüre in der Hand. »Wir fahren später in die Schule. Erst müssen wir hier hin.«

»Was ist das?«

»Das hier« – sie schlug mit der Hand auf das Aquarell – »ist eine Riesenstory!«

41.

»Meinen Sie das ernst?«, fragte Herczeg.

»Vollkommen ernst«, sagte Katja. »Sehen Sie, ich habe eine Liste gemacht, pro und kontra. Was gegen mich spricht: zu jung, zu unerfahren, in der Stadt nicht verwurzelt. Meine Bewerbung wäre hoffnungslos, egal wie sehr Krugmeyer sich für mich einsetzt. Aber überall, wo bei mir ein Kontra steht, steht bei Ihnen ein Pro. Sie kennen die Stadt, Sie kennen die Schule, niemand hat so viel Erfahrung.«

Herczeg studierte das Papier.

»Ich weiß, ein paar Kontras gibt es bei Ihnen auch, sicher. Sie könnten eher in Pension gehen wollen …«

»Magdeburg will die Stelle langfristig besetzen.«

»Sie hatten ein paar Zusammenstöße mit dem Elternrat.«

»Eltern sind eine Pest. Glauben Sie wirklich –«

»Doppelspitze. Magdeburg will eine Frau, wir bieten zwei. Krugmeyer steht hinter uns und die Kollegen auch, jedenfalls die meisten. Magdeburg kann uns nicht einfach eine Nullnummer schicken und uns zur Gesamtschule machen. Sie und ich – wir können dieses Gymnasium retten.«

Sie waren allein im Zimmer. Herczeg stand bei den Sukkulenten. Sie drehte Katja den Rücken zu und blickte in den bedeckten Morgenhimmel. Sie verschränkte die Hände auf dem Rücken, die Finger krümmten und spreizten sich. Warum wich sie Katjas Blick aus? Warum war sie nicht begeistert? Zugegeben, Katja hatte nachts schon Ideen gehabt, über die sie beim Frühstück den Kopf geschüttelt hatte. Diese war keine davon. Eine Doppelspitze entsprach dem Zeitgeist, für die Leitung des

Humboldt-Gymnasiums war sie sogar sinnvoll. Wenn Herczeg wirklich Direktorin werden wollte – ein besseres Angebot würde ihr niemand machen.

»Meinen Sie nicht, Sie –«

»Ja?«, fragte Katja.

Herczeg schnappte nach Luft, als presse etwas auf ihren Kehlkopf. »Der Himmel ist heute bedeckt.«

»Eine Schlechtwetterfront«, sagte Katja. »Tagsüber soll's nochmal warm werden. In der Nacht Gewitter, ab morgen regnerisch und kühl.«

»Tatsächlich?« Herczegs Stimme krächzte. »Wer sagt das?«

»Der Wetterbericht, wer sonst? Die letzten Wochen waren zu warm und zu trocken. Der Wald, die Landwirtschaft … Alle brauchen Regen, je mehr desto besser.«

Herczegs Schultern hoben und senkten sich. Hinter dem Rücken verkrampften sich die Hände. Was stimmte mit dieser Frau nicht?

»Überlegen Sie es sich.« Katja stand auf. »Wir sollten bald ein paar Ideen skizzieren. Was wir für dieses Gymnasium wollen, aber auch, welche Forderungen wir stellen. Zu zweit sind wir in einer starken Position. Sobald wir –« Vom Schulhof drang Lärm, Rufe. »Was ist da los?«

Sie kamen aus dem Lehrergebäude, hinter ihnen weitere Kollegen. Auf dem Schulhof hatte sich eine Schülertraube gebildet. Viele filmten mit ihren Handys, alle starrten zum Haupttor hinüber. Dort stand Caroline, die Haare wirr, ihre Schminke verschmiert, die weiße Lederjacke verdreckt. Sie hielt eine Wodkaflasche in der Hand und schwankte.

»Was'n los?«, schrie sie. »Noch nie eine Party gesehen? Soll ich euch Luschen mal zeigen, wie man Spaß hat?« Sie schwenkte die Flasche, der Wodka spritzte. »Ja, filmt mich! Ich bin ein Star! Ich hol euch hier raus!« Sie stelzte über den Schulhof wie über einen Catwalk, knickte auf den Absätzen ihrer Stiefel um, rülpste und kippte einem Fünftklässler Wodka über den Kopf. »Hier, mein Kleiner … Kriegst was Anständiges … Ihr kriegt alle keine Kinder! Ich bin die Einzige, die überlebt!« Sie wieherte vor Lachen. Sie sah Katja auf sich zukommen, ihre Züge wurden weich, fast zärtlich. »Guck mal, die Katzenmami … Die Dreißigtausend-Euro-Katzenmami …«

»Komm mit ins Sanitätszimmer.«

»Wissen Sie, dass das alles nur wegen Ihnen passiert?«

»Du redest dummes Zeug.«

»Ich bin hier bald weg … Wegen Ihnen …«

»Wir rufen einen Arzt.«

»Wegen Ihnen und Ihrer Dreckskatze!«

»Ihr macht alle eure Telefone aus!«

»Frau Fontane ist die beste Lehrerin! Die Keinäugige unter den Blinden! Fassen Sie mich nicht an!« Sie wehrte Katja ab, die Schüler hielten mit ihren Kameras drauf. »Sie sind so naiv … Katzenmami …« Caro röchelte und krümmte sich. »Dreißigtausend Euro …« Sie hielt sich den Magen und erbrach sich auf den Schulhof.

42.

Die *Salzland Immo-Invest* hatte ihre Räume in einem aufwändig sanierten ehemaligen Gildehaus in der Mühlgasse. Ricky hatte gefürchtet, sie würden nicht gleich einen Termin bekommen; aber Friedrich Pistorius, Sohn von Dr. Pistorius – der Name öffnete Türen. Diplom-Immobilienwirt Walter Tugendhat empfing sie in seinem mahagonigetäfelten Büro mit Messinglampen und historischen Kupferstichen – der Händelmarkt anno 1629, Einweihung des Aschersburger Bahnhofs 1845.

»Beeindruckender Mann, ihr Vater, beeindruckender Mann«, sagte er, während seine Sekretärin ein Tablett mit Kaffee, Mineralwasser und Schokoladenwaffeln auf den Tisch stellte. »Erst gestern hatte ich das Vergnügen, mit ihm auf einer Ballettpremiere in Dessau sprechen.«

Grauenvoller Anzug, hatte Friedrichs Mutter gesagt. Ja, er hing an ihm hinunter wie an einer Vogelscheuche. Die grünbraunen Karos bissen sich mit der senfgelben Krawatte auf Leben und Tod. Trotzdem, Herr Tugendhat war entschuldigt. Für solch magere Arme, schmale Schultern und einen eingefallenen Brustkorb gab es keine passenden Anzüge, weder in Aschersburg noch sonst wo. Friedrichs hellgrauer Sakko und sein offenes, weißes Hemd dagegen …

»Mein Vater möchte, dass ich in das Erbe hineinwachse«, sagte Friedrich. »Entscheidungen, Investitionen in die Zukunft …«

»Verstehe, verstehe …« Tugendhat ließ es sich nicht nehmen, selbst die Getränke einzuschenken.

»Heute morgen hat er gleich von Ihrem Angebot gesprochen.« Friedrich holte die Broschüre aus einer Ledermappe, die teuer aussah, gerade weil sie so schlicht war. »Für eine abschließende Einschätzung braucht er natürlich mehr Informationen.«

»Selbstverständlich, ich erläutere Ihnen gern die Hintergründe. Um die Wirtschaft in Sachsen-Anhalt ist es nicht rosig bestellt. Industrie, Dienstleitung, verarbeitendes Gewerbe – alles mau, alles lau. Vor Jahren hat man versucht, mit einer Imagekampagne dem Land auf die Beine zu helfen: *Sachsen-Anhalt, Land der Frühaufsteher.* Heute finden Sie in Magdeburg niemanden, der für diesen Slogan die Verantwortung übernimmt.«

Friedrich deutete auf das Titelblatt der Broschüre. »Das ist der neue Slogan?«

»*Sachte in Sachsen-Anhalt.* Zuerst kam ich aus dem Schmunzeln nicht heraus. Diesmal allerdings hat man sich dabei etwas gedacht. Junge Frau, bedienen Sie sich ruhig an den Waffeln.«

Ricky wurde rot. Die Waffeln – Röllchen mit heller und dunkler Schokolade – sahen in der Tat verführerisch aus, sie hatten nicht gefrühstückt. Aber dass ihr Appetit so offensichtlich war …

»Die Idee ist«, fuhr Tugendhat fort, »Sachsen-Anhalt zum führenden Standort für Wellness, Reha, Anti-Aging und so weiter auszubauen. Fachschulen bauen, Ärzte und Pflegekräfte anwerben, Forschung ansiedeln, die komplette Infrastruktur. Sachsen-Anhalt ist selbstredend überschuldet, private Investoren halten sich leider noch zurück. Also Sonderabschreibung, Verlustvortrag, zinsfreie Darlehen …«

»Es handelt sich, wenn ich das richtig sehe, um einen geschlossenen Immobilienfonds …«

»Ganz genau, Herr Pistorius. Ausgewählte Objekte, umfassende Expertise, steuerlich hoch interessant – nichts, womit man den gewöhnlichen Kleinanleger verwirren möchte.«

»Investments unter fünfhunderttausend sind für meinen Vater nicht interessant.«

»So ist's recht, so ist's recht … Junge Frau, kasteien Sie sich nicht.«

»Nimm ruhig«, sagte Friedrich. Beide Männer starrten sie an. Ricky schluckte und griff nach den Waffeln.

»Sie kennen die drei Goldenen Regeln im Immobiliengeschäft?«, fragte Tugendhat. »Erstens die Lage. Zweitens die Lage. Drittens die Lage. Wirkliche Top-Lagen, wo der sterbeunwillige Senior sagt ›Da gehe ich hin, da werde ich wieder jung‹ – die sind rar.«

»Verstehe ich nicht«, sagte Friedrich. »In Sachsen-Anhalt gibt's jede Menge alter Herrenhäuser, Schlösser, Parks …«

»Ich gebe Ihnen ein trauriges Beispiel.« Tugendhat zeigte auf das Titelblatt der Broschüre. »Der Gestalter wurde von einem realen Ort inspiriert, gar nicht weit von hier. Auf dem Bild sehen Sie ein Hotel, in Wahrheit steht dort eine Mühle. Ein Traum, sage ich Ihnen. Erstklassig. Was man daraus machen könnte … Leider wird es ein Traum bleiben.«

»Denkmalschutz«, warf Ricky ein und biss in die Waffel, »böse Falle.«

»Sie treffen den Nagel auf den Kopf«, freute sich Tugendhat. »Nichts dürfen Sie verändern. Zu der Mühle gehört ein Wäldchen, ein Teich, jede Menge Land, ich denke da an einen Golfplatz, ein Sanatorium. Aber mit dem Denkmalschutz … Was für eine Verschwendung.«

»Wir kennen die Mühle«, sagte Ricky. »Dort lebt eine alte Frau mit ihrer Tochter.«

»Tatsächlich?«

»Und wissen Sie, was ich kürzlich in eben der Mühle gesehen habe? Diese Broschüre. Jetzt frage ich mich schon, wie kommt die dahin? Wo doch alles nur ein schöner Traum ist.«

»Ich habe keine Ahnung …«

»War die Tochter nicht erst vor Kurzem bei Ihnen? Mit einem Mann, etwas älter als sie, Haare halb lang, das Hemd wahrscheinlich aufgeknöpft bis auf die Brust?«

Peinliche Stille. Über dem Hemdkragen hob und senkte sich Tugendhats Adamsapfel. Friedrich sah Ricky tadelnd an, ihr angriffslustiger Ton gefiel ihm nicht.

»Diskretion«, brach Tugendhat schließlich das Schweigen, »ist unser Ethos. Unsere Philosophie. Fast möchte ich sagen, unsere Religion. Aber da Sie bereits umfassend informiert scheinen … Richtig, sie war hier. Zusammen mit ihrem, ich darf spekulieren, Lebensgefährten. Er echauffierte sich ausgiebig über den Kapitalismus. Und gleichzeitig konnte ihm alles nicht schnell genug gehen.«

»Inwiefern?«

»Die Frau will die Mühle verkaufen, lieber heute als morgen. Doch niemand wird für dieses Objekt mehr als einen symbolischen Preis zahlen. Die Mühle ist baufällig, abreißen dürfen Sie wie gesagt nicht. Sie können kein Restaurant eröffnen, nicht mal ein Café. Sie können vielleicht, selbst da habe ich Zweifel, Mehl mahlen.«

»Was wäre der Grund und Boden wert?«, fragte Ricky. »Ohne die Mühle?«

»Das ist eine theoretische Frage.«

»Vollkommen theoretisch.«

»Vollkommen theoretisch würde ich sagen: Wir bewegen uns im solide siebenstelligen Bereich.«

»Angenommen, der Mühle stößt etwas zu. Sie ist alt, aus Holz …«

»Gnädige Frau …«

»Seit Wochen regnet es nicht. Müssten Sie ihr als Immobilienhai nicht einen Tipp geben?«

»Ich muss doch bitten …

»Kein Brandschutz, wahrscheinlich ist die Mühle nicht mal versichert …«

Tugendhat erhob sich mit einem Ruck und hielt ihr die Hand hin: »Die Salzland Immo-Invest berät ihre Kunden ausschließlich rechtens. Auf Wiedersehen.«

Sie kamen aus dem Gildehaus, Friedrich schimpfend, von seiner Coolness war nichts übrig. »Kannst du dich nicht einmal zusammenreißen? Wenigstens wenn ich dabei bin?«

»Es stimmt doch!«, rief Ricky. »Wenn die Mühle abbrennt, wenn sie das Grundstück verkauft …«

»Immobilienhai!«

»Glaubst du wirklich, das Motiv auf der Broschüre ist Zufall?«

»Darum geht's überhaupt nicht!«

»Sondern? Sag's mir, worum geht's?«

»Ich habe ihm gesagt, ich komme im Auftrag meines Vaters! Du stellst mich als Lügner bloß! Ausgerechnet du, die große Sprüche über Wahrheit klopft!«

Friedrich starrte sie finster an. Schwer zu glauben, dass er vor wenigen Stunden an ihrer Brust geweint hatte wie ein Kind.

Sie setzten sich auf einen Blumenkasten in der Fußgängerzone, Ricky an einem Ende, Friedrich am anderen. Es war schwül, der graue Himmel hing tief. Friedrichs Worte hallten durch Rickys Kopf. Hatte sie ihn wirklich bloßgestellt? Ja, hatte sie. Tat es ihr leid? Ja, ehrlich. Aber musste man nicht manchmal lügen? Wenn man einer größeren Wahrheit anders nicht auf die Spur kam?

Friedrich hatte sein Telefon herausgeholt und checkte seine Nachrichten. Also holte sie ihres auch heraus. Beide blieben am selben Video hängen: Caroline, kotzend auf dem Schulhof. Darunter Kommentare und Links zu weiteren Videos: Caroline tanzend, den Mittelfinger zeigend, »Dreißigtausend-Euro-Katzenmami«, lallte Caro und »Ihr kriegt alle keine Kinder!«

Friedrich stand auf, ging zum Nordsee-Restaurant und kam mit zwei Fischbrötchen zurück. Ein Versöhnungsangebot? Oder war dieses Fischbrötchen das Letzte, was sie von ihm erwarten durfte?

»Tut mir leid«, sagte sie.

Friedrich hielt ihr schweigend das Brötchen hin.

Sie aßen. Nach zwei Bissen tropfte Ricky Remoulade auf die Finger. Sie schielte auf Friedrichs Hände: nirgends ein Tropfen.

»Was ist mit Caro los?«, fragte er.

»Keine Ahnung, aber gestern Abend hatte sie dieselben Sachen an. Das heißt, sie war in der Nacht nicht zuhause.«

Spatzen hüpften um sie herum. Friedrich warf ihnen Brötchenkrümel hin. Ein Zwiebelring rutschte Ricky über die Leggings in den Blumenkasten; sie brauchte dringend eine Serviette.

»Und du bist sicher, du hast genau diese Broschüre in der Mühle gesehen?«, fragte er.

»Ganz sicher.«

»Schrader hat dir gesagt, dass sie beim Makler waren?«

»Er hat gesagt, er wollte der Tochter einen Gefallen tun.«

»Schrader ist immer der Gute, schon klar.«

»Du traust ihm auch nicht?«

»Schrader ist kein Lehrer, sondern ein Lehrer-Darsteller. Wenn er eine Rolle spielt, spielt er wahrscheinlich auch noch andere. Je nachdem, welche ihm gerade nützt.«

»Schrader sagt, Geld interessiert ihn nicht.«

»Das sind die Schlimmsten.«

»Kann es sein, dass du Menschen allgemein nicht magst?«

»Ich mag keine Menschen, die lügen.«

»Ich habe gesagt, es tut mir leid.«

Friedrich zuckte die Schultern. Friedrich, der so cool aussah in seinem weißen Hemd, dass sich die zwei Frauen da vorn nach ihm umdrehten. Der eine Kreditkarte hatte, in der Schule zu den Besten gehörte, der ein Fischbrötchen essen konnte, ohne dass Remoulade heraustropfte, der jeden als Freund haben konnte, wenn er nur fragte … Dieser Friedrich mochte Menschen nicht, in diesem Augenblick wurde ihr das klar. Während sie, Ricky, die sich ständig mit allen stritt, die niemand in ihren Pullovern für cool hielt, die von ihrem Fischbrötchen kaum die Hälfte gegessen, aber schon ihre nähere Umgebung mit Remoulade und Zwiebelringen eingesaut hatte … Menschen faszinierend fand. Vor allem, wenn sie logen, denn dann konnte man sie entlarven, und das war das größte Vergnügen überhaupt. Das war also etwas, das sie und Friedrich trennte. Auch wenn sie wieder dicht nebeneinander auf dem Blumenkasten saßen und sich ihre Knie wie zufällig berührten.

»Wir müssen zur Schule«, sagte er. »Ich habe in der Fünften Referat bei Kirstein.«

»Ich gehe nicht. Muss meinen Bruder zum Arzt bringen.«

»Was Ernstes?«

Sie schüttelte den Kopf. »Aber er schafft es nicht allein.«

»Versprich mir, dass du nicht zur Mühle fährst.«

»Habe ich nicht vor.«

»Doch, hast du. Du denkst, du bist an einer großen Story dran. Vielleicht stimmt das sogar. Aber wenn Schrader merkt, dass du ihm und dieser Frau auf der Spur bist …«

»Was soll er machen?«

»*Curiosity killed the cat.*«

»Ich bin keine Katze.«

»Das hat die Katze auch gedacht.«

Sie standen auf, Ricky ging einen Stapel Servietten holen. Als sie zurückkam, betrachtete Friedrich sie prüfend, mit einer Spur Anerkennung. »Habe ich dir gesagt, dass dir das Hemd steht?«

»Deine Mutter war enttäuscht, dass du es nicht trägst.«

»Meine Mutter –« Er machte eine Bewegung, als habe Ricky ihn an einen Menschen erinnert, um den es vor langer Zeit einmal schade gewesen wäre, der die letzte Ausfahrt aber lange verpasst hatte.

»Ich gehe dann«, sagte er.

»Bis später.«

»Viel Glück beim Arzt.«

Sie nickte und wandte den Blick ab. Er ging Richtung Händelplatz, sein Sakko an einem Finger über der Schulter. Er drehte sich noch einmal um, nickte und winkte. Sie sah ihn zwischen den Passanten verschwinden.

Hatte er ihr den Arzttermin geglaubt?

Sie hatte gelogen, schon wieder.

Sie war ein Mensch wie alle.

43.

»Wo ist sie?«, fragte Katja.

»In ihrem Zimmer«, sagte Herr Ebner.

»Ist jemand bei ihr?«

»Wie sollen wir das machen? Sie sehen, was hier los ist.«

Katja stand im Verkaufsraum der Bäckerei Ebner. *Tradition seit 1859*. Die Brotschneidemaschine, an der Ebner stand, war elektrisch. Eine Auszubildende stand hinter einer elektronischen Kasse. Die Kühlvitrine, in der Eierschecken, Kirschplunder, Amarettobaisers appetitlich nebeneinander lagen, wirkte modern. Dennoch atmete die Bäckerei einen Geist, der Generationen überdauert hatte. An der Wand hingen gerahmte Urkunden: *»Kulinarisches Sachsen-Anhalt, Baumkuchen 1. Platz«*, *»Ehrenpreis für traditionelles Bäckerhandwerk der Landesinnung«*. Frau Ebner stand draußen bei den Tischen und kassierte. Als sie Katja durch die Scheiben sah, wurden ihre Lippen schmal.

Sie hatten Caro in der Schule abgeholt, da war sie bereits im Sanitätszimmer in einen komaähnlichen Schlaf gefallen. Zu dritt hatten sie sie zum Auto geschleppt, unterbrochen von einem Magenkrampf Carolines und weiterem Erbrechen. Wie die Eltern sie dann aus dem Auto und nach oben in die Wohnung bekommen hatten, wusste Katja nicht. Sie hatte bis zur sechsten Stunde unterrichten müssen – wobei an Unterricht im eigentlichen Sinne nicht zu denken war, die Schüler waren aufgewühlt, ständig zirkulierten neue Videos. Nach der zweiten großen Pause verbreitete sich das erste Meme: *»Atemlos durch die Nacht«*, Caroline, die im Rhythmus schwankt und ihre Wodkaflasche an den Mund hält wie ein Mikro.

»Kann ich sie sehen?«, fragte Katja.

Herr Ebner packte das geschnittene Brot ab und wechselte ein paar Worte mit der Auszubildenden. »Kommen Sie.« Er führte sie eine steile Treppe hoch.

»Wissen Sie, wo Caroline gestern Nacht war?«

»Meine Frau sagt, sie wollte zu ihrer Wikipedia-Gruppe.«

»Katja fragte sich, ob die Eltern an die Existenz dieser Wikipedia-Gruppe wirklich noch glaubten. Oder ob Wikipedia inzwischen ein Hilfsausdruck war für alles, worüber sie mit ihrer Tochter nicht sprechen konnten.

Sie stiegen eine weitere Treppe hoch bis ins Dachgeschoss. Ebner zeigte auf eine Tür am Ende des dunklen Flurs. Drückend war es hier oben, die Luft roch nach Holz und Dämmplatten.

»Hören Sie …« Ebner wischte seine mehligen Finger an seiner Schürze ab. »Ich weiß doch, dass Sie es gut meinen. Dass Sie unserer Tochter keine besseren Noten geben können. Sie hat alles abgeschrieben, sie schafft die Versetzung nicht, das weiß ich doch …«

»Ihre Frau sieht das anders.«

»Wissen Sie, wie wir leben? Das frühe Aufstehen, sechs Tage die Woche zwölf, vierzehn Stunden, sonntags die Abrechnung … Ist es nicht normal, dass man seiner Tochter ein besseres Leben wünscht? Man soll seinem Kind Werte vermitteln, das sagen sie im Fernsehen, das sagen sie überall. Aber wie denn? Wenn nichts mehr einen Wert hat? Ich verrate Ihnen ein Geheimnis, sagen Sie es nicht meiner Frau: An jedem Baumkuchen verliere ich achtzehn Cent. Die Rohstoffpreise steigen, allein was die Vanilleschoten kosten. Aber mit Vanillin arbeite ich nicht, das mache ich nicht! Und dann schimpfen die Kunden über die Preise und dass der Baumkuchen vom Discounter fast genauso schmeckt. Wie soll ich das meiner Tochter erklären? Meine Frau liest Erziehungsratgeber, jede Woche holt sie neue aus der Bücherei. Und doch wissen wir nicht, was unsere Tochter für ein Mensch ist. Sie lebt unter unserem Dach. Sie ist, kann man fast sagen, unser Werk. Aber jetzt liegt sie auf dem Bett und stinkt nach Alkohol. Was machen wir falsch?« Er umklammerte Katjas Hand. »Sagen Sie Caroline, wir bestehen nicht länger auf dem Abitur. Wenn sie aufhört, so schreckliche Sachen zu machen wie heute morgen, wenn sie endlich mit uns spricht – dann versuchen wir, sie zu lieben, wie sie ist.«

»Ich schau, was ich erreiche.«

»Mehr können Eltern nicht tun, oder?«

Katja nickte und ging auf die Tür zu. Unten rief Frau Ebner, ihr Mann wischte sich Schweiß von der Stirn und ging die Treppe hinunter.

Katja klopfte. Keine Antwort. Sie klopfte erneut und drückte die Klinke.

Caroline lag auf dem Bett, mit dem Kopf zur Wand, ohne Schuhe und Jacke, ansonsten bekleidet. Sie schnarchte. So ein Zimmer hatte Katja zu Beginn ihres Studiums bewohnt, in Hamburg-Ottensen: Dachschräge, auf die die Sonne knallte, bis es unerträglich heiß wurde. Sie hatte es dort zwei Wochen ausgehalten, dann war sie in eine WG im Erdgeschoss gezogen. Caros Zimmer sah aus wie ein Jugendzimmer aus dem Katalog: Bett, Schrank, Schreibtisch, Eckregal, alles aus Kiefernfurnier passend ineinander gebaut. Der Kleiderschrank stand halb offen und quoll über von Jacken, Jeans, Stiefeln. Auf dem Nachttisch stand ein Schmuckständer, überladen mit Ketten, Armbändern, Ohrringen – billiger, greller Modeschmuck, der aber auf raffinierte, schwer zu bestimmende Weise zu ihr passte. An den Wänden hingen Poster von Kim Kardashian, Kylie Jenner und anderen jungen Frauen, die vermutlich Models oder

Influencer waren – *terra incognita* für Katja, die auf diese übernatürlich glatten Gesichter starrte und sich alt fühlte, überholt, nicht mehr Teil dieser Welt. *Wie sollen wir unserem Kind Werte vermitteln, wenn nichts mehr einen Wert hat?* Auf dem Schreibtisch stand ein gut ausgeleuchteter Computer mit Webcam; hier produzierte Caro offenbar die Videos für ihren Schmink-Kanal auf YouTube oder Instagram. Interessant waren die Fotos, die am Rand des Monitors klebten: Eine Palmenpromenade bei Sonnenuntergang, eine Penthouse-Terrasse mit Blick auf schnittige Yachten, ein Hotel wie ein gigantisches Segel. Außerdem ein Abzug aus einem Passbildautomaten: Caroline und ein junger Mann mit kurz rasierten Haaren, rundem Gesicht und einer Tätowierung auf seinem muskulösen Oberarm – vier Schnappschüsse, auf denen sie lachten, Grimassen schnitten. Katja war, als habe sie ihn schon einmal gesehen, aber sie kam nicht drauf, wo. Einer ihrer Schüler war er nicht.

Caroline hustete, schluckte und schnarchte weiter.

Unter dem Schreibtisch stand ein Papierkorb, übervoll mit leeren Tuben, Döschen, Verpackungen. Eine rosafarbene Packung stach Katja ins Auge, sie zog sie heraus: Der Beipackzettel steckte noch drin, ansonsten war die Packung leer. Katja kramte tiefer im Papierkorb, fand aber nicht, wonach sie suchte. Sie blickte sich um: Unmöglich, dass Caroline den Inhalt der Packung im Bad gelassen hatte oder an einem anderen Ort, wo ihre Eltern ihn finden konnten. Sie beugte sich hinunter – tatsächlich, da lag etwas unter dem Bett, ziemlich weit hinten. Sie kniete sich hin und streckte den Arm aus. Fast berührten ihre Finger –

»Was machen Sie da?«

Katja fuhr hoch, stieß mit dem Kopf an die Bettkante und fluchte.

»Dafür kann ich die Polizei rufen«, sagte Caroline. »Versuchte Hausdurchschnüffelung.«

»Ich fürchte, du hast größere Probleme.«

»Ach ja?«

»Bist du schwanger?«

»Ich bin achtzehn, Sie dürfen mich nicht duzen.«

»Caroline, sind Sie schwanger?«

Caroline sank seufzend zurück ins Kissen. »Meine Fresse … Bin ich schwanger … Wenn ich Ihnen die Wahrheit sage, geben Sie mir zwölf Punkte?«

Katja hockte vor dem Bett wie ein ertappter Dieb und hielt ihre schmerzende Stirn. Drei, vier Zentimeter hatten gefehlt, sie hätte den Teststab in der Hand gehabt. Caroline blickte zur Decke und rollte mit den Augen. Blass und schwach sah sie aus, aber nicht krank.

»Betrinken Sie sich öfter so?«, fragte Katja.

»Wenn ich in Stimmung bin.«

»Heute Morgen waren Sie offenbar extrem in Stimmung.«

»Vielleicht wollte ich einfach eine Show abziehen.«

»Sich betrinken und auf den Schulhof kotzen, während alle ihre Kameras draufhalten? Ist das Ihre Vorstellung von Ruhm?«

Sie drehte sich zu Katja und stützte ihr Kinn in die Hand. »Was halten Sie von der Idee, dass ich das alles geplant habe? Damit ein paar Leute Angst kriegen?«

»Meine Idee ist eher, dass du dir das einredest. Weil dir dein Auftritt peinlich ist.«

»Sie haben keine Ahnung, welches Spiel hier läuft.«

»Erklären Sie's mir. Erklären Sie mir, welches Spiel läuft.«

»Ein paar Nummern zu groß für Sie.«

Katja fühlte, wie ihr Ärger anschwoll – und ihre linke Augenbraue. Sie brauchte dringend Eiswürfel, in ein paar Minuten würde es zu spät sein, die Schwellung aufzuhalten. Aber sie durfte jetzt nicht gehen – nicht bevor sie Antworten bekommen hatte. »Sie haben heute Morgen gesagt, dass alles nur wegen mir passiert.«

»Habe ich das?«

»*Dreißigtausend-Euro-Katzenmami*. Ich frage mich, was meine Katze damit zu tun hat.«

»Erinnern Sie sich an die Vertretungsstunde, die Sie in der Achten gegeben haben? Die Orte, an denen die Kiddis sein wollen. Was sie da machen wollen. Welchen Preis sie zahlen. Damit haben Sie die Kleinen echt beeindruckt.«

»Keiner von denen ist seitdem betrunken in die Schule gekommen.«

»Kommt noch. Weil die nämlich bald merken, dass Sie Mist erzählt haben. Warum sollen die den Preis zahlen? Warum nicht andere? Steht sogar in der Bibel: Nehmen ist seliger denn geben.« Sie rülpste und sank zurück aufs Kissen. »In ein paar Tagen bin ich sowieso weg.«

»Wohin?«

»Sehen Sie dann auf Instagram.«

»Ich bin nicht auf Instagram.«

»Nicht mein Problem.«

»Wenn Sie etwas vorhaben, das illegal ist … Caroline, wenn Sie mir etwas sagen möchten …«

»Aua, aua!« Caroline drehte sich auf den Bauch und presste ihren Kopf ins Kissen.

Katja stand auf. Es war sinnlos. Caroline spielte mit ihr wie mit ihren Eltern; sie kam an dieses Mädchen nicht heran. Und sie musste sich um ihre Augenbraue kümmern. »Ich gehe jetzt.«

»Wird Zeit.«

»Ich gebe Ihrem Vater meine Telefonnummer. Wenn Sie etwas besprechen möchten … Wenn wir gemeinsam einen Ausweg …«

Caroline machte Pfeiflaute ins Kissen wie eine gepeinigte Sirene.

Katja ging zur Tür.

»Frau Fontane?«

»Ja?«

»Gucken Sie sich mal an, wie Sie aussehen.«

44.

Seit einer halben Stunde saß Ricky bei McDonald's auf der Empore, schaute auf den Händelplatz und nippte am Milchshake.

Immer neue Videos tauchten in ihrem Newsfeed auf: Caro schwankt, Caro lallt, Caro kotzt. Schlagermusik spielt, Caro schwenkt rhythmisch die Arme, keiner klatscht. Alle stehen bloß rum, filmen und gaffen – sogar die Lehrer, bis auf Frau Fontane. Natürlich Frau Fontane, wer sonst?

Ricky hätte das nie erwartet, aber es schmerzte sie, diese Videos zu sehen. Besonders nach gestern Abend. Die Stadtmauer, Ludendorff und der Typ, der einen für Caro abknallen würde; Caro war arrogant gewesen, billig, oberflächlich, aber auch stark, entschlossen. Sie hatte einen Plan. Sie war ins Taxi gestiegen, und Ricky hatte einen kurzen Moment sein wollen wie sie. Wo war sie hingefahren? Was war danach passiert? Warum hatte sie sich heute Morgen zur Witznummer gemacht? *Kryolipolyse (von griechisch κρύος kryos = »Kälte, Eis«, λίπος lipos = »fett« und λύσις lysis = »Lösung, Auflösung«), eine kosmetische, nicht-invasive Kälteanwendung, die Fettgewebe vermindern soll …* So also. Und wenn auch dieser Auftritt Teil ihres Plans war, den noch niemand, auch Ricky nicht, durchschaute?

Basti wischte neben ihr die Tische. Obwohl die sauber waren, um diese Zeit war bei McDonald's wenig los. »Willst du noch was bestellen?«

»Ich habe meinen Milchshake.«

»Den hast du seit einer Stunde.«

»Seit einer dreiviertel, höchstens.«

»Chef sagt, es sollen nicht mehr alle hier rumsitzen.«

»Erstens sitzt hier keiner. Zweitens kannst du deinem Chef sagen, ich denke nach.«

Basti zuckte die Schultern, trug ein leeres Tablett zur Abfallklappe und ging die Treppe hinunter.

Dann die Sache mit der Mühle. Schrader und die dickliche Tochter, von der Ricky sich einfach nicht vorstellen konnte, dass sie sein Typ war, waren zusammen beim Makler gewesen. Vor ein paar Tagen hatte er sie umarmt und geküsst, sie sah wieder den Schattenriss auf der Terrasse vor sich. Hatte ihnen der Makler den Floh ins Ohr gesetzt, die Mühle in Brand zu setzen? Einen Beweis hatte sie nicht, das war nur ihre Theorie. An die Friedrich – so genau hatten sie darüber nicht gesprochen – wahrscheinlich nicht glaubte.

Friedrich.

Die letzte Nacht hatte alles zwischen ihnen verändert. Oder? Hatte ihm die Nacht genau so viel bedeutet wie ihr? Da war ein Detail, das sie irritierte, sie hatte dem unter der Dusche keine Bedeutung beigemessen, zu verwirrt war sie gewesen, von den Armaturen, der Hitze, dem Dampf, Friedrich selbst natürlich, seinem Körper, seiner Kraft, seiner Sicherheit ... Sicherheit! Friedrich hatte in die Kulturtasche gegriffen. Ein Dreh, schnell wie ein Taschenspielertrick – schon hatte er seinem Wunderhorn einen Gummianzug übergestreift. Das war keine Begabung, mit der ein Junge auf die Welt kam. Er lernte vielleicht die Technik in der Schule, aber nicht die Routine, jedenfalls nicht im Unterricht. Es gab für diese empörende Geschicklichkeit nur eine Erklärung: Er hatte andere Mädchen vor ihr gehabt. Viele Mädchen. Wie sollte es anders sein? Er sah gut aus. Er lebte im edelsten Haus der Stadt. Wahrscheinlich hatten seine Eltern ihm schon in Baden-Baden so eine Dusche neben das Kinderzimmer gebaut, zum Üben. Nun also Ricky, die soundsovielte. Ein Strich auf der Liste, falls er noch eine Liste führte. »Ich habe deine Schwäche gesehen … Du hast an meiner Brust geweint …« – »Bild dir nichts drauf ein, mach ich bei jeder. Funktioniert total gut.« Ihre Hand zerdrückte den Milchshake-Becher. Sie stellte sich vor, wie er gerade sein Referat hält, alle Mädchen hängen an seinen Lippen, Svea, Annette, Karsten! Vor allem Karsten, er hat über seine Männlichkeit reflektiert, schwerer Fehler, jetzt ist ihm alles klar! Die dicke Kirstein gibt ihm fünfzehn Punkte, Friedrich ist ihr Lieblingsschüler, wer sonst. Siri putzt derweil die Dusche, füllt in der Kulturtasche die Gummianzüge nach …

Basti kam mit einem Müllsack die Treppe hoch. »Der Chef sagt, wenn du nichts bestellst, musst du gehen.«

»Hast du ihm gesagt, dass ich nachdenke?«

»Der Chef sagt, denken zählt nicht, bestellen zählt.«

Ricky warf den zerknüllten Becher in Bastis Müllsack und verließ die Filiale – gedemütigt, pleite, voller Wut auf McDonald's, Friedrich und die Welt. Der Himmel hing wie eine graue Glocke über der Stadt und saugte ihr alle Farben aus, die Blumenkästen, die Tischdecken der Cafés, die Kleider der Menschen, alles schien ihr heute grau. Sie sah eine Frau mit einer Plastiktüte aus der Adler-Apotheke kommen und musste zweimal hinschauen, um zu erkennen, dass es Frau Fontane war. Die Sonnenbrille, die sie trug, war riesig. Wie ein Filmstar sah sie aus oder wie eine Gangsterbraut, Ricky hatte diese Brille noch nie an ihr gesehen. Zwölfjährige saßen auf dem Händelbrunnen und pfiffen anerkennend, einer schoss ein Foto. In welchem Alter lernten Männer, Frauen als Objekt zu behandeln? Gab es darüber Studien?

Frau Fontane wirkte angespannt, schaute auf die Uhr, überquerte den Händelplatz Richtung Fahrgasse. Ricky folgte ihr. Frau Fontane holte ihr Telefon heraus, versuchte jemanden zu erreichen, steckte es wieder ein. Im Rückspiegel eines Lieferwagens prüfte sie den Sitz ihrer Brille, strich sich über die Schläfe und ging weiter.

Auf dem Hopfenmarkt war die Unterführung gesperrt, seit Monaten kamen die Bauarbeiten nicht voran. Die Arbeiter rissen Asphalt auf, gruben Löcher, transportierten Schutt ab, schütteten Löcher wieder zu, niemand begriff, was an der alten Unterführung das Problem gewesen war. Einen der Bauarbeiter hatte Ricky gestern Nacht an der Stadtmauer gesehen – Gordon. Er saß mit nacktem Oberkörper auf einem kleinen Bagger und schaufelte Bauschutt auf die Ladefläche eines Lasters. Die Silberkette glänzte auf seiner Brust, die Tätowierung auf seinem Oberarm. Er klappte die Schaufel hoch und runter, schwenkte nach links und rechts, den Bagger hatte er besser im Griff als seinen Hund.

Frau Fontane stieg über das Absperrband der Baustelle und sprach einen Mann an, der ein fleckiges Hemd über seinem Bauch trug und wohl der Vorarbeiter war, jedenfalls arbeitete er als Einziger nicht. Sie zeigte auf Gordon. Der Vorarbeiter schüttelte den Kopf. Ein Presslufthammer sprang an, Frau Fontane gestikulierte, ihre Sonnenbrille spiegelte. Der Vorarbeiter bedeutete Gordon, von seinem Bagger zu steigen. Katja führte ihn an den Rand der Baustelle, redete auf ihn ein. Daneben ging die Arbeit weiter, aber nur mit halber Kraft, die anderen Arbeiter schauten verstohlen hinüber und grinsten.

Frau Fontane stellte eine Frage, Gordon schüttelte den Kopf. Sie wiederholte die Frage, Gordon beteuerte, nichts zu wissen. Sie legte ihm – fast, aber nur fast – die Hand auf den Unterarm; der typische »Ich will dir helfen, aber du musst offen sein«-Lehrergestus, den Ricky so gut kannte und immer gehasst hatte. Gordon sagte etwas, Frau Fontane schaute ungläubig. Er hob den Blick, jetzt trotzig und selbstbewusst, sie stand wie vor den Kopf geschlagen. Er ging zurück zu seinem Bagger.

Das alles war unverständlich und alarmierend. Frau Fontane drehte sich um und kam auf Ricky zu. Verstört wirkte sie, Ricky ging hinter einer Litfaßsäule in Deckung. Frau Fontane hauchte gegen ihre Sonnenbrille und rieb sie an ihrer Bluse sauber; ihre linke Augenbraue war blauschwarz geschwollen. Hatte sie jemand geschlagen? Rickys Telefon klingelte – Friedrich. Sie drückte den Anruf weg und schrieb eine Nachricht: *Ich bin an Fontane dran. Zwielichtig, die Frau.*

Sobald Frau Fontane außer Sicht war, ging Ricky auf die Baustelle zu, zum Vorarbeiter: »Ich muss mit Ihrem Baggerfahrer reden.«

»Wir sind kein Kontakthof.«

»Ich muss wissen, was –«

»Auch andere Baustellen haben schöne Söhne! Gehen Sie hinter die Absperrung!«

Der Presslufthammer sprang an. Gordon blickte herüber, hob die Hand, Ricky schien, er wolle ihr etwas Dringendes sagen. Doch der Vorarbeiter schrie ein Kommando, Gordon bewegte die Hebel und grub seine Schaufel in den Schutt.

45.

»Legato …«, sagte Herczeg. »Binde die Mittelstimme …«

Sie stand am Fenster im Musikzimmer und blickte in den Himmel, der sich von Stunde zu Stunde immer mehr zuzog. Mehrere Wetterberichte hatte sie konsultiert, im Radio, in der Zeitung, im Internet. Alle Prognosen schnürten ihr die Brust zu: Gewitter, und in der Nacht Warnung vor Sturmböen und herabfallenden Ästen. Ab morgen Schauerneigung und kühl.

»Der Bass ist das Echo der Oberstimme. Das bedeutet, die Phrasierung …«

Serafina wiederholte die Passage. Sie war eine gute Schülerin, weit fortgeschritten für ihre zwölf Jahre. Doch die saubere Phrasierung mit der linken Hand gelang ihr erst im zweiten Anlauf.

»Besser. Nicht verschleppen.«

Herczeg musste eine Entscheidung treffen. Sie wusste nur nicht, welche. Heute würde sie früher zum Angeln fahren als sonst, das war klar. Sobald es blitzte und erste Tropfen fielen, war es mit dem Angeln vorbei. Was würde Valentin tun, im Wald während eines Gewitters? Und in den kommenden Tagen, wenn es schauern würde, es ununterbrochen von den Bäumen tropfte, wenn Vögel und Mäuse sich in ihre Unterschlupfe verkrochen? Was er wohl gerade machte? Fühlte er, was ihm drohte? Kauerte er unter einem Busch, in dunkler Vorahnung? Vermisste er sie? Unfug, er vermisste sie nicht. Er war ein Kater, er lebte für den Augenblick, genau deshalb liebte sie ihn. Sein Instinkt würde ihn zu ihr treiben, wenn die Sonne unterging und der Hunger nagte, weiter nichts. Wirklich? Hatte er sich nicht jede Nacht in ihren Schoß gekuschelt, satt und zufrieden? Hatte er nicht ihre Hand geleckt? Zwischen ihnen war mehr gewesen als ein Fisch, von Anfang an!

»Da steht Forte, sicherlich. Aber wenn du im Pianissimo beginnst, reicht das Mezzo …«

Die liebe, ahnungslose Frau Fontane. Doppelspitze, sie meinte das ernst. Ihr Angebot war vermutlich nicht einmal eine schlechte Idee, unter anderen Umständen hätte Herczeg es angenommen, mit Freude und Stolz. Aber die Vorstellung, dass Frau Fontane Valentin wieder in die Arme schließen könnte, zusätzlich zu dem Mann, den sie Gärtner nennt, dass sie auch noch Direktorin wird, Direktorin der Herzen, denn das würde allein sie sein, das war völlig klar, egal wie hart Herczeg arbeitete …

»Lento ma non letando … ma non letando …«

Fakt war, sie würde Valentin nicht mehr hergeben. Die Direktorenstelle war zweitrangig, unwichtig. Selbst ihr Lehrerdasein, Jahrzehnte der Mittelpunkt ihres Lebens, schien ihr wie Beiwerk, eine Ablenkung von dem, was eigentlich im Leben wichtig war. »Sie könnten früher in Pension gehen«, hatte Frau Fontane gesagt. Genau das würde Herczeg tun. Sie musste nicht in Aschersburg bleiben, wo jeder ihr aufs Grundstück sehen konnte. Ein Häuschen auf dem Land. Ein Garten, ein Fischteich – mehr brauchte sie nicht. Mehr brauchte Valentin nicht. Er hatte Frau Fontane verlassen.

Katzen nahmen die Individualität eines Menschen viel stärker wahr, als man gemeinhin glaubte, das hatte sie heute Morgen im Internet gelesen. Die Beziehung zum Menschen kriselte, man hatte sich auseinandergelebt; also suchte sich die Katze jemand Neues. Valentin hatte gesucht und, eines glücklichen Nachts auf dem Steg, Herczeg gefunden. Seitdem kam er jede Nacht, schnurrte und leckte mit seiner rauen, rosa Zunge ihre Hand, drückte seinen warmen, kräftigen Körper in ihren Schoß.

Sollte sie das aufgeben? Gar ein schlechtes Gewissen haben? Selbst wenn sie es gehabt hätte: Es gab ein Leben davor und danach. Sie konnte in ihr altes Leben nicht zurück.

»So ist gut … Wenn du nicht zerdehnst, ist es gut …«

Gleich morgen würde sie Frau Fontane mitteilen, dass sie für die Doppelspitze nicht zur Verfügung stand. Frau Fontane solle allein kandidieren, alle würden sie unterstützen. Sie konnte die Idee der Frühpensionierung andeuten, ihren Umzug aufs Land. Wenn sie vom Gemüsegarten sprach und einem eigenen Fischteich, war das unverfänglich und würde keinen Verdacht erregen. Und es gab solche Grundstücke. Je abgelegener, desto günstiger wurden sie angeboten. Geld war sowieso nicht das Problem. Jahrzehntelang hatte sie gespart, ohne recht zu wissen wofür – bis jetzt. Herczeg würde Klavier spielen und sich um den Garten kümmern. Valentin würde Mäuse jagen und in den Pausen auf ihrem Schoß schlafen. Geteiltes Leben war doppeltes Leben. Sicher, von heute auf morgen war der Plan nicht zu realisieren. Für einige Zeit würde Valentin in ihrem Haus leben müssen, verborgen vor den Blicken der Welt. Nicht einfach für einen Kater, der die Freiheit liebt; Herczeg wollte das Problem nicht klein reden – aber Valentin würde begreifen, instinktiv, dass sie ihn liebte und nur sein Bestes wollte.

»Leicht … Synkopen, Synkopen …«

Wie sollte sie ihn heute Abend fangen? Eine Transportbox konnte sie nicht kaufen, in Aschersburg sprach sich sofort alles herum (»Hast du gesehen? Frau Herczeg hat eine Transportbox für eine Katze gekauft«). Gravierender war das Chip-Problem. Frau Fontane hatte Valentin gechippt, das war üblich, sie hatte es ihr vor längerer Zeit erzählt. Diese Chips waren klein, etwa wie ein Reiskorn, und wurden der Katze mit einer Spritze zwischen die Schulterblätter injiziert. Der Chip enthielt einen fünfzehnstelligen Code, der mit einer Datenbank verbunden war, die den Namen des Besitzers auswies. Herczeg würde einen Arzt finden müssen, der den Chip herausoperierte und einen neuen einsetzte. In Polen? Rumänien? Es blieb noch eine dritte Frage, und die musste –

Stille.

Herczeg drehte sich um. »Ja?«

»Das Stück ist zu Ende«, sagte Serafina.

»Tatsächlich? Also?«

»Ich möchte gern wissen,« – Serafina blickte sie aus großen, dunklen Augen an – »ob es gut war.«

»Oh, ja … Das war sehr gut … Du weißt das, nicht wahr? Du hast die Bassstimme nicht genau als Echo phrasiert … Du hast es besser gemacht, viel besser … Du gehst deinen eigenen Weg. Du wirst aufs Konservatorium gehen und bessere Lehrer haben als mich, viel bessere.«

»Sie sind eine gute Lehrerin.«

»Du wirst älter werden, manches verliert man, manches gewinnt man. Es kommt der Tag, an dem du auf einer großen Bühne stehst, allein mit einem Konzertflügel. Und das ist der Moment, in dem du dem Publikum etwas schenkst. Sie haben Geld bezahlt, sicher, sie erwarten die Stücke, die angekündigt sind. Aber wenn du eine Künstlerin bist, eine große Künstlerin … dann schenkst du ihnen das Unerwartete. Momente, die kostbar sind. Jeder mittelmäßige Mensch kann etwas verkaufen. Nur wenige haben die Gabe zu schenken. Wenn aus dir eine wirkliche Künstlerin wird und den Keim sehe ich: Dann bist du eine der Auserwählten, die den Unterschied machen.«

Serafina blickte sie stumm an. Sie verstand das nicht, mit ihren zwölf Jahren, natürlich nicht. Aber eines Tages würde dies ein Moment, an den sie sich als einen der wichtigen ihres Lebens erinnern würde.

Herczeg erstarrte – hatte es gedonnert? Nein, bloß der Hausmeister, der den Müllcontainer zur Straße rollte.

»Für heute ist es gut«, sagte Herczeg. »Mehr kann ich dir nicht beibringen.«

46.

Katja war nie hier gewesen, in Fürstenstein, dem vornehmen Villenvorort Aschersburgs. Alles war hier großzügiger als im Poetenviertel, die Bäume höher, die Grundstücke weitläufiger, die Villen aus der Gründerzeit noch älter und mit mehr Geld errichtet – in einer Zeit, als die Tuchindustrie in der Region florierte und Aschersburg zu den wohlhabenden Städten Mitteldeutschlands zählte. Manche Villen waren romantisch verspielt, mit Türmchen und Erkern, andere prunkten mit klassizistischen Säulen und Portalen. Sie schob ihr Rad über das Kopfsteinpflaster. Der graue Himmel hing wie eine Drohung über den Baumkronen. Kein Hund bellte, kein Kind lachte. Sogar die Vögel hielten sich mit ihrem Zwitschern zurück.

Hausnummer elf. Eine Villa mit Turm in verwittertem Pastellblau. Gerade so gut in Schuss gehalten, dass man ihr die Jahre ansah, ohne dass sie verfallen wirkte. Ebenso das Grundstück – alte Bäume und Büsche, verwildert, aber mit Stil. Ein Garten, der unter nachsichtiger, aber liebevoller Pflege gereift war wie ein guter Wein.

Katja ging ihre Notizen durch. Was hatte sie in der Hand? Nichts Gerichtsfestes, keine Beweise. Die Telefonate der letzten Stunden waren kurz gewesen, einige Frauen hatten gleich aufgelegt. Die anderen – ehemalige Schülerinnen und Kolleginnen, eine Direktionssekretärin – hatten bestenfalls Andeutungen gemacht. Enno Schrader, ein überall beliebter Lehrer. Immer der lockere Kumpel, setzte sich ein, wenn es Probleme gab, half, wo er konnte. Politisch stand er weit weit links, das hatte hin und wieder zu Problemen mit den Eltern geführt. Ab hier nur noch

Rumgedruckse, Verlegenheit. Die Sache sei ja lange her. Man wolle sich nicht an Gerüchten beteiligen. Schrader habe die Schule gewechselt, keiner habe die Sache weiter verfolgt … Frau Meyerling, eine pensionierte Geschichtslehrerin in Peine, wurde konkreter. Sie erinnerte sich gut an Enno Schrader, von Anfang an sei er ihr suspekt gewesen. Aber im Kollegium habe sie mit ihrer Meinung allein dagestanden. »Charismatischer, gut aussehender Mann. Ein Gefallen hier, ein zugedrücktes Auge dort. Besonders die jungen Mädchen, die haben ihn umschwärmt. Wenn's mal in der Schule nicht lief, wenn die Versetzung auf der Kippe stand … Schrader setzte sich ein. Die Mädchen waren dankbar. Manche vielleicht ein wenig zu dankbar, wer kann das wissen? Wer will das wissen? Und das Abitur ist wichtig, nicht wahr? Ohne Abitur wird ein junger Mensch nichts. Das trichtern wir den Schülern ein, das trichtern wir den Eltern ein, alle haben Angst vor dem Versagen. Bis heute frage ich mich, ob wir, ob das System es solchen Typen nicht zu leicht macht. Und Lehrermangel gibt es überall, nicht wahr? Falls es Gerüchte gibt, bevor sie gefährlich werden … Wechselt der beliebte Kollege einfach sein Revier.« Nie hatte es eine Anzeige gegeben, nicht mal ein Disziplinarverfahren. Wahrscheinlich empfand Enno nicht mal Schuld; er hatte es doch nur gut gemeint.

Das Konkreteste, was Katja hatte, war die Aussage des Baggerführers Gordon. Nicht einmal eine richtige Aussage, bloß ein Satz, achtlos dahingeworfen. Ihr Dialog bei der Baustelle war ungefähr so verlaufen:

KATJA: Sie sind der Freund von Caro?
GORDON: So halb.
KATJA: Wissen Sie, wo Sie letzte Nacht war?
GORDON: Habe ich nichts mit zu tun.

KATJA: Aber Sie wissen es?

GORDON: Wer sind Sie eigentlich? Ihre Lehrerin? Die mit der Katze? Sorry, aber eine Katze ist für mich kein Tier. Wenn ich arbeite und mein Hund ist allein in der Wohnung, er bellt den ganzen Tag. Wegen der Liebe. Aber eine Katze? Dreißigtausend Euro, ey …

KATJA: Davon wissen Sie?

GORDON: Caro hat die ganze Zeit davon gesprochen. Dass Lehrer scheiß viel Kohle haben. Dass man da nur rankommen muss. Wir wollen nämlich auswandern.

KATJA: Wohin?

GORDON: In die Stadt aus YouTube.

KATJA: Sie meinen Dubai?

GORDON: Jedenfalls hat sie gesagt, dass sie einen Plan hat. Wie man das Geld von dem Lehrer kriegt.

KATJA: Welcher Lehrer?

GORDON: Na der, der sie fickt.

Gordon hatte verwundert in Katjas entsetztes Gesicht geblickt und gar nicht begriffen, welche Anschuldigung er da vorgebracht hatte. Ein Kind in einem muskulösen, tätowierten Körper. Er konnte für Caro nicht mehr sein als ein Spielzeug.

Katja schaute durch das Blattwerk der Hecke. Krugmeyer stand an der Palisade neben der Terrasse und schnitt Rosen. Von Rosen verstand er etwas, er züchtete sie seit Jahrzehnten. Im Kollegium wurde kolportiert, dass er von der Züchtung einer eigenen Sorte träumte: *rosa crugmeyerensis.* Zufrieden, fast gesund sah er aus, wie er da stand, in ausgebeulter Cordhose und Jacke mit Armflicken. Blätter und Blütenstände prüfte, hier etwas wegschnitt, dort einen Ast hochband. Katja war hergekommen, weil sie ihn mit ihrem Verdacht nicht in seinem Büro konfrontieren wollte, wo sie jederzeit unterbrochen werden konnten – und Krugmeyer ließ sich, wenn eine Situation unangenehm wurde, gern unterbrechen, im Herzen war er konfliktscheu. Doch ihn in seinem Garten zu überfallen, erschien ihr plötzlich auch keine gute Idee. Denn was würde er tun? Abwiegeln, jede Kenntnis der alten Vorwürfe bestreiten. Ein Skandal war das letzte, was er brauchen konnte, kurz vor der Pensionierung und dem Entscheid über die Ehrenbürgerwürde. Und hatte er sich etwas vorzuwerfen? Nirgends war der Lehrermangel dramatischer als in Sachsen-Anhalt, ein Direktor musste einstellen, wen er bekommen konnte. Sicher, Ennos Personalakte verzeichnete viele Schulwechsel, möglich, Krugmeyer hatte bei der Einstellung kurz mit ihm darüber gesprochen. Aber sonst? Was lag gegen ihn vor? Gab es Klagen über Fehlverhalten, von Schülerinnen oder ihren Eltern? Na also!

Das schwüle Wetter machte Katja zu schaffen. Sie rieb Salbe auf ihre pochende Schläfe, als ob das etwas brachte. Sie konnte ihn anrufen. Sie konnte ihre Entscheidung verkünden, für seine Nachfolge zu kandidieren, von Herczeg und der Doppelspitze sagte sie lieber nichts. Er würde entzückt sein. Vorschlagen, sich zu treffen, um das weitere Vorgehen zu besprechen, vielleicht schon heute, bei einem Kaffee in seinem Garten; wo sie dann, vorsichtig, auf die Gerüchte um Kollege Schrader zu sprechen kam …

Auf der anderen Seite der Hecke klingelte es wirklich. Krugmeyer nahm sein Telefon vom Gartentisch. Er meldete sich nicht mit seinem Namen wie sonst, sondern flüsterte verärgert in den Hörer und blickte zum Haus. Katja sah ihn auf und ab gehen. Er presste das Telefon ans Ohr, plötzlich wirkte er nicht mehr gesund. Er wollte etwas sagen, gestikulierte, seine Stimme versagte. Die Hand suchte Halt auf einer Stuhllehne, der Stuhl kippte weg. Krugmeyer taumelte zum Tisch, röchelte. Katja fingerte ihr Telefon aus der Tasche. Sie musste einen Notarzt rufen, Erste Hilfe leisten, sie musste …

Seine Frau kam auf die Terrasse. Sie riss ihm den Hörer aus der Hand, stellte ihm einen Stuhl hin, auf den er kraftlos plumpste. Er holte seine Tablettendose aus seiner Tasche, die Hände zitterten, die Dose fiel zu Boden. Seine Frau wandte sich ab, sprach leise in den Hörer. Katja hatte sie ein paar Mal auf Schulfeiern gesehen, eine resolute, kräftige Frau mit spitzem Kinn und grauem Igelschnitt – und eine angesehene Restauratorin, sie hatte die Glasfenster der Schulaula saniert. Sie hörte zu, ihr Gesicht versteinerte. Ihr Mann hielt sich mit einer Hand auf dem Stuhl fest, mit der anderen versuchte er vergeblich, die Tablettendose zu erreichen … Sie beendete das Gespräch, Katja schien, sie ließ ihn absichtlich warten, bevor sie die rettende Dose aufhob. Wie ein schuldbewusster Schüler blickte Krugmeyer hoch, wollte etwas sagen, sie schnitt ihm das Wort ab und ging ins Haus. Er blieb allein auf der Terrasse zurück und steckte sich seine Tabletten in den Mund.

Katjas Telefon klingelte.

47.

Versprich mir, dass du nicht zur Mühle fährst. Hatte Ricky es Friedrich versprochen? So halb, damit sie sich nicht wieder stritten. Aber die andere Hälfte in ihr, die Journalistin, hatte keine Ruhe gegeben. Die Broschüre, das Hotel auf dem Hügel, Schrader und die Tochter von Madame de Ronron beim Makler … Sie konnte nicht die Luft anhalten und tun, als sei an der Sache nichts faul. *Wenn deine Story nicht gut ist, warst du nicht nahe genug dran,* hatte ein berühmter Reporter gesagt. Also war sie jetzt hier.

Sie legte ihr Fahrrad ins Gebüsch, das Schutzblech klapperte zu laut. Einsam und melancholisch erhob sich die Mühle vor dem dämmrig verhangenen Himmel. Die Blätter hingen schlaff und staubig in den Büschen. Kein Hauch bewegte die Luft, während sie den Hügel hochstieg; alles war ausgetrocknet und bedrohlich still. Ihr Telefon klingelte, sie stellte es stumm. *Jetzt nicht, Friedrich.* Von Osten näherten sich eine Schlechtwetterfront. Wenn ihr Verdacht stimmte, wenn die Frauen und Schrader wirklich planten, die Mühle abzubrennen, war heute eine gute Gelegenheit. Beide Frauen oder nur diese Gudrun? Und welches Interesse hatte Schrader?

Der Smart stand mit offener Heckklappe vor der Mühle. Die Haustür stand offen. Ricky ging näher heran und sah zwei Koffer im Gepäckraum stehen. Sie hörte Geräusche von der anderen Seite. Sie ging an den Fenstern, deren Läden verriegelt waren, vorbei zur Terrasse.

Die Tochter klappte Stühle und Tische zusammen. Ihr Gesicht verfinsterte sich, als sie Ricky kommen sah. »Was wollen Sie schon wieder?«

»Fahren Sie in Urlaub?«

»Ich fahre mit meiner Mutter ein paar Tage in den Harz. Das schwüle Klima bekommt ihr nicht.«

»Ab heute Nacht soll's regnen.«

»Wir planen den Urlaub seit Längerem.«

Widerspruch in der Aussage, dachte Ricky. Gudrun trug zwei Stühle zur Rückseite der Mühle. Es gab dort eine schmale Tür, durch die früher wahrscheinlich Korn- und Mehlsäcke verfrachtet wurden und hinter der heute ein kleiner, vom Wohnbereich getrennter Geräteraum lag.

»Stimmt es, Sie wollen die Mühle verkaufen?«, fragte Ricky.

»Wer sagt das?«

»Schrader. Er sagte, Sie waren beim Makler.«

»Wieso redet er darüber? Nein, wir wollen nicht verkaufen. Wir wollten den Wert schätzen lassen für eine Hypothek.«

»Tatsächlich?«

»Meine Mutter und ich sind glücklich in der Mühle. Wir können uns keinen schöneren Ort zum Leben vorstellen und freuen uns auf die Rückkehr.«

»Aber eine Hypothek brauchen Sie?«

»Sie sehen, hier ist einiges zu tun.« Sie deutete auf das morsche Holz der Fensterläden.

»Ich helfe Ihnen.« Gemeinsam trugen Sie den Tisch zur Tür. »Schreiben Sie eigentlich auch?«, fragte Ricky. »Als Tochter einer berühmten Schriftstellerin? Ich stelle es mir als einen inspirierenden Ort vor, für einen Katzenkrimi …«

»Ach was, Katzenkrimi. Das Prinzip ist immer gleich. Ein Mord, die Polizei tappt im Dunkeln, die Katze klärt ihn auf.

Dabei kann die Katze selbst in Verdacht geraten, sie wird mit einem dunklen Fleck ihrer Vergangenheit konfrontiert …«

»Ein Hund?«

»Vielleicht musste sie einem Welpen etwas Schreckliches antun.«

Gudrun ging voran in einen schmalen, fensterlosen Raum, in dem früher vielleicht Getreide gelagert wurde. Jetzt stand er voll mit Geräten, sie lehnten den Tisch an eine freie Wand.

»Sie meinen, der Welpe hat Spuren auf den Körpern seiner Opfer hinterlassen? Oder vielleicht Katzenbabys im Mixer, die Mutter hat vierundzwanzig Stunden Zeit –«

»Hören Sie mit dem Versteckspiel auf!« Gudrun lief rot an. »Glauben Sie, ich weiß nicht, dass Sie oben waren? In meinen Manuskripten geschnüffelt haben? Ja, ich habe einige Ideen für Katzen-Thriller. Gute Ideen, glauben Sie mir. Aber hier kriegt man nichts fertig! Hier fallen mir die Balken auf den Kopf!« Ihr Mund verzog sich zu einem höhnischen Grinsen. »Mir scheint, wir haben da etwas gemeinsam. Ihr Lehrer sagt, Sie kommen mit einer Story nicht weiter und sind ein bisschen wirr im Kopf.«

»Das hat er gesagt?«

»Ich glaube, seine Worte waren *überfordert und verrückt*. Schauen Sie sich ruhig um! Wie verfallen alles ist! Drei Mal habe ich beim Denkmalschutzamt eine Erhöhung der Mittel beantragt. Drei Mal hat man uns hängen lassen. Die Bürokraten in Magdeburg sind die Verbrecher, nicht wir! Und jetzt verschwinden Sie!«

Sie scheuchte Ricky zurück zum Vorplatz. Madame de Ronron stand neben dem Smart, auf ihren Blindenstock gestützt, und fütterte unsichtbare Enten.

»Sollte während unserer Abwesenheit hier etwas passieren«, sagte Gudrun, »werde ich aussagen, dass ich ein verstrubbeltes

Mädchen in einem viel zu großen blauen Hemd gesehen habe, das um die Mühle herumschleicht.«

»Was sollte passieren?«

»Und das nicht zum ersten Mal!«

Ricky trat den Rückzug an. Gudrun stand drohend, die Arme in die Hüften gestemmt, neben dem Smart. Sie ging den Hügel hinunter bis zu ihrem Fahrrad und versteckte sich hinter den Büschen. Friedrich hatte in der Zwischenzeit ein paar Mal angerufen. Lieber nicht zurückrufen. Er würde versuchen, sie von dem, was sie vorhatte, abzuhalten. Sie durfte sich aber nicht abhalten lassen. Die Sache war zu wichtig. Sie hatte es im Gefühl, sie stand ganz kurz vor einer wirklich großen –

Der Smart fuhr an ihr vorbei, wirbelte Staub auf, sie hustete und schützte ihr Gesicht mit dem Ärmel. Als sie wieder hochblickte, bog der Wagen in einer Staubwolke auf die Landstraße.

Sie stand auf, schüttelte und klopfte sich, so gut es ging, den Staub von der Kleidung. Ihr Telefon vibrierte – kein Anruf, sondern eine Nachricht.

Wo bist du?

Sie ging den Weg zurück.

Bist du bei Frau Fontane?

Sie ging den Hügel hoch.

Meine Eltern sind heute Abend nicht da.

Ricky rüttelte an der Tür – abgeschlossen.

Gibt noch Witwensekt.

Sie ging um das Haus herum, vorbei an der Terrasse.

Ich vermisse dich.

Da war die Tür zum Abstellraum – so verzogen, dass Gudrun sie nicht richtig hatte abschließen können. Immer wieder war der Riegel aus der Falle gerutscht. Ricky musste sie bloß ein wenig aus den Angeln heben, um –

Ricky?! Wo bist du?!

Sie erkannte Gartenmöbel und Geräte in der Dunkelheit. An der gegenüberliegenden Seite gab es eine weitere Tür.

48.

Herczeg saß am Steg, die Angel in der Hand. Schwarz und still lag das Wasser vor ihr. Die Vögel schwiegen, kein Radfahrer, kein Spaziergänger war unterwegs. Nicht einmal neun Uhr abends war es, eigentlich zu früh. Aber auf der Fahrt hatte sie es am Horizont blitzen sehen, zwischen dunklen Wolkenballungen. Wenn der Regen begann, bevor Valentin auf den Steg kam? Mücken summten, bei ihrer Ankunft hatte sie sich eingesprüht. Trotzdem juckten ihre Fußknöchel.

Spürte er das nahende Unwetter und traute sich nicht aus den Büschen? Sie hatte den Einkaufskorb mitgebracht, mit dem sie samstags zum Markt ging und der einen Deckel hatte – viel Platz war darin nicht, aber für die kurze Fahrt zurück zu ihrem Haus musste es reichen. Sie hatte im Fischgeschäft eine Brasse gekauft, falls sie nicht rechtzeitig etwas fing. Die Angst war unbegründet gewesen; wenige Minuten, nachdem sie den Köder ausgeworfen hatte, hatte eine appetitliche Forelle angebissen. Doch jetzt, über eine Stunde später, hing sie immer noch am Haken. Alle paar Minuten zog Herczeg sie aus dem Wasser, ließ sie einige Augenblicke zappeln, hielt nach grauem Fell und grünen Augen Ausschau und senkte sie wieder in den Fluss. Sie kratzte ihren Nacken. Valentin kam nicht. Etwas war ihm zugestoßen, etwas Fürchterliches. In der Ferne hörte sie es donnern. Nachtschwarze Energie braute sich zusammen, am Himmel, über ihrem Leben … *Komm, lieber Valentin … Bitte komm … Alles geschieht zu deinem Besten … Warm ist es in meinem Haus und trocken … Nie wieder wird dir etwas Böses zustoßen … Ich flehe dich an: Komm!*

Die Forelle zerrte am Haken, Herczeg rollte die Schnur auf, ließ sie in der gewittrigen Luft tanzen. Schuppen glänzten, Wassertropfen spritzten. *Halt durch, liebe Forelle, quäle dich noch ein Weilchen. Ein Haken im Maul ist kein* Vergnügen, *aber eine wie du liegt in jedem* Kühlregal. *Dein Tod rettet ein einzigartiges, unendlich kostbares Leben!*

Schon wollte sie den Fisch wieder ins Wasser lassen, da sah sie im Augenwinkel eine Bewegung: Ihr Herzschlag setzte aus. Wie schön er war! Schwanz und Ohren waren aufgestellt, er leckte in hungriger Erwartung sein Mäulchen! Er kam zu ihr, rieb sich an ihrem Bein. Sie wollte ihn kraulen, hochheben, liebkosen – aber nein, er wartete auf seinen Fisch! Hektisch holte sie den Fang ein. Lieber, lieber Valentin, alles wird nun gut! Sie musste zu einer List greifen, schweren Herzens, aber anders ging es nicht. Fahrig riss sie den Fisch vom Haken und warf ihn in den Korb. Einen Moment war Valentin unsicher, das hatte sie noch nie gemacht. Aber er vertraute ihr, er hatte Hunger, lustig zappelte die Forelle im Korb. Er sprang hinein, sie drückte den Deckel zu und band die Schlaufe fest.

Sie schloss die Augen. Sie hörte ihn einige Augenblicke mit der Forelle kämpfen. Dann begriff er, das etwas nicht stimmte. Er miaute und kratzte gegen den Deckel. Keine Sekunde länger als nötig durfte sie ihn dieser Folter aussetzen! Sie warf ihre Jacke über den Korb – manche Tiere, hatte sie gehört, ließen sich durch Dunkelheit beruhigen – und trug ihn zum Lastenrad. Hastig packte sie Angel und Klappstuhl zusammen, im Korb tobte Valentin.

Halte durch, Geliebter.

Sie setzte sich aufs Rad und trat in die Pedale. Nach wenigen hundert Metern schlug ihr Herz bis zum Hals, ihre Bluse war schweißnass. Sie hätte mit dem Auto kommen sollen, wenigstens bis zur Brücke. Doch jetzt war es zu spät, sie musste einen Umweg fahren, weiter am Fluss, dann auf Schleichwegen durchs Malerviertel, in dem sie keiner kannte und in dem – hoffentlich – niemandem der Lärm im Korb auffiel.

»Noch zehn Minuten!«, rief sie nach hinten.

Dreizehn Minuten Fahrt und vier Minuten nervenzerrüttendes Warten an einer Bahnschranke später erreichte sie ihr Haus. Sie schob das Lastenrad zur Garage, durchgeschwitzt, außer Atem, aber erleichtert. Im Korb war alles ruhig, wahrscheinlich fraß Valentin die Forelle. Sie nahm den Korb von der Ladefläche. Da sah sie im Hauseingang einen Schatten. Eine Zigarette glimmte in der Dunkelheit.

»Hallo, Frau Herczeg.«

»Guten Abend, Herr Schrader.«

»Habe ich Sie erschreckt?«

»Ich erwarte so spät keine Besucher.«

»Erfolg beim Angeln gehabt?«

»Bei niedrigem Luftdruck beißen die Fische schlecht.«

Schrader sog an seiner selbstgedrehten Zigarette, Haschischgeruch waberte durch den Garten. Von der Garage fiel Licht auf sein eingefallenes, übernächtigtes Gesicht. »Ich werde erpresst, Frau Herczeg. Auf eine vollkommen widerliche Weise.«

»Gehen Sie zur Polizei.«

»Wer in diesem Land der Polizei traut, ist erledigt.« Er schüttelte den Kopf. »Bald werde ich Geld haben, viel Geld, aber es dauert noch etwas. Ein wenig brauche ich heute. Spätestens morgen Mittag. Den ganzen Abend laufe ich durch die Stadt, mein Kopf fiebert, wie komme ich aus der Situation heraus? Ein Kredit, Frau Herczeg. Dreißigtausend Euro. Sie sind die Letzte, die mich retten kann.«

Sie hielt seinem flackernden Blick stand und fragte sich, ob er das ernst meinte. Sie hatte nie viel von ihm gehalten. Ein Halodri war er, der seinen Beruf nicht ernst nahm, der die Schüler duzte und sich duzen ließ, der nichts wollte als beliebt sein, ohne Anstand und Moral.

»Wir waren oft nicht einer Meinung«, sagte er, als lese er ihre Gedanken. »Und Sie haben recht. Ich war oft zu idealistisch, wollte in allen Menschen nur das Gute sehen. Ich wollte der Gute sein. Aber in der Welt, in der wir leben, ist das gefährlich. Gutmensch, schlimmstes Schimpfwort unserer Zeit.« Er blickte auf den Korb in ihrer Hand. Blut tropfte heraus. »Anscheinend haben Sie doch etwas gefangen.«

»Eine Forelle, weiter nichts.«

Es rüttelte im Korb.

»Scheint noch recht lebendig zu sein, Ihre Forelle.« Es fauchte und kratzte. »Erstaunliche Geräusche macht sie.«

»Eine Tigerforelle.«

»Lügen Sie nicht! Was lügt ihr alle?! Kann ich einmal im Leben von Frauen nicht verarscht werden?!« Schrader warf seine Zigarette in die Hortensien und kam auf sie zu. Er beugte sich hinunter und linste durch das Weidengeflecht. »Das ist ja spannend …«

»Er ist mir zugelaufen.«

»Wo?«

»An meinem Angelplatz.«

»Weiß Frau Fontane davon?«

»Ich wollte ihn gerade zurückbringen.«

»Warum sind Sie nicht direkt zu ihr gefahren? Warum tischen Sie mir Lügen über Forellen auf?« Er griff nach dem Henkel. »Wissen Sie was? Ich bringe ihn Katja vorbei.«

»Lassen Sie den Korb los.«

»Sie freut sich bestimmt.«

Sie riss am Henkel, er hielt fest. Der Kater spürte die Gefahr, miaute und kratzte.

»Sie lassen los und verschwinden von meinem Grundstück. Oder ich rufe die Polizei.«

»Ich glaube nicht, dass Sie das tun.«

»Denken Sie, ich weiß nicht, was hier los ist? Ich habe Augen. Ich kenne die Gerüchte. Der beliebte Lehrer, der es an keiner Schule länger als zwei Jahre aushält? Aber plötzlich wehrt sich jemand. Dreht den Spieß um. Ich habe das Mädchen immer unterschätzt. Ich fange an, sie zu bewundern.«

»Ranzige Fantasie einer alten Frau.«

»Für ihre Erpressung wünsche ich Caroline alles Gute.«

Schrader riss ihr den Korb aus den Händen. Er ging zum Gartentor, Valentin randalierte. Herczeg lief ihm nach, umklammerte den Korb. Schrader fuhr herum, sie sah seine Faust zu spät.

49.

Ricky leuchtete mit ihrem Telefon durch die Wohnstube. Alles war sorgfältig gewischt, gespültes Geschirr stand im Abtropfgitter. Wer machte sich so viel Mühe, wenn er die Mühle ohnehin abfackeln wollte? Vermutlich Teil des Betrugs. Wenn Sachverständige in den Trümmern stocherten, würden sie verrußtes Geschirr finden, das im Abtropfgitter stand. Gartenmöbel, die die Bewohner gewissenhaft in den Abstellraum gebracht hatten – bevor sie, in aller Unschuld, für ein paar Tage in den Harz gefahren waren.

Kein Laut, keine Bewegung. Der Lichtstrahl fuhr die Fotos und Regale entlang. Soweit sie erkennen konnte, hatte sich nichts seit ihrem letzten Besuch verändert. War da eine Lücke im Nippesregal, zwischen Katzenvase und Katzen-Spieluhr? Möglich, aber vielleicht war die auch letztes Mal schon dort gewesen. Ricky hätte bei ihrem letzten Besuch Fotos machen sollen, unprofessionell.

Katzenautorin fackelt Mühle ab! Die Story würde sie im ganzen Land bekannt machen. Brandstiftung war nicht so einfach, wie man es sich vorstellte, darüber hatte sie gelesen. Sachverständige fanden selbst in vollkommen niedergebrannten Gebäuden Beweise für den Betrug. Aber müsste sie hier nicht, wenn schon keinen Zeitzünder oder Benzinkanister, irgendetwas finden? *Kommt mit einer Story nicht weiter … Überfordert und verrückt.* So tief war sie also in Schraders Achtung gesunken.

Sie ging die Treppe hoch, Stufen knarrten, Schatten tanzten. Auch im Schlafzimmer sah sie nichts Auffälliges. Die Betten waren so sorgfältig gemacht wie beim letzten Mal. Die Luft war stickig, es roch nach Holz und Mottenpulver … Aber nicht nach Benzin oder Spiritus.

Mit wachsender Unruhe stieg sie weiter hoch. *Renitentes Mädchen bricht in Mühle ein!* Wenn Schrader recht hatte? Wenn sie sich in eine blödsinnige Fantasie hineinsteigerte und es wirklich nur um eine Hypothek ging? Auf halber Höhe blieb sie stehen und schaltete die Taschenlampe aus. Täuschte sie sich, oder drang von oben ein schwacher, gelblicher Schein? Sie stieg ins Arbeitszimmer hinauf. Sah den Stuhl, den Tisch, die Regale mit den Büchern – und den Grund für die Lücke unten im Nippesregal. Die Kerzenuhr brannte. Auf dem Schreibtisch stand sie, in einem Haufen zerrissener und zerknüllter Manuskripte. Ricky ging näher heran: Eine Vier-Stunden-Kerze war zu ungefähr zwei Dritteln heruntergebrannt. Der Metallstift am Kerzenfuß hätte eigentlich auf den Schwanz der Katze fallen und ein Glöckchen klingen lassen müssen. Stattdessen war er mit einer Zündschnur verbunden, die sich zwischen locker geschichteten Manuskriptblättern verlor. Sogar Holzwolle hatte jemand dazwischen gestreut, damit sich das Feuer leichter ausbreiten konnte. Die Falltür zur Mühlen-Haube stand offen, die Flammen würden genug Luft bekommen, um hochzulodern, die Bücher und Regale in Brand zu setzen, das Gebälk. Und wenn später ein Sachverständiger, vergraben in Schutt, eine Kerzenuhr in Katzenform fand, die schon seit Jahren zwischen anderem Katzenkitsch gestanden hatte … Was sollte das beweisen? Ricky atmete durch, alle Angst fiel von ihr ab. *Je näher du rangehst,* ums*o besser d*ie Stor*y.* Sie war so nahe, wie man einer Story sein konnte – die Flamme brannte vor ihrem Gesicht! Sie musste nur tief Luft holen, um – was? Die Flamme auszublasen? Die Mühle zu retten, ihre Story zu begraben?

Ein leichter Luftzug wehte durch die Ritzen der vernagelten Fenster, bewegte die Flamme, aber löschte sie nicht. *Ein Journalist macht sich nicht mit einer Sache gemein, auch nicht mit einer guten,* das hatte ein anderer Journalist gesagt. Was war mit einer schlechten Sache? Wenn sie die Flamme brennen ließ, wenn sie einfach gar nichts tat – wurde sie gemein mit der schlechten Sache? Alles verwirrte sich, Schlagzeilen und Zitate tanzten durch ihr Hirn, sie sackte auf den Stuhl und starrte auf die Flamme.

Leichtsinnige Möchtegern-Journalistin verbrennt in Mühle! Von unserem Korrespondenten Nazim Al-Hajjar.

Das durfte nicht passieren. Sie war jung, sie hatte ihr Leben vor sich. Aber egal, wie sie sich entschied – sie war Gefangene ihrer Story. Es gab keinen Weg hinaus.

Eine Möglichkeit gab es, dunkel und radikal, sie bebte bei dem Gedanken. Journalisten lebten gefährlich. Die wirklich guten, die sich durch nichts schrecken ließen, die den entscheidenden Schritt weitergingen als ihre Kollegen – die starben jung. Manche verschwanden, unter nie geklärten Umständen. *Quatsch, Ricky. Martha Gellhorn ist neunundachtzig geworden.* Sie war aber nicht Martha Gellhorn. Sie saß in einer maroden Mühle und hatte zwei schlechte Möglichkeiten. Oder sie konnte ihre verbleibende Zeit nutzen und eine Reihe rätselhafter Nachrichten absenden: *»Ich fühle die Terroristen kommen, sie sind nahe«, »Ich gebe mein Leben für eine Sache, die größer ist als ich«, »JZ6*^{2}*H*^{3}*00Sμ – der Code darf nicht in falsche Hände fallen«* … Wenn ihre verkohlte Leiche geborgen wurde, würden sich Spekulationen um ihren Tod ranken. Wer hatte ein Interesse an ihrem Tod? Was wussten die Geheimdienste? Was bedeutete: *»Sag Barack, ich verzeihe ihm«*? Aus Spekulationen wurden Legenden. Aus Legenden wurde eine achtteilige

Netflix-Doku. Vielleicht verlieh man ihr posthum den Deutschen Journalistenpreis. *Schwachsinn, Ricky. Blas die verdammte Flamme aus und fahr nach Hause!*

Sie konnte nicht. Ihr Wille war gelähmt. Sie kauerte sich unter den Schreibtisch und las die letzten Nachrichten von Friedrich. »*Ich vermisse dich.*« Jetzt vermisste sie ihn auch, und wie sie ihn vermisste! Sie schloss die Augen und stellte sich vor, dass das hier alles nicht passierte. Draußen knackten die Mühlenflügel. Über ihr knisterte der Docht.

50.

Katja saß im Thai-Imbiss in der Augustabreite, stocherte in einem Papaya-Salat mit Erdnüssen und hielt den Hauseingang in der Magdalenenbreite im Auge. Sie kannte Schraders Wohnung, ein lichtdurchflutetes Dachgeschoss mit Blick über die Altstadt. Gemietet für einen Spottpreis von einer Witwe, der Schrader vermutlich … Oh nein, er hatte ihr nichts versprochen. Er hatte sich schon gar nicht verpflichtet. Ein Augenzwinkern, die Andeutung einer Möglichkeit, auch er lebe allein und fühle sich oft einsam …

Wenn Schrader auftauchte, hatte sie verschiedene Möglichkeiten. Sie konnte ihn stellen, ohne Umschweife mit der Wahrheit konfrontieren – vor allem mit dem Anruf, den sie vor knapp einer Stunde bekommen hatte und der sie mehr schockiert hatte als alle Telefonate davor. Wie würde er reagieren? Schuld bekennen, Reue zeigen? Bestimmt nicht. Er war doch der Schrader! Der lockere Kumpel, überall beliebt – vor allem derjenige, der immer und in allem auf der moralisch richtigen Seite stand. Erdnüsse knackten zwischen ihren Zähnen, sie empfand die Unwirklichkeit der Situation. Ein Mann, den man vier Jahre lang fast täglich sieht. Mit dem man joggt, über Kollegen tratscht, im Internet nach Opernkarten sucht. Mit dem man nicht immer einer Meinung ist, weiß Gott nicht … Aber den man einigermaßen zu kennen glaubt. Wir kennen einen Menschen nie wirklich, dachte sie. Wir kennen bestenfalls die Fassade hinter der Fassade. Und schwerer zu durchschauen als jede Lüge sind die Halbwahrheiten, Dreiviertelwahrheiten, die jeder glaubt – auch glauben möchte, weil sie entlasten.

Vertrauen heißt, dass man nicht genauer hinschaut. Schon gar keinen Dreck aufwirbelt. Keinesfalls möchte man einen Unschuldigen an den Pranger stellen. Und es geht auch um die Institution, nicht wahr? Kein Wunder, dass kaum noch jemand Lehrer werden will, so angekratzt, wie das Image ist. Wenn jetzt auch noch schmutzige Geschichten ans Licht gezerrt werden … Katja hatte sich regelmäßig über die Bigotterie der katholischen Kirche aufgeregt, die ehrbaren Priester, die geräuschlos von einer Gemeinde in die andere, von einem Kinderheim ins nächste versetzt wurden oder, noch geschickter, spürten, wann es Zeit war, zu wechseln. Nichts konnte weiter davon entfernt sein als ein humanistisches Gymnasium – oder? Was war der Unterschied zwischen einem Priester mit seinem Geschwafel von Sünde und Verdammnis – und Enno mit seinen Predigten gegen Kapitalismus und Ausbeutung?

Sie vermisste Axel. Seine Ruhe hätte ihr jetzt geholfen, seine Klarheit. Er war heute in Wittenberg, bekam eine neue Prothese angepasst, mit einem besseren Fußgelenk; erst in der Nacht würde er zurückkommen. Aber telefoniert hatten sie, gleich auf dem Rückweg von Krugmeyer. Er hatte sie vor Schrader gewarnt, vor Menschen, die gefährlich werden, wenn ihre Lebenslüge bedroht ist. »Klingt, als hättest du Erfahrung«, hatte sie gesagt, mehr im Scherz. »Ja, habe ich«, hatte er ernst geantwortet. Ihr war wieder mal bewusst geworden, wie wenig sie über diesen Mann wusste, obwohl sie sich seit einigen Wochen fast täglich sahen. Aber, und das war der Unterschied: Sie wusste, dass sie über Axel wenig wusste. Er war authentisch, auch in den Dingen, über die er schwieg. Während Enno –

»Katja!« Hannah Gödicke stand strahlend vor ihrem Tisch. »So eine Überraschung! Was isst du da? Nummer 79? Ich brauche Ente. Eigentlich bin ich Veganerin, aber nach dem Badminton brauche ich das. Was trägst du für eine schicke Sonnenbrille? Zeig mal, man erkennt dich gar … Oh mein Gott.«

»Sieht schlimmer aus, als es ist.«

»Wer hat das gemacht?«

»Ich selbst.«

»Katja, sag mir die Wahrheit.«

»Bitte glaub mir –«

»Alles, was du an Ausreden vorbringst, kenne ich.« Sie setzte sich an den Tisch, rückte dicht heran und fasste Katjas Hand. »Ich habe in einer toxischen Beziehung gelebt, jahrelang. Ich habe zwei Therapien gebraucht, um mich davon zu befreien.«

»Ich habe mich an einer Bettkante gestoßen.«

»Bettkante, Türrahmen, Trittleiter, habe ich alles hinter mir. Wie vielen hast du diese Geschichte erzählt?«

»Nur dir.«

»Sie zwingen uns zu lügen. Sie zwingen uns, die Schuld bei uns selbst zu suchen.« Katjas Telefon klingelte. »Ist er das? Geh nicht ran. Lass es klingeln! Er entschuldigt sich. Es tut ihm leid, es kommt nicht wieder vor, immer die gleiche Leier. Bis er den Spieß umdreht: Du hast ihn provoziert. Du hättest dies oder das nicht sagen sollen. Du hattest das falsche Kleid an oder die falsche Frisur … Täter-Opfer-Umkehr, ein perfides Spiel. Ich habe Jahre gebraucht, es zu durchschauen.«

»Ente 122 zum Mitnehmen«, rief es von der Theke.

»Wie bist du hier?«, fragte Hannah.

»Mit dem Rad.«

»Ich fahre dich nach Hause.«

»Das musst du nicht.«

»Mein Auto steht da vorn, es ist kein Problem. Das da« – sie zeigte auf Katjas Stirn – »ist erst der Anfang.« Sie ging zur Theke.

Und dann sah Katja Schrader kommen – fast allein auf der Augustabreite, auf der sich tagsüber die Menschen drängten. In der Hand hielt er einen Korb, als komme er vom Einkaufen. Aber dafür hatte er seine Hanfbeutel. Er wirkte nervös, und was immer er in dem Korb transportierte, schien einige Kilo zu wiegen.

Hannah kam zurück und stellte die Plastiktüte mit der Aluminiumschachtel und ihre Handtasche auf den Tisch. »Ich geh noch schnell für Angorakätzchen, dann fahren wir. Keine Widerrede!« Sie ging zu den Toiletten, drehte sich um und krähte: »Nicht du bist das Problem – er ist das Problem!«

Schrader blieb vor seinem Hauseingang stehen. Er schaute auf den Korb, offenbar unschlüssig, was er tun sollte. Übernächtigt sah er aus, als habe er die letzten Tage kaum geschlafen. Er ging auf die andere Straßenseite, dort stand sein vw-Bus. Katja wollte aufspringen, aber es war zu spät. Schon hatte er die Tür aufgeschlossen und stieg er ein.

Gödicke war noch auf der Toilette. Ihre Handtasche stand auf dem Tisch …

51.

Katja sah die Rücklichter und gab Gas.

Nicht du bist das Problem – er ist das Problem!

Wie recht Hannah hatte. Schöner Wagen, übrigens. Klein, aber kraftvoll, viel mehr Platz im Innenraum als in ihrem Polo. Auch die Gestaltung der Armaturen fand sie gelungen, man fand sich sofort zurecht. Und ihre Vorbehalte gegen Automatikgetriebe hatten sich nach wenigen Kilometern erledigt.

Der vw-Bus verließ die Stadt Richtung Sonderswerda, sie folgte ihm in sicherem Abstand. Sie hatte keinen Plan, trotzdem fühlte sie sich seltsam euphorisiert. *Täter-Opfer-Umkehr, ein perfides Spiel.* Nicht mit mir, Enno.

Sie schaltete das Radio ein. Satter Klang, kein Vergleich zum Polo. Der Nachrichtensprecher berichtete von einer Rebellenoffensive in Afrika und der Schlechtwetterfront, die sich dem Salzlandkreis näherte. Vorn bremste der vw-Bus, sie schaltete das Radio aus.

Der Bus hielt vor dem eingefallenen Tor einer ehemaligen Kiesgrube. Katja fuhr daran vorbei, gerade so langsam, dass sie etwas erkennen konnte, ohne dass es auffiel. Sie sah Enno neben einem Bauwagen stehen, mit einem dicken, jungen Mann in Uniform. Enno redete auf ihn ein, Katja sah sie im Rückspiegel, schon war sie zu weit entfernt, um in der Dunkelheit etwas zu erkennen. Sie fuhr noch ein Stück, hielt am Straßenrand und schaltete den Motor aus.

Ihr Telefon klingelte – Gödicke, zugegeben, die Situation war unerquicklich. Aber die Handtasche hatte offen gestanden, die Autoschlüssel hatten wie eine Aufforderung geblinkt. Und hätte sie die Handtasche unbewacht im Imbiss stehen lassen sollen? Für langes Abwägen war keine Zeit gewesen. Und wenn Enno wirklich der war, für den Katja ihn hielt, wenn es ihr gelang, sein Lügengebäude in die Luft zu sprengen – dann würde Hannah ihr verzeihen.

Aufblendendes Licht, Blinker, Enno war wieder losgefahren, der vw-Bus kam näher und überholte sie. Katja startete den Motor und folgte ihm. Sie waren nahezu allein auf der Landstraße, schlecht für die Verfolgung. Wieder klingelte das Telefon, wahrscheinlich Gödicke – nein, Herczeg. Erstaunlich, wer sie heute Abend alles anrief. Vorn bog der Wagen ab, auf eine Verbindungsstraße Richtung Westen. Katja kannte die Gegend nicht, und auch auf dieser Straße war kaum Verkehr; ein Wagen, der ihm folgte, musste Enno früher oder später auffallen. Sie schaltete das Abblendlicht aus und hielt Abstand. Dichte Wolken verdeckten den Mond, mit Mühe hielt sie den Wagen auf der Straße. Fast war sie erleichtert, als sie vorn Bremslichter sah und am Straßenrand halten konnte.

Der vw-Bus hielt neben einem teuren Wagen, Audi oder Mercedes. Enno stieg aus, sprach durch das Fenster mit dem Fahrer. Wieder klingelte ihr Telefon, wieder Hannah. Wahrscheinlich nicht nur wegen ihres Wagens, sondern auch wegen der Wohnungsschlüssel. Katja schaltete ihr Telefon stumm und steckte es ein. Sie sah ja ein, dass das alles ungünstig war. Und sie hatte keine Ahnung, wie lange das hier noch dauern würde. Schokolade wäre jetzt gut gewesen oder Lakritz. Sie öffnete Hannahs Handtasche: Schminketui, Tempotücher, Pfefferspray – und Citalopram, Fluoxetin, Venlafaxin, Moclobemid, genug, um das halbe Kollegium von Depressionen und Angstattacken zu therapieren. Katja hatte es immer geahnt.

So viel Stuss reden, nichts auf die Reihe kriegen – und dabei immer aufgekratzt und rote Bäckchen. Merkte Hannah nicht, dass niemand sie ernst nahm? Dass die Schüler hinter ihrem Rücken grinsten? Bestimmt merkte sie es. Also schluckte sie ein paar Tabletten extra und machte weiter, so gut sie konnte.

Enno gestikulierte. Er schien mit dem Fahrer des anderen Wagens zu streiten. Katjas Fenster war heruntergelassen, hin und wieder wehte seine Stimme herüber, aber auf die Entfernung verstand sie kein Wort. Was war das? Hielt er eine Schusswaffe in der Hand? Er beugte sich ins Fahrerfenster, sie sah nur seinen Rücken. Er richtete sich wieder auf, stand einen Moment still. Sie musste sich getäuscht haben, einen Schuss hätte sie gehört, auch auf die Entfernung. Enno ging zurück zu seinem Bus. Er schlug mit der Faust gegen die Tür, trat gegen die Reifen, über irgendetwas war er wütend. Enno, das Opfer. Die ganze Welt war gegen ihn. Er hatte einen Hang zur Larmoyanz. Schuld waren immer andere oder das System, aber nie er selbst. Auch ein Charakterzug, den Katja immer schon bemerkt, aber vermutlich nicht ernst genug genommen hatte. Ein Feuerzeug flammte auf, ein roter Punkt glühte, wahrscheinlich ein Joint.

Er setzte sich in den Bus und startete den Motor. Erster Versuch, zweiter Versuch, Pause, dritter Versuch … Enno wendete, fuhr in hohem Tempo an Katja vorbei. Sie bekam den Rückwärtsgang nicht rein und setzte den Wagen fast in den Graben. Als sie endlich anfuhr, sah sie den Bus nicht mehr. Nur weiße und rote Lichter, links und rechts auf der Landstraße. Wohin war er gefahren? Zurück Richtung Aschersburg oder weiter Richtung Norden? Wütend schlug sie aufs Lenkrad.

Sie nahm ihr Telefon wieder heraus. In den letzten zehn Minuten fünf Anrufe von Hannah, drei von Herczeg, zwei von Axel. Irgendetwas passierte in ihrer Abwesenheit, worum sie sich jetzt nicht kümmern konnte. Sie musste wissen, wo Enno hinfuhr. Sie konnte ihn anrufen. Aber um diese Uhrzeit brauchte sie eine halbwegs glaubhafte Ausrede. Neben ihr stand Hannahs offene Handtasche. Keine Schokolade, kein Lakritz. Aber –

Sie wählte. Es klingelte eine Weile, bis er abnahm. Sie hörte Motorengeräusch, er musste noch auf der Landstraße sein.

»Enno, wo bist du?«

»Ist das wichtig?«

»Ich sitze in Hannahs Auto. Sie wollte sich etwas antun.«

»Was habe ich damit zu tun?«

»Enno, bitte …«

»Kann es einmal um meine Probleme gehen?! Kann ich einmal nicht für alle der Hampelmann sein?! Sorry, Katja … Hab gerade einen Anruf bekommen, muss zwei Frauen einen Gefallen tun.«

»Zwei Frauen gleichzeitig?«

»Deine Fantasien …« Sie hörte die Kupplung schleifen.

»Entschuldige. Ich weiß, du bist immer da, wenn man Hilfe braucht.«

»Allerdings. Und weißt du was? Es kotzt mich an.«

Ennos Wagen bremste, sie hörte den Blinker.

»Was hast du für Probleme, Enno?«

Reifen fielen in Schlaglöcher, der vw-Bus knarzte und klapperte.

»Du hast gesagt: ›Kann es einmal um meine Probleme gehen?‹ Was ist los?«

Enno schwieg. Sie hörte ihn atmen. Würde er ihr gleich alles gestehen?

»Ach, leckt mich alle!« Er legte auf.

So hatte sie ihn noch nie erlebt. Sie wusste immer noch nicht, wohin er unterwegs war. Nur dass er auf einen unbefestigten Pfad eingebogen war, nicht allzu weit entfernt. *Ich muss zwei Frauen einen Gefallen tun* … Sie hatte eine Ahnung.

52.

Verbrennen ist kein schöner Tod. Wobei die meisten Opfer nicht in den Flammen sterben, sondern vorher durch Rauchvergiftung. Und bevor sie ersticken, verlieren sie das Bewusstsein, wegen des Kohlenmonoxids. Und das, hatte Ricky gelesen, ist schmerzlos, sogar angenehm.

Noch war es nicht so weit. Noch brannte die Flamme der Kerzenuhr, hier und da knackte es im Gebälk, wisperte es, als hielte die Mühle den Atem an vor dem Inferno. Ricky konnte immer noch aufstehen und die Flamme löschen. In gewisser Weise war es das Vernünftigste. Aber mit der Flamme würde sie auch ihre Story löschen, ihre Zukunft, ihr Leben. Also war Vernunft keine Option. Sie war gefangen in einem Zustand jenseits von Vernunft und Unvernunft, Denken und Handeln. Ihr Telefon hatte vibriert, sie hatte es, in einem letzten Aufflackern von Aktivität, ausgeschaltet und damit die letzte Brücke nach draußen abgebrochen. Wie lange, bis die Flamme den Metallstift und die Zündschnur erreichte? Wenn die Markierung in der Kerze korrekt war, eine dreiviertel Stunde. Eine dreiviertel Stunde blieb, damit etwas Unmögliches passierte – das die Mühle rettete und ihre Story. Zum ersten Mal war sie versucht, auf Gott zu hoffen. Kitsch? Welche andere Hoffnung hatte sie?

Die Flamme knackte, Wachs tropfte hinunter. Vierzig Minuten, höchstens …

Da! In der Ferne hörte sie etwas, Motorengeräusch. Sie hielt den Atem an, ihre Sinne schärften sich. Es war derselbe röchelnde Motor, den sie von hier oben schon einmal gehört hatte, ziemlich sicher. Er wurde ausgeschaltet.

Sie hörte das Schlagen der Vordertür, das Aufschieben der Seitentür. Sie kannte nur eine Seitentür, die so klapperte. Sie hörte Schritte. Drehen eines Schlüssels im Türschloss. Ein Luftzug bewegte die Kerzenflamme und die Schatten an den Wänden. Für einen Moment schien es Ricky, als nähmen sie die Form von Katzen an, sie bildete sich sogar ein, ein Miauen zu hören. Die Flamme war wieder still, die Schatten bewegten sich nicht mehr. Nichts hörte sie als Schritte unten in der Wohnküche und das Fluchen von Schrader.

Sie horchte, alles war wieder still. Sie kroch vom Schreibtisch zur Treppe, lugte nach unten, aber sah und hörte nichts. Sie musste runter gelangen, aber lautlos. Stufe für Stufe kroch sie hinunter, auf allen Vieren, um ihr Gewicht zu verteilen. Sie war im Schlafzimmer. Unten hörte sie Schritte, hin und her, hin und her. Vorsichtig kroch sie weiter, bis sie, geschützt von der Dunkelheit des Schlafzimmers, nach unten schauen konnte.

Schrader stand an der Spüle und drehte eine Tüte, so wie Mirko vor wichtigen Klausuren. Auf dem Tisch stand ein Einkaufskorb. Schrader suchte in seinen Taschen, wahrscheinlich nach einem Feuerzeug oder Streichhölzern. Er suchte in den Schubladen und Regalen, fluchte, der Korb bewegte sich. Schrader zischte: »Hör einfach mal auf zu nerven.«

Schrader entzündete eine Flamme im Gasherd und daran den Joint. Er inhalierte ein paar Züge, schnell, tief, dann setzte er sich an den Tisch. Er beugte sich vor, blies eine Rauchwolke in den Korb und grinste. Fauchen, Kratzen, Schrader lachte, sein Lachen gefiel Ricky nicht, es gefiel ihr überhaupt nicht …

Der Korb kippte um und schlingerte zum Tischrand. Er stürzte auf den Stuhl, von dort auf die Fliesen, der Riemen riss auf … Eine Katze kam heraus, grau, mit einem weißen Fleck auf der Stirn und rotem Halsband. Valentin? Unmöglich! Aber es konnte nur er sein, es gab keine zweite Katze wie ihn. Er schüttelte sich, blinzelte und blickte sich um.

»Was soll ich machen?«, fragte Schrader. »Sag es mir: Was soll ich mit dir machen?«

Valentin sprang auf den Spültisch, kratzte am Fensterrahmen. Katzen erinnern sich ihr Leben lang an den Ort, an dem sie geboren und aufgewachsen sind. Er suchte unter der Spüle, wahrscheinlich hatte es dort früher Futter gegeben. Er schnupperte, schabte und miaute. Schrader sog an seiner Tüte und grinste. Valentin musterte ihn, er misstraute diesem Mann. Völlig zu Recht – Ricky hatte ihn noch nie so gesehen.

»So viel Stress, so viele Tränen«, flüsterte Schrader. »Für einen kleinen Scheißer wie dich.«

Er streckte den Arm aus, als wolle er ihn füttern. Valentin sprang auf den Stuhl, den Tisch, kam näher und schnupperte an Schraders Hand. Schrader packte ihn, wollte ihn zurück in den Korb zwängen. Valentin kratzte und biss zu, Schrader schrie, taumelte, sein Hemd färbte sich am Unterarm rot. Valentin sprang auf eine Sackhalterung, ins Nippesregal, Schrader warf mit Tellern und einer Pfanne nach ihm. Das Regal krachte hinunter, Valentin machte einen Satz auf die Treppe …

»Drecksvieh! Du Drecksvieh!«

Eine Vase zerbarst auf der untersten Treppenstufe, Valentin sprang hoch, dicht an Rickys Gesicht vorbei, sein Fell streifte ihre Stirn. Er sah sie und machte einen Satz auf den Mühlstein. Sein Schwanz peitschte hin und her, er ließ sie nicht aus den Augen.

Schrader hielt seinen blutenden Arm. Sein Gesicht war weiß vor Wut, vor der Spüle lag der zertretene Joint. »Was wollt ihr alle von mir?! Was wollt ihr?!«

Scheinwerferlicht wischte von draußen über die Fenster. Ein zweiter Wagen kam den Hügel hoch. Schrader wimmerte. Ricky hörte das Öffnen einer Wagentür, Schritte kamen näher, sie zog sich zurück. Hinter ihr saß Valentin auf dem Mühlstein, sein Schwanz schlug, die Augen funkelten.

53.

»Hallo?«, rief Katja.

Die Haustür stand halb offen, Licht drang heraus. Aber niemand antwortete. Auch oben, hinter den vernagelten Fenstern schien ein Licht zu brennen, allerdings so schwach, sie konnte sich täuschen. Warum waren die Fensterläden geschlossen?

»Ist jemand hier?«

Keine Antwort.

Sie trat über die Türschwelle und sah Schrader am Tisch neben dem Herd sitzen, inmitten einer verwüsteten Küche. Zersplitterte Tassen und Teller waren auf dem Boden verstreut, ein Regal war aus den Haken gebrochen, darunter lag zerbrochener Krimskrams aus Glas und Porzellan. Neben dem Tisch lag der umgestürzte Einkaufskorb. Schraders rechter Hemdsärmel war blutig, mit zitternden Händen drehte er einen Joint.

»Was ist hier passiert?«, fragte sie.

Er zuckte zusammen und blickte auf. »Du?«

»Wieso blutest du?«

»Verfolgst du mich oder was?«

»Vor einiger Zeit sind wir uns in der Mühlgasse begegnet, erinnerst du dich? Du Arm in Arm mit einer der Frauen, die hier wohnen.«

»Provinznest, jeder kennt jeden, jeder kontrolliert jeden … Ich hasse es.« Er spuckte einen Tabakrest aus.

»Wieso blutest du?«, fragte sie.

»Erzähl mir lieber, was mit deiner Stirn passiert ist.«

»Ein Unfall, schwillt schon wieder ab.«

Schrader lehnte sich zurück und versuchte ein lockeres Lächeln. »Gudrun, die ich flüchtig von einer Demo kenne, ist mit ihrer Mutter ein paar Tage in den Harz gefahren. Vorhin bekam ich einen Anruf, sie hat ein ungutes Gefühl und bittet mich, nach dem Rechten zu sehen. Mit gutem Grund, wie du siehst. Offenbar gab's einen Einbruch, ich habe mich an den Scherben geschnitten.«

»Du hast schon besser gelogen.«

»Mein Unfall, dein Unfall. Belassen wir's dabei.« Er ging zum Gasherd, zündete sich den Joint an. Er schloss die Augen, nahm einen tiefen Zug und stützte sich auf den Herd.

»Was, Enno, ist so schlimm an der Wahrheit?«

»Ihr mit eurer Spießerwahrheit. Reaktionär, kotzt mich schon lange an.« Er hielt ihr den Joint hin.

»Du weißt, dass ich nicht rauche.«

»Das ist dein Problem. Katja, die Kühle. Die Kontrollierte. Immer Herrin der Situation, bloß nicht loslassen.«

»Hattest du Sex mit Caroline?«

»Heilige Scheiße …«

»Ist sie von dir schwanger?«

»Eifersucht, ich halt's nicht aus …«

»Ich habe ein paar Dinge über dich rausbekommen, Enno. Die ich früher hätte wissen können, wissen müssen. Du hast eine Ex-Frau mit drei Kindern sitzen lassen. Du arbeitest Teilzeit, weil sie dein Gehalt für die Alimente pfändet. Ist natürlich auch gut fürs Image. Der beliebte, lockere Lehrer, dem Geld scheinbar nichts bedeutet.«

»Wieso seid ihr alle auf mich neidisch?«

»Sie hat sich von dir getrennt, weil du ein Verhältnis mit einer Schülerin hattest. Nicht die erste Schülerin. Und nicht die letzte. Junge Mädchen, die Versetzung ist gefährdet. Sie haben Angst vor den Eltern, der Zukunft. Der gutaussehende Vertrauenslehrer setzt sich ein …«

»Ich zwinge niemanden.«

»Du hattest Macht über die Mädchen, du musstest sie nicht zwingen.«

»Macht ist eine Funktion von Kapitalinteressen. Sehe ich aus wie ein Kapitalist?« Er rauchte und entspannte sich langsam. Haschischrauch waberte durch die Küche.

»Ich habe mit Heike Bromstedt aus Salzgitter gesprochen«, sagte Katja. »Ohne dich, sagt sie, würde sie heute nicht studieren. Als Einziger hast du an sie geglaubt.«

»Na also.«

»Hat sie abgetrieben? Wegen dir? An diesem Punkt hat sie aufgelegt.«

Schrader lachte, ein bisschen blöde, und starrte gegen die geschlossenen Fensterläden.

»Aber es kommt der Tag, da gerätst du an die Falsche. An eine, die das Abitur nicht braucht. Deine Versprechungen prallen an ihr ab, sie braucht Geld. Aus der Perspektive einer Bäckerstochter ist ein Lehrer ein wohlhabender Mann. Sie fängt an, dich zu erpressen. Dreißigtausend Euro, oder sie redet. Und noch etwas unterscheidet sie von den anderen Mädchen: Sie schämt sich nicht. Sie hat ein Ziel und nichts zu verlieren.«

Ennos Telefon summte, er zog es aus seiner Hosentasche.

»Und wie das so ist«, fuhr Katja fort, »wenn eine redet, redet noch eine. Und noch eine. Das ist deine Angst, stimmt's?«

Enno schaute auf sein Display und grinste.

»Siehst du deshalb seit ein paar Tagen aus, als ob du nicht mehr schläfst?«

Enno lachte laut auf. »Entschuldige, Katja, das muss ich dir zeigen.« Er hielt ihr sein Telefon hin. »Das Foto hat mir Hannah eben geschickt. Sie sagt, es geht in der Schülerschaft viral. Remake von *Bonny and Clyde*, die nehmen dich sofort.«

Das Foto zeigte Katja mit einer großen Sonnenbrille, wie sie mit einer Tüte aus der Adler-Apotheke am Händelplatz kam.

»Hannah schreibt, du hast die halbe Apotheke leer gekauft. Venlafaxin, Moclobemid, Citalopram, Fluoxetin … Sie hat die Medikamente in deiner Handtasche gesehen.«

»So ein Unsinn.«

»Und danach klaust du ihr Auto? Rufst mich an und fantasierst, Hannah wollte sich etwas antun? Heftige Psychopharmaka, die haben Nebenwirkungen, sie hat nachgelesen. Halluzinationen, Wahnvorstellungen, Realitätsverlust … Du fängst an, dir Geschichten auszudenken ohne den geringsten Bezug zur Wirklichkeit.«

»Das sind ihre Medikamente! Das weißt du!«

»Hannah überlegt, die Polizei zu informieren. Um dich vor dir selbst zu schützen. Und vor anderen. Was soll ich ihr raten?« Er kam auf sie zu. Er nahm ihre Schultern, strich ihr eine Haarsträhne aus der Stirn. »Schau mich an, Katja.«

»Enno …«

»Ganz ruhig … Ich habe während des Studiums in der Suchtberatung gearbeitet. Ich weiß, wie du dich fühlst. Du musst dich nicht schämen. Woher hast du die Wunde an deiner Stirn wirklich?«

»Ich habe dir doch gesagt – »

»Du wurdest in letzter Zeit öfter mit einem Kerl mit schwarzem Bart gesehen. Hat er das gemacht?«

Katja fehlten die Worte. Der Haschisch-Rauch stieg ihr in den Kopf, alles drehte sich. Und Enno war so ruhig, so überzeugend.

»Hannah ist sicher, du lebst in einer gewalttätigen Beziehung, die du verdrängst. Sie kennt sich da aus.«

Hannah, Enno … War es möglich, dass beide recht hatten? Dass sie seit Stunden, seit dem Stoß an der Bettkante in einer Illusion lebte?

»Ich werde dir helfen«, sagte Enno. »Wir finden einen Weg. Aber ein bisschen was musst du auch tun.« Jetzt nahm er sie auch noch in den Arm. *Täter-Opfer-Umkehr, Täter-Opfer-Umkehr,* flüsterte Hannahs Stimme. Nein, nein! Das war alles nicht real! Oder doch? Wie konnte sie sicher sein? Wie hatten seine Schülerinnen sicher sein können? In Ennos Jacke fühlte sie etwas Hartes, das an ihre Brust drückte.

»Als Erstes fährst du nach Aschersburg und gibst Hannah den Wagen zurück«, flüsterte er in ihr Ohr. »Ich rede mit Hannah, ich versprech's dir. Wenn sie die Polizei ruft, kann dich das den Job kosten. Das willst du nicht, hm?«

»Enno –«

»Pssst … Morgen meldest du dich krank. Du bleibst eine Woche im Bett. Keine Anrufe, keine Mails, ich rede mit Krugmeyer. Wir vergessen alles, was hier passiert ist.«

Sie hörte ein Miauen.

In ein paar Tagen, wenn es dir besser geht –«

Wieder das Miauen.

»Was war das?«, fragte sie.

»Katja, Katja …«

»Ich habe ein Miauen gehört.«

»Alles ein bisschen viel, hm?«

Sie riss sich aus seiner Umarmung. Sie horchte. Ihr Blick fiel auf den umgekippten Korb. Sie bückte sich, griff nach den Gräten einer abgefressenen Forelle.

»Wo kommt das her?«

»Das sind nur die Tabletten –«

Wieder hörte sie das Miauen. Es kam von oben. Enno griff in seine Jackentasche.

54.

Ricky kauerte am Kopf der Treppe. Der Kater saß reglos auf dem Mühlstein, sie versperrte ihm den Weg. Er durfte nicht nach unten, nicht jetzt. Denn in der Küche stand Schrader und hielt eine Pistole auf Frau Fontane gerichtet – eine Pistole, die genauso aussah wie Robins Dienstwaffe.

»Warum glaube ich, du hast mit dieser Waffe vor Kurzem jemanden bedroht? So wie du jetzt mich bedrohst?«

»Miau.«

Ricky hatte einen Moment nicht aufgepasst, Valentin war neben sie gesprungen. Er schaute nach unten, sein kleiner Körper bebte, er erkannte Frau Fontane und wollte zu ihr. Aber dort stand der Mann, der ihn in dem Korb gefangen gehalten hatte.

»Geh da nicht hoch«, rief Schrader.

»Du hinderst mich nicht.«

»Ich warne dich –«

Sie stieg die Treppe hoch, er packte ihr Bein, riss sie herunter und schlug die Pistole auf ihren Kopf. Sie sackte zusammen und blieb reglos liegen. Blut sickerte aus ihren Haaren. Schrader schüttelte sie, horchte auf ihren Atem. »Scheiße«, flüsterte er. »Scheiße! Scheiße!«

Frau Fontane rührte sich nicht. Der Blutfleck unter ihren Haaren wurde größer. Valentins Schwanz schlug, Ricky legte die Hand auf seinen Rücken. Er schnurrte nicht, er wehrte sich nicht. Nichts entging ihm von dem, was unten passierte.

Schrader sog an seinem Joint und trank die Dose leer. Er packte Frau Fontane bei den Schultern und begann, sie die Treppe hochzuziehen. Stufe für Stufe schleppte er Frau Fontane hoch, Ricky kroch hinter ein Bett. Valentin? Gerade noch sah sie seinen Schwanz, er kletterte ins obere Stockwerk.

Schrader tauchte am Kopf der Treppe auf, zog den leblosen Körper über die Dielen, keuchend, er war nicht so sportlich, wie Ricky gedacht hatte, jedenfalls nicht in seinem Zustand. Am Fuß der nächsten Treppe machte er Pause, wischte sich Schweiß von der Stirn. »Ihr kriegt mich nicht …«, murmelte er, »krankes System …«

Jetzt war die Gelegenheit zu entkommen. Die Polizei zu alarmieren, sie konnte Schrader an der Flucht hindern, die Reifen seines vw-Busses aufschlitzen … Sie horchte. Er trug Frau Fontane weiter hoch, die Stiege bis auf den Mühlenboden. Was hatte er vor? Der Körper rutschte ihm herunter, er rief »Scheiße, Scheiße!«, nahm einen neuen Anlauf. Warum war es so wichtig, Frau Fontane da rauf zu bringen? Vor Ricky führte die Treppe nach unten, in die Sicherheit. Sie zögerte. Und kletterte weiter hoch …

Schrader verriegelte die Bodenluke. Er wischte sich mit seinem blutverkrusteten Hemdsärmel über die Stirn und atmete durch. Er kletterte die Stiege herunter, zuckte zurück und stieß mit dem Kopf gegen einen Balken. Am Schreibtisch lehnte Ricky. Hinter ihr brannte die Kerzenuhr.

»Sie ist nicht tot, oder?«, fragte sie.

»Keine Ahnung, wovon du sprichst.« Er presste die Hand auf seinen Hinterkopf.

»Wenn sie tot wäre, hätten Sie sie unten liegen lassen. Sie soll nicht rauskönnen und hier verbrennen.«

»Fahr nach Haus. Morgen reden wir in Ruhe über alles.«

»Haben Sie die Pistole von meinem Bruder?«

»Er hat sie mir geliehen.«

»Er würde seine Dienstpistole nie aus der Hand geben.«

»Ich musste … Ich brauchte … « Er tastete seine Hose, seine Jacke ab, als ob er dringend einen Joint brauchte. »Manchmal sind die Dinge nicht, wie sie scheinen. Wir setzen Informationen falsch zusammen und verdächtigen Unschuldige. Gewöhn dir das nicht an, du bist zu gut dafür.«

»Wo ist die Katze?«

»Hört mit diesem Vieh auf!« Er atmete heftig, lehnte sich an die Königswelle, er wollte locker wirken, es gelang nicht. »Ich habe schlechte Nachrichten. Ich habe beim *Pflasterstein* angerufen. Sie wollen dich nicht. Zu jung, kein Platz, alles Ausreden … In Wahrheit ist es Klassismus. Diese Art von Ausgrenzung wird dir immer begegnen. Leider auch im progressiven Milieu.«

Schweiß floss seine Schläfen hinunter. Die Augen waren gerötet, die Haare versträhnt. Das Böse hatte Ricky sich anders vorgestellt. Nicht so jämmerlich und banal.

»Ich habe ein paar Ideen, Ricky. Ich glaub an dich, und wenn ich an jemanden glaube, dann lass ich nicht locker. Gibt Menschen, die mir dankbar sind, bis heute. Wir vergessen das alles hier und überlegen morgen, wie wir weitermachen. Deine Ziele, deine Zukunft. Was meinst du?«

Es blitzte schwach hinter den Ritzen. Einige Sekunden später hörte sie entfernten Donner.

Schrader löste sich von der Königswelle, schwankte kurz. »Alles ein bisschen viel, hm? Komm, fahren wir.«

Ricky rührte sich nicht. Er griff nach ihr, sie wehrte sich.

»Mach jetzt keinen Fehler, Ricky … Wir finden einen Weg, das verspreche ich dir. Aber ein bisschen was musst du auch tun.«

55.

Geruch von Holz und Schimmel … Stechender Schmerz am Hinterkopf … Unter ihren Händen rissiges Holz … Katja blinzelte … Fast völlige Dunkelheit, Nachtlicht, das schwach durch die Ritzen der vernagelten Fenster drang … Schemen eines riesigen Zahnkranzes, Seile, Balken, Riemen … Hand im Haar, Blut auf der Hand. Sie versuchte sich aufzurichten, Schwindel, sie sackte zurück. Sie hörte eine Stimme, Schraders Stimme, dumpf, von unten … Sie machte einen neuen Versuch sich aufzusetzen, sackte zurück, hämmernder Schmerz im Kopf …

Zwei grüne Augen starrten sie an – ein kleiner, grauer Körper saß im Gebälk.

»Valentin?«

Nein, nein, das war nicht Valentin … Valentin war tot … Er war seit Wochen tot, das konnte nicht sein … Lautlos sprang er vom Balken und landete neben ihr. Ein weißer Fleck auf der Stirn, ein rotes Halsband. Eine kleine, feuchte Nase, die ihre Wangen, ihre Stirn, ihr Kinn stupste. Schnurren, Setzen einer Tatze auf ihre Schulter … Sie wollte es nicht glauben, noch immer nicht, sie durfte das nicht glauben! Sie hob ihre Hand und erwartete, durch einen Geist zu wischen … Doch sie fühlte warmes, weiches Fell. Valentin sprang auf ihre Brust, er tretelte, links und rechts, links und rechts, sein Blick bohrte sich in ihren, als wolle er sie einsaugen.

»Valentin … Valentin …«

Sie streichelte seinen Kopf, sein Kinn, ihre Brust bebte unter seinem Schnurren, dem Druck seiner Tatzen, links und rechts, links und rechts. Die Stimmen unten wurden lauter, ein Streit,

Schrader und – Ricky? Wieso Ricky? Valentin legte sich auf ihre Brust, seine Tatzen auf ihrem Hals, sein Gesicht dicht an ihrem. Unten rumpelte es, als kämpften zwei Menschen miteinander, Valentin schmiegte seinen Kopf in ihre Hand … Diesmal fiel wirklich ein Schuss, Valentin zuckte zusammen, noch einer, noch einer …

Stille. Valentin schnurrte, mit geschlossenen Augen, sacht schlug sein Schwanz. Nichts war wichtig, außer dass er hier war, dass sie hier war, dass sie wieder zusammen waren. Katja roch Rauch, er stieg durch die Ritzen, sie hörte Ricky schreien: »Frau Fontane! Frau Fontane!« Ein Rumpeln, unten oder in ihrem Kopf, nicht wichtig, sie drückte Valentin gegen ihre Brust. Der Rauch wurde stärker, sie hustete, Valentin hob den Kopf, was sollten sie tun? Sie richtete sich auf, Valentin im Arm. Sie setzte ihn ab, kroch zur Luke, sie war verriegelt.

»Frau Fontane …«

Wieso klang Ricky so verzweifelt? Es war doch alles gut. Valentin stand neben ihr, schnupperte an den Hebeln und Riemen, kratzte an der Luke, sie kamen hier nicht raus. Sie kamen auch nicht durch die vernagelten Fenster. Sie würden verbrennen, gemeinsam. War das schlimm? Die Stimme der Naturwissenschaftlerin flüsterte, dass ihre Gelassenheit, fast Euphorie, die Folge des Endorphins war, das der Körper wegen der Kopfverletzung ausschüttete, vielleicht schon Symptom einer Rauchvergiftung, des Kohlenmonoxids und Sauerstoffmangels. Aber hatte die Wissenschaftlerin eine bessere Idee, als Valentin hochzuheben und an ihre Brust zu drücken? Dieser Moment war es wert, er war ihr Leben wert, ihren Kampf, ihre Verzweiflung, die Zettel an den Bäumen, die Facebook-Posts. Sie hatte wieder mit Valentin zusammen sein wollen, nichts anderes hatte sie gewollt. Nun waren sie zusammen, Kopf an Kopf, Brust an

Brust, nichts gab es zu wollen, zu fürchten, zu bereuen. Unten musste ein Höllenfeuer wüten, es wurde heiß, eine Maus rann quiekend über die Bretter – »Schau, Valentin, eine Maus.« Die Maus kümmerte ihn nicht, Symptome der Rauchvergiftung auch bei ihm, in seinem kleinen Katerhirn. »Weißt du noch, wie ich dich aus dem Schnee gerettet habe?« Ein kurzes Katzenleben, ein kurzes Menschenleben, aber zwei gute Leben, zwei Leben, die es wert waren, gemeinsam gelebt zu werden, in Liebe bis zum Schluss. Unter dem Zahnkranz brach das Feuer durch die Bretter, Hitze, Rauch und Lärm, hörte sie Stimmen, Rufe? Hörte sie Hämmern und Schläge? Valentins Körper verspannte sich, dicht neben ihnen züngelten Flammen hoch, Valentin, lieber Valentin, gleich ist es soweit –

56.

Die Mühle brannte. Flammen loderten in den Himmel, Wind wehte Funken bis in die Baumkronen, aus denen schreiend Vögel flatterten. Ricky kauerte im Gras, ihren bebenden Körper gegen Friedrichs Brust gedrückt.

»Er ist im zweiten Stock«, hörte sie Friedrich sagen oder »Er schafft es nicht, er kommt nicht höher.« Sie konnte nicht hinsehen. Ein Mann mit schwarzem Bart war zu ihr gekommen, hatte sie geschüttelt: »Wo ist deine Lehrerin? Wo ist Frau Fontane?«, sie hatte nur nach oben zeigen können, ganz nach oben, auf die Haube, die noch nicht brannte, während darunter schon die Fensterbretter in Flammen standen und dichter Rauch aufstieg. Aus der Mühle krachte es laut, wahrscheinlich schlug der Mühlstein durchs brennende Gebälk.

»Er ist oben!«, rief Friedrich.

Ricky hob den Kopf, tatsächlich, der Mann war bis zur Haube geklettert. Mit dem Ellenbogen schlug er auf die Bretter ein, einen Fuß auf den Sims, den anderen auf einen der Flügel gestützt. Flammen züngelten aus den Fenstern, griffen nach ihm, das konnte nicht gut gehen, das war Wahnsinn. Doch er schlug und riss die Bretter heraus, der morsche Lukenrahmen brach aus dem Mauerwerk. Arme streckten sich ihm entgegen, da war Frau Fontane, er zog sie aus der Mühle, ein Lamellenflügel brach unter seinem Fuß, er rutschte ab, die nächste Lamelle hielt sein Gewicht.

»Er hat eine neue Prothese«, sagte Friedrich.

Ricky wusste nicht, wer der Mann war, was eine Prothese damit zu tun hatte. Wie war er hergekommen? Wie war Friedrich hergekommen? Sie sah den Mann und Frau Fontane die Mühle herunterklettern, sie war nicht bewusstlos, nicht tot … Ein kleiner, grauer Schatten sprang aus der Luke. Er kletterte, Kopf nach oben, Hinterbeine voran, einen Flügel hinunter, sprang auf den Sims, vorbei an den beiden Menschen, die unbeholfen Halt suchten, mal an der Mauer, mal am Fensterbrett oder den Flügeln. Die ersten Lamellen fingen Feuer, der Mann und Frau Fontane kletterten ohne Geschick, ohne Plan, der graue Schatten konnte nicht auf sie warten, er machte einen leichten Satz in den Kies, landete sicher auf vier Beinen und schüttelte sich. Neben ihm plumpsten sie zu Boden, der Mann zog Frau Fontane von der Mühle weg, Augenblicke später krachte ein brennender Flügel zu Boden.

Frau Fontane blieb im Gras liegen und hustete. Der bärtige Mann lief zur Auffahrt, da stand ein Kleinwagen und der VW-Bus. Die Tür des Kleinwagens stand offen, der Mann löste die Handbremse und schob ihn den Hügel hinunter, bis er in den Büschen steckenblieb. Jetzt kam er zurück. »Wem gehört der Bus? Der muss da weg, sonst fliegt er in die Luft!«

»Wem gehört der Bus, Ricky?«, fragte Friedrich.

Der Bus gehörte dem beliebten, lockeren Lehrer, der gerade im zweiten Stockwerk verbrannte – getroffen von mehreren Kugeln einer alten Makarow, die nie hätte schießen dürfen.

»Ricky?! Wem gehört der Bus?!«

Zu spät, er stand in Flammen. Alle erwarteten eine Explosion wie im Film, aber dazu hätte er vollgetankt sein müssen, dazu hätte der kapitalismuskritische Lehrer Geld gehabt haben müssen. Ohne Geld war mehr als ein mattes Puffen nicht drin, Rache des Systems.

Das Feuer fraß die Mühle von innen auf wie ein Krebs, vernichtete die Möbel, die Fotos, den Nippes, die Manuskripte, vernichtete die Vergangenheit, alle Erinnerungen, alles Leid. Ein Knall riss Ricky aus ihrer Lethargie, wahrscheinlich war die Gasflasche unter dem Herd explodiert.

»Der Bus hat Schrader gehört«, sagte sie.

»Schrader? Ist er da drin?«

Ricky hielt seine Hand fest. Katja blickte herüber, ihre Blicke trafen sich: Für Schrader, und das war eine gute Nachricht, gab es keine Rettung mehr.

Katja kauerte im Gras. In der einen Hand hielt sie ihre Jacke, die sie wie einen Druckverband auf die Platzwunde am Hinterkopf presste. Die andere Hand ruhte auf Valentin, der dicht an ihrem Bein lag und, vollkommen ruhig, in die Flammen starrte.

Ricky kam auf sie zu, bleich, verdreckt, aber unverletzt. Sie blieb vor ihr stehen, schluckend, um Worte ringend. »Ich schwöre Ihnen, ich hab's versucht.«

»Was haben Sie versucht?«

»Sie da oben rauszuholen. Aber es ging nicht! Ich bin nicht rangekommen!«

»Es ist gut.«

»Überall waren Flammen … Ich hab's nicht zur Stiege geschafft … Ich schwöre Ihnen …«

»Ich weiß, dass Sie alles versucht haben. Ich habe Sie gehört.«

Das Windrad stürzte, gegen Sims und Mauern schlagend, brennend in die Tiefe.

Ricky zeigte auf Valentin. »Wie geht es ihm?«.

»Er war schon immer fasziniert von Feuer.«

»Da können Sie ihm heute Nacht was bieten.«

»Was ist mit Schrader?«

Ricky zuckte die Schultern.

»Ist er … Hast du …«

Axel kam auf sie zu, mit einem Erste-Hilfe-Koffer. Aus der Ferne näherten sich Sirenen und Blaulicht.

»Frau Fontane«, sagte Ricky leise. »Wir brauchen für die Polizei eine richtig gute Story.«

57.

Der Morgen graute. Die Löscharbeiten dauerten an. Ein Lokalreporter vom MDR sprach in ein Mikrofon, die Kamera schwenkte über die ausgebrannte, rauchende Ruine.

Ricky saß im Wäldchen auf der Bank am Teich. Sie blickte ins trübe Wasser, in dem es hier und da blubberte. Unter den Polizisten hatte sie Claaßen erkannt, und er sie. Doch er hatte sie in Ruhe gelassen, war mit der Absperrung des Geländes beschäftigt gewesen und hatte Franjo zusammengestaucht, weil der die Schaulustigen nicht weit genug zurückdrängte. Die Feuerwehrleute hatten auf die Gewitter geschimpft, die über Güslitz und Löbnau runtergingen, aber nicht hier. »Sie sehen doch, die Frauen stehen unter Schock«, hatte der bärtige Mann gesagt, als Claaßen ihr und Frau Fontane Fragen stellen wollte – jener Mann, der Axel hieß und angeblich Frau Fontanes Gärtner war. Was nicht sein konnte, Ricky kannte Frau Fontanes Garten, der sah aus wie Müll. Offene Fragen, verborgene Geheimnisse, diese Nacht nicht wichtig. Sie und Frau Fontane hatten gerade noch Zeit gehabt, sich auf die Umrisse einer Story zu verständigen: Beliebter Kollege, aber mit psychischen und finanziellen Problemen … Katja, die sich Sorgen macht, ihm nach einem alarmierenden Telefonat zur Mühle folgt … Ricky, die sich ebenfalls in der Mühle aufhält, aus Gründen, an denen sie noch arbeiten musste … In der Mühle jedenfalls empfängt er sie bekifft und mit einer Schusswaffe, sieht in seinem Lehrerleben keinen Sinn … Der Mann ist den Frauen körperlich überlegen, obwohl sie alles versuchen, gelingt es weder Ricky noch Frau Fontane, das Schlimmste zu verhindern … Ricky hatte Zweifel: »Zwei Schüsse in den Bauch, einer in die Brust, so bringt sich nicht mal ein Anfänger um.« – »Stimmt, aber er war eben auf Drogen. Drogen erklären immer eine Menge, die Schüsse haben den Brand ausgelöst, vielleicht ein Kurzschluss in der Stromleitung, so genau müssen wir das nicht wissen.« – »Aber die Kampfspuren.« – »Welche Kampfspuren? An einer verkohlten Leiche findet man keine Kampfspuren. Glaub's mir, einer meiner Studentenjobs war in der Rechtsmedizin. Und wenn: Wir haben eben mit allen Mitteln versucht, ihn zu hindern.« – »Warum war er überhaupt bei der Mühle? Kurz bevor sie brennen sollte?« – »Hat diese Gudrun dich an der Mühle gesehen?« Ricky hatte genickt. »Also hat er einen Anruf bekommen. Gudrun war beunruhigt, sie wusste, du hattest einen Verdacht. Enno sollte dafür sorgen, dass es keine Zeugen gibt. Bei der Gelegenheit« – in Frau Fontanes Augen hatte Wut geblitzt – »konnte er gleich meine Katze töten.« Sie hatte Ricky eine rußgraue Hand auf den Arm gelegt: »Weißt du, was das Schöne an der Welt ist? Manchmal kriegen Menschen, was sie verdienen.«

Franjo war gekommen. Er hatte die Frauen gesehen, dann den Kater. Seine Augen waren groß geworden, sein Gesicht blass, er hatte den Finger gehoben: »Ist das … Ist das der …«

Ricky hatte genickt.

»Claaßen darf ihn nicht sehen, auf keinen Fall. Der dreht durch …« Valentin hatte im Gras gelegen, seine Pfoten geleckt und Franjo nicht beachtet.

Friedrich kam den Weg zum See herunter und setzte sich neben sie auf die Bank. »Frau Fontane, ihr Kater und Axel sind weggefahren.«

»Wirklich ihr Gärtner?«

»Wohl ein dehnbarer Begriff.«

Hinter den Baumkronen wurde es hell. Im Schilf tummelten sich die Fischchen. Aber Vögel zwitscherten immer noch nicht.

»Sie haben Schrader gefunden«, sagte er.

Sie zuckte die Schultern.

»Sie transportieren ihn ab. Willst du nicht sehen, oder?«

Stimmt, das wollte sie nicht sehen.

Friedrich hatte versucht, sie zu erreichen, immer wieder. Er hatte ein ungutes Gefühl bekommen und war, wegen Rickys Nachricht, zu Frau Fontane gefahren. Dort hatte er den Gärtner getroffen, ebenfalls mit einem unguten Gefühl. »Nenn mir fünf Orte, an denen deine Freundin sein könnte«, hatte Axel gesagt. Danach hatte er fünf Orte aufgezählt, an denen Katja sein könnte. Die Mühle war die einzige Doppelnennung gewesen. Also waren sie losgefahren – und gerade angekommen, als Ricky, hustend und verstört, herausgetaumelt war.

Sie hatte Glück gehabt, großes Glück. Und sie war Friedrich dankbar, dass er ihr keine Vorwürfe machte, »Ich habe dich gewarnt« oder »*Curiosity killed the cat.*« Sondern dass er einfach mit ihr hier saß und aufs Wasser schaute.

»Wo ist dein Roller?«, fragte sie.

»Ich bin mit Axel gekommen, im Wagen der Nachbarin. Und du?«

»Mein Fahrrad ist –« Sie machte eine vage Bewegung, nicht wichtig. »Egal. Ich will hier einfach weg.«

58.

Herczeg schaltete den Motor aus. Regen prasselte auf die Windschutzscheibe. Sie musste ihren Reißverschluss hochziehen, den Regenschirm aus dem Handschuhfach nehmen und es so schnell wie möglich ins trockene Lehrerzimmer schaffen. Aber sie wollte nicht. Sie hatte Angst.

Sie prüfte im Rückspiegel den Sitz ihres Halstuchs. Nichts zu sehen von Schraders Würgemalen. War er wirklich tot? Vor einer halben Stunde hatten sie es im Radio gebracht. Brand in der Mühle, andauernde Ermittlungen, bislang kein Hinweis auf Fremdverschulden. Sie konnte es nicht glauben. Freitod? Schrader? Jeder andere, aber nicht er. Er hatte sich selbst viel zu sehr geliebt. Und feige war er gewesen, niemals hätte er den Mumm gehabt, sich zu erschießen.

Von der Sache mit Krugmeyer hatten sie nichts gebracht, das hatte sie vorhin von Frau Dengler erfahren. Herzinfarkt, Intensivstation. Ein Radfahrer hatte ihn im Morgengrauen gefunden, am Straßenrand in seinem Wagen.

Um Herczeg herum hielten Autos. Eltern brachten ihre Kinder zur Schule, eine Unsitte, man konnte sie ihnen nicht abgewöhnen. Andererseits, bei diesem Wetter ... Sie wollte nicht ins Lehrerzimmer, nicht die Kollegen sehen, Kirsteins mütterlich-betroffenes Gesicht, die sollte lieber zwanzig Kilo abnehmen und von den E-Zigaretten wegkommen. Andererseits, wenn sie sich wohlfühlte ... Noch ein paar Minuten warten, dann würde sie, unbemerkt von den Kollegen, ins Musikzimmer gehen können. Zwei sechste Klassen gleichzeitig sollte sie unterrichten, sowas war seit der Grippe-Epidemie vor zig Jahren nicht vorgekommen.

Aber auch Hannah Gödicke hatte sich krankgemeldet. Am Telefon hatte sie Frau Dengler etwas vorgeschluchzt von Auto und Ente und toxisch, die arme Frau Dengler hatte nichts begriffen, als ob sie nicht sowieso mit dem Krankenstand überfordert war. Die Welt war aus den Fugen.

Valentin.

Es hieß, sie hätten ihn aus der Mühle gerettet. Schrader verbrannt, der Kater gerettet, welchen Sinn machte das? Tropfen zerplatzten auf der Scheibe, Träume zerplatzten in ihrem Kopf. Sie wollte auch nicht ins Musikzimmer gehen, sie wollte keine Menschen sehen. Valentin war zurück bei Frau Fontane, sie hielt das nicht aus!

Serafina stieg aus einem Wagen. Da lief sie, mit ihrem viel zu großen roten Rucksack. Sie war einsam, sie fand zu ihren Mitschülern keinen Kontakt. In manchen Menschen war die Einsamkeit so groß, dass niemand sie durchdringen konnte. Nur in verzauberten, mondhellen Nächten am Steg, wenn ein Wesen mit einem weißen Fleck auf der Stirn … Es gab ein Leben mit und ein Leben ohne Valentin. Das Leben ohne ihn würde ihr künftiges sein, es klaffte vor ihr wie ein graues Loch. Sie sah, hörte und ersehnte darin nichts. Kein Schnurren, kein weiches Fell, keine Seligkeit. Wozu leben? Wozu aus dem Wagen steigen? Wegen eines kleinen Mädchens mit einem roten Rucksack, der in den Regenschleiern hüpfte wie ein pochendes Herz? *Sei es wert, Serafina. Sei mein Leben wert. Tu wenigstens so, lass mir die Illusion, solange ich dich unterrichte.*

Sie prüfte ein letztes Mal den Sitz ihres Halstuchs und öffnete die Tür.

Vierundfünfzig Jungen und Mädchen warteten auf sie im Musikzimmer. Es gab zu wenige Tische und Stühle, viele saßen auf dem Fußboden. Haare tropften, es roch nach nasser Kleidung und Dreck, den sie hineingetreten hatten. Sie tuschelten und starrten auf ihre Telefone, während Herczeg durch den Mittelgang nach vorn ging. Im Musikzimmer gab es kein Lehrerpult, nur eine Tafel und den Flügel. Man war den Blicken der Schüler ausgesetzt, Haltung zählte. Und Haltung hatte Herczeg, hatte sie immer gehabt. Und hatte sie jetzt, als sie vor den einhundertacht Augen ihren Mantel auszog und nicht wusste wohin damit, es gab hier keine Haken. Sie legte ihn auf den Klavierhocker, heute war alles egal.

»Guten Morgen«, sagte sie.

»Guten Morgen«, sagten die Schüler und steckten, unter Herczegs strengem Blick, ihre Telefone ein; sie duldete diese Dinger nicht in ihrem Unterricht, alles war dann doch nicht egal.

»Ihr habt gehört«, sagte sie, »dass heute Nacht einige schreckliche Dinge passiert sind. Gibt es einen Zusammenhang? Wir wissen es nicht. Der Tod von Herrn Schrader macht uns alle betroffen. Sind die Umstände aufgeklärt? Soweit ich weiß, deuten alle Umstände auf eine schreckliche Entscheidung hin. Wir können in andere Menschen nicht hineinschauen. Wir zeigen einander nur das, was man sehen soll. Herr Schrader war, das darf man sagen, besonders gut darin. Immer lachte er, immer schien er gut gelaunt. Aber gerade diese Menschen verbergen oft besonders viel – vor anderen, sogar vor sich selbst. Ihr erinnert euch an eure Mitschülerin, die gestern betrunken in die Schule kam?«

Alle Köpfe nickten.

»Warum hat sie das getan? Ist sie einsam? Ist sie unglücklich? Oft sind wir zu schnell in unserem Urteil, zu hart, zu oberflächlich – mich eingenommen. Seien wir duldsam, seien wir nachsichtig, selbst wenn es schwerfällt. Und vergessen wir nicht: Mit der Wahrheit über sich ist jeder Mensch allein.«

Hier und da sah sie ein Nicken. Die meisten Schüler schwiegen betroffen.

»Es gibt eine Tradition, wenn ein Mensch von uns geht: Eine Minute des Schweigens. Jeder denkt an ihn auf seine Weise. Erinnert euch an etwas Schönes, etwas, das ihr in euren Herzen bewahren möchtet.«

Herczeg sah auf die Uhr, gab ein Zeichen – alle Köpfe senkten sich. Herczeg kramte in ihrem Kopf nach einer schönen Erinnerung an Schrader, fand aber keine. Ein Halunke war er gewesen, fast erwürgt hatte er sie, ein miserabler Kollege, nur Unheil hatte er in seinem Leben angerichtet, gut, dass er weg war! Die verbleibenden fünfunddreißig Sekunden verbrachte sie damit, Atmung und Puls unter Kontrolle zu bringen. Sie hob den Kopf und sagte: »Ich danke euch.«

Ein Finger ging hoch.

»Ja, Thilo?«

»Stimmt es, die Katze von Frau Fontane ist wieder da?«

Im nächsten Moment schnatterten alle durcheinander, Valentin verletzt, nicht verletzt, Gerüchte jagten durch den Raum, vorbei war es mit der Disziplin. Herczeg sah ein, dass dies nicht der Tag für geregelten Unterricht war. Andere Dinge bewegten die Schüler, größere Dinge, und das war richtig so.

»Ihr habt den Rest der Stunde frei«, rief sie.

Die Schüler jubelten, packten ihre Sachen, schon stürmten die ersten aus dem Raum. Serafina, hinten an ihrem Platz, blieb sitzen. Sie sah Herczeg ernst an. Plötzlich lächelte sie, fast übermütig, die weißen Zähne blitzten. Sie hatte nichts zu schenken als dieses Lächeln. Herczeg nahm das Geschenk an und lächelte zurück.

59.

»Wo warst du?«

Valentin lag zusammengerollt auf seiner Wolldecke und schlief. Er atmete ruhig, hin und wieder zuckte sein Schwanz. Katja betrachtete ihn lange. Er war nicht abgemagert, hatte keine Verletzungen oder Zeichen von Krankheit. Auf der Wiese vor der Mühle hatte er mit der Fellpflege begonnen, sie während der Autofahrt fortgesetzt und erst im Morgengrauen beendet. Allen Ruß, allen Gestank hatte er sorgfältig herausgeleckt, von den Ohren bis zum Schwanz. Nun schimmerte sein Fell wieder silbern, als wäre nie etwas gewesen.

»Ich habe dich gesucht, wochenlang.«

Nachts hatte Axel sie vor dem Haus abgesetzt. Wollte sie sicher allein sein? Brauchte sie keine Medikamente, keinen Arzt? Ihr Hals hatte sich rau angefühlt, hin und wieder hatte sie gehustet. Aber nein, sie wollte nicht ins Krankenhaus. Die Platzwunde sah schlimmer aus, als sie war, Ibuprofen hatte sie im Haus. Sie wollte einfach ein paar Stunden allein mit Valentin sein.

»Ich –« Fast hatte sie ihn gesagt, diesen einfachen großen Satz, dessen Wahrheit sie in diesem Moment fühlte. Aber sie traute sich nicht, sie traute ihren Gefühlen nicht. Vielleicht war es bloß Dankbarkeit für den Mann, der ihr das Leben gerettet hatte? Längere Umarmung, längerer Kuss; dann war Axel zurück ins Gemeindehaus gefahren.

Kaum hatte Katja die Haustür aufgeschlossen, war Valentin in die Küche gelaufen. Kein Futternapf. Hinter der Tür kein Katzenklo. Wo war sein Trinkbrunnen? Seine Wolldecke?

Richtig böse war er geworden, hatte mit den Tatzen gegen Katjas Bein geschlagen und vorwurfsvoll miaut.

Also war sie morgens um vier auf den Dachboden gestiegen und hatte seine Sachen heruntergeholt. Hatte den Napf mit Futter gefüllt und die Toilette mit Streu. Hatte den Brunnen zusammengebaut, angeschlossen und bis zum Rand Wasser hineingegossen. Hatte die Wolldecke unter Valentins aufmerksamem Blick genau so aufs Sofa gelegt – locker gefaltet, nicht zu glatt –, wie der kleine Prinz es gewohnt war.

»Du bist ein Macho, weißt du das?«

Valentin hatte den Vorwurf an sich abperlen lassen, hatte gefressen, getrunken und weiter sein Fell geputzt. Erst als sie im Bett gelegen, fast geschlafen hatte, war er zu ihr gekommen. Er hatte seine Schnauze auf ihr Kinn gelegt und seine Tatzen auf ihre Wangen. Sie hatte ihn an sich gedrückt, sein Schnurren gespürt, seine Wärme, sein Vertrauen. Sie konnte sich nicht vorstellen, dass irgendjemand auf der Welt in diesem Moment glücklicher war als sie. Gemeinsam waren sie eingeschlafen.

Draußen prasselte Regen auf die Terrasse. Windböen schüttelten die Büsche und Bäume. Kein Grund, bei diesem Wetter vor die Tür zu gehen, auch nicht für Valentin. Er lag auf seiner Wolldecke, räkelte sich, blinzelte Katja an und schlief weiter. Hatte er zugenommen? Nicht viel, aber hundert, hundertfünfzig Gramm? Wer hatte sich um ihn gekümmert? Wie war er zu Enno in den Korb gekommen? Irgendwo in Valentins Kopf mussten die Informationen über diese letzten Wochen gespeichert sein; er konnte unmöglich alles vergessen haben. Aber er rückte damit nicht heraus.

Es klingelte an der Haustür.

Sie öffnete, vor ihr stand ein Junge mit penibel gescheiteltem, schwarzem Haar, Pickeln und Oberlippenflaum.

Er trug einen Trenchcoat, beiges Hemd, Fliege und hielt einen Regenschirm in der Hand. »Guten Morgen, mein Name ist Nazim Al-Hajjar. Ich bin Korrespondent für das Aschersburger Tageblatt.«

»Ich möchte lieber nicht –«

»Das Schicksal Ihrer Katze –«

Sie schlug die Tür zu. Sie wollte mit niemandem reden. Draußen regnete es in Strömen. Der Junge war höchstens sechzehn. Sie öffnete die Tür wieder. »Können Sie in ein paar Tagen wiederkommen? Ich bin ehrlich gesagt ziemlich mitgenommen.« Sie hustete.

»Sobald der Regen aufhört, werden andere Reporter bei Ihnen klingeln. Wenn sie aber hören, die Geschichte steht schon im Aschersburger Tageblatt, verlieren sie das Interesse. Und Sie genießen Ihre Ruhe und kommen wieder auf den Damm.«

»Kommen Sie rein …«

Der Junge schüttelte den Regenschirm aus, trat sorgfältig seine Schuhe ab und folgte Katja ins Wohnzimmer.

»Sie sind ziemlich jung für einen Korrespondenten.«

»Genau gesprochen mache ich nächsten Monat mein Praktikum. Aber Herr Kukulies, mein Chefredakteur, sagt, gute Geschichten scharren mit den Hufen.«

Ricky wird mich erschlagen, dachte Katja. Doch nun war es zu spät. Sie blieben vor dem Sofa stehen. Valentin hob den Kopf, gähnte und vergrub ihn unter seinen Pfoten.

»Das ist der Stubentiger?« Der Junge und holte sein Notizbuch aus dem Trenchcoat.

»Stubentiger ist kaum das richtige Wort.«

»Dachhase?«

»Nun ja …«

»Wie würden Sie Ihre Gefühle beschreiben?«

»Das ist schwierig. Ich weiß nicht, ob Sie schon einmal jemanden verloren haben, der Ihnen viel bedeutet …«

»Eine Schwester, einen Bruder und zwei Tanten im Krieg in Syrien.«

»Oh …«

»Die Samtpfote liegt gern auf dieser Decke?«

»Bei schlechtem Wetter den ganzen Tag.«

Er schrieb in sein Notizbuch, blickte sich um, heftete seinen Blick auf Valentins Foto im Regal: »Das ist Ihr Lieblingsfoto?«

»Es war mein Andenken. Bis letzte Nacht dachte ich, Valentin ist tot.«

Der Polizist gestern hatte sie mit allen möglichen Fragen überfallen, Personalien, Brandursache, in der Mühle vermisste Personen … Sie hatte wegen des Rauchs kaum reden können, die meisten Fragen hatte Axel beantwortet. Und das, obwohl es mit ihm ein Problem gegeben hatte, sein Name war in den polizeilichen Datenbanken aufgetaucht: Personalabgleich, Rückfragen über Funk, argwöhnische Blicke …

»Das ist sein Futternapf«, fragte der Junge und deutete in die Küche. »Hat er eine besondere Leckerei?«

»Avocados. Allerdings sind die für Katzen ungesund, ich muss sie vor ihm verstecken.«

»Sehr schön, sehr schön …«

Nichts hatte Axel aus der Fassung gebracht. Sie sehen doch, ihr geht es nicht gut … Wir melden uns morgen, Sie haben unser Wort … Das Auto der Kollegin nicht gestohlen, ein Missverständnis, wir bringen es diese Nacht noch zurück … Er hatte mit den Polizisten verhandelt wie mit Rebellen oder Soldaten im Kongo. Zwischendurch hatte er Katjas Wunde desinfiziert und den Kopfverband angelegt, hinter ihm war die

Mühle eingestürzt … Alles nicht der Rede wert, die Krise war sein Zuhause; vermutlich das einzige, das er kannte.

»Aus diesem Brunnen trinkt er gern? In den Plastikbehälter macht er sein Kacka?«

Sein Stift flog über das Papier, sogar Valentin hob seinen Kopf und betrachtete ihn mit Interesse. Der Junge steckte sein Notizbuch ein: »Darf ich von Ihrer Fellnase noch ein Foto machen?«

Er machte ein Foto von links und eines von rechts. »Das ist alles. Ich denke, morgen kommt der Artikel im Blatt.«

»So schnell?«

»Eine Geschichte ist eine Rose. Wenn sie welk ist, duftet sie nicht.«

Sie brachte ihn zur Tür. Er verabschiedete sich sehr höflich, versprach die Zusendung eines Belegexemplars, öffnete seinen Schirm und trat in den Regen. Katja schloss die Tür und atmete durch. Sie brauchte einen Bergtee. Selbst diese kurze Begegnung hatte sie angestrengt.

Sie setzte Wasser auf und kontrollierte die Nachrichten auf ihrem stumm gestellten Telefon. Frau Dengler aus dem Sekretariat hatte angerufen, Axel, ihre Mutter … und mehrmals eine Nummer, die sie nicht kannte. Jetzt erschien sie wieder auf dem Display, Katja nahm den Anruf an.

»Frau Fontane?« Wimmern, brechende Stimme. »Unsere Tochter ist weg … Sie hat uns bestohlen, alles Geld hat sie aus der Kasse genommen …«

»Herr Ebner?«

»Wir wissen nicht, wo sie ist … Es geht uns nicht ums Geld, sagen Sie ihr das. Wir haben nur solche Angst!«

60.

Seit zwei Stunden gingen sie auf dem Deich Richtung Aschersburg. Der Morgen war kühl, dunkle Wolken hingen über der Stadt. Ein frischer Wind trieb sie in ihre Richtung. Friedrich hatte seine Jacke um Ricky gelegt, edler Stoff, weicher Stoff, der Halt und Schutz gab. Seit sie das Wäldchen verlassen hatten, hatte keiner etwas gesagt.

Nun blieb sie stehen und schaute auf das unruhige, graue Wasser, auf dem eine einsame Sturmmöwe schaukelte. »Wie kann es sein, dass mein Bruder mit seinem IQ von 89 ein Jahr lang mit einer scharfen, geladenen Waffe herumläuft?«

»Muss verwechselt worden sein.«

»Er hat gesagt, er knallt die Russen ab … Er hätte es tun können, jederzeit.«

»Ich frage mich nur, wie Schrader das wusste.«

»Er hat es nicht gewusst.«

»Sicher?«

Ricky war die Stiege hochgeklettert, um die Falltür zu öffnen und Frau Fontane zu befreien. Da hatte er plötzlich die Waffe in der Hand gehabt. Hatte sie aufgefordert, herunterzukommen. Sie hatte sich geweigert, Handgemenge, ein Schuss hatte sich gelöst und war neben ihr in den Balken geschlagen. Das Entsetzen in Schraders Blick war echt gewesen. Er hatte sie bedrohen, ihr Angst einjagen, aber nicht schießen wollen. Doch dann hatte sich etwas verändert in seinem Gesicht. Hinter der Fassade des kumpelhaften Lehrers war die Lust an der Macht aufgeblitzt. Er hatte sich gefallen, mit der scharfen Waffe in der Hand. Mit harter, kalter Stimme hatte er sie aufgefordert, die Stiege herunterzukommen, sofort, mit ihm die Mühle zu verlassen. Und sie hatte gewusst, wenn sie jetzt keinen Widerstand leistet, wenn sie sich jetzt nicht wehrt – dann wird Frau Fontane verbrennen. Ricky hatte sich auf ihn geworfen, sich in seinen Hals, seinen Nacken gekrallt und ihm die Waffe aus der Hand gedreht. Er war größer als sie, stärker. Aber er war auch übermüdet und bekifft gewesen, überrascht von dem Angriff. Er wäre sonst nicht taumelnd gegen den Schreibtisch geprallt. Die Kerzenuhr wäre nicht in die Manuskripte und die Holzwolle gefallen …

»Ricky? Was ist in der Mühle passiert?«

»Schrader hatte psychische und finanzielle Probleme … Er sah in seinem Lehrerleben keinen Sinn … Frau Fontane und ich haben alles versucht, konnten aber das Schlimmste nicht –«

»Was ist *wirklich* passiert?«

Ricky hatte eine Story. Eine große, dunkle Story. Größer als *Katergate*, größer als alles, was sie sich bis vor wenigen Stunden hätte vorstellen können. Aber keine Story, die sie schreiben konnte. Sie konnte sie niemandem erzählen. Eines Tages vielleicht, in vielen Jahren, auf einer Party als makabren Witz, den sowieso keiner glaubte. *Du hast nicht ernsthaft deinen Lehrer … – Habe ich. – Meinst du nicht ernst. – Meine ich total ernst.*

Friedrich? Vielleicht in ein paar Wochen, in Ruhe, bei zwei, drei Gläsern Witwensekt. Aber selbst vor ihm: Würde sie die richtigen Worte finden? Würde er sie verstehen können? »Halt mich fest«, flüsterte sie. Er legte seinen Arm um sie. »Fester.« Das Gefühl der Macht, als sie die Waffe in der Hand hielt. Die Angst in Schraders Augen. Das Heben seiner Hände, während sich das Feuer ausbreitete. Ihr Finger am Abzug, sein letzter Versuch, die Waffe an sich zu reißen. Das Gefühl des Abdrückens, ein Mal, zwei Mal, Schraders Zusammensinken, sein letzter, fassungsloser Blick … *Weißt du, was das Schöne an der Welt ist? Manchmal kriegen Menschen, was sie verdienen.* Das hatte Frau Fontane gesagt. War das wirklich schön? Ricky schlug den Kragen hoch. Die Sturmmöwe hob ab, Wasser spritzte unter ihren Flügeln. Verdiente sie Friedrich? Wer entschied darüber? Das Schicksal, Gott?

»Was hältst du davon, wenn wir zu mir gehen?«, fragte sie.

»Zu dir nach Hause?« Seine Stimme klang ungläubig.

»Wir haben Pizza im Kühlschrank. Einen neuen Geschirrspüler. Robin spielt *Fortnite,* er freut sich, wenn er es dir zeigen kann.«

»Ja«, sagte Friedrich. »Ja, das ist schön.«

Er freut sich, dachte Ricky. Er freut sich wirklich, mein Zuhause zu sehen! Sie gingen auf die Häuser und Kirchtürme Aschersburgs zu. Erste Regentropfen fielen, sie griff nach Friedrichs Hand.

61.

Katja stieg vor dem Bahnhofsgebäude aus dem Taxi, hastete durch den Regen an Passagieren vorbei, die auf den Bus nach Leipzig warteten, Caroline war nicht unter ihnen. Sie wollte zum Flughafen, hatte ihr Vater gesagt. Zu welchem Flughafen? Das hatte er schon nicht mehr gewusst. Nichts wusste dieser Mann von seiner Tochter! In der Ankunftshalle standen Reisende vor den Automaten und am Schalter, nirgends sah sie Caroline. Sie trat hinaus auf den Bahnsteig, blickte nach rechts und links – Caroline saß auf dem Bahnsteig gegenüber, mit dem Rücken zu Katja, allein unter dem Dach. Sie trug ihre weiße Lederjacke mit den Fransen. Neben ihr stand ein kleiner Koffer.

Katja musste den Umweg durch die Unterführung nehmen, um hinüber zu gelangen. Die Regionalbahn Richtung Halle war zwanzig Minuten verspätet. Caroline sah Katja nicht kommen. Sie blickte ins Leere, ihre Handtasche über der Schulter, einen halb gegessenen Donut in der Hand. Blass sah sie aus, aber nüchtern. Erst als Katja vor ihr stand, blickte sie hoch: »Ach, die Katzenmami. Wo haben Sie Ihren Kopf diesmal gestoßen?«

»Ihr Vater hat mich angerufen.«

»Herzliches Beileid.«

»Wir müssen reden.«

»Mein Zug kommt bald.«

»Was wollen Sie in Halle?«

»Umsteigen nach Frankfurt.«

»Und von dort? Lassen Sie mich raten: Flug nach Dubai.«

»Wie kommen Sie darauf?«

»Die Fotos an Ihrem Bildschirm.«

Caroline zuckte die Schultern und biss in ihren Donut.

»Ihr Vater sagt, Sie haben Geld aus der Kasse geklaut.«

»Kindergeld, steht mir zu.«

»In Dubai kommen Sie damit nicht weit.«

»In Dubai mache ich Geld wie Heu.«

»Und wie?«

»Wissen Sie, was der Unterschied ist zwischen Ihnen und mir? Ich bin jung, ich kann noch was aus meinem Leben machen.«

Katja setzte sich, Caroline rückte ein wenig weg und fasste ihre Handtasche fester.

»Sie wissen, was letzte Nacht mit Schrader passiert ist?«, fragte Katja.

»Hab was gehört.«

»Traurig?«

»Wegen Schrader?« Sie lachte spöttisch. »Den habe ich bloß benutzt.«

»Wofür? Ihre Versetzung?«

»Als ich noch dachte, ich brauche sie.«

»Er hat auch was von Ihnen bekommen, oder? Sie waren ein bisschen nett zu ihm.«

»Ich bin zu allen nett. Noch nicht bemerkt?«

»Aber Sie waren nicht sein Opfer. Im Gegenteil, Sie haben den Spieß umgedreht. Haben Geld verlangt, viel Geld. Haben gedroht, ihn auffliegen zu lassen.«

Caroline zuckte mit den Schultern und leckte Zuckerguss von ihren Fingern.

»Sind Sie von ihm schwanger?«

»Vielleicht habe ich die Schwangerschaft bloß gespielt.«

»Man versteckt einen Schwangerschaftstest nicht unter dem Bett, wenn er negativ ist.«

Caroline aß den Donut auf und zerknüllte die Serviette. Sie zielte auf den Papierkorb, traf nicht und ließ sie liegen. »Dreißigtausend Euro. Für eine Katze. Da habe ich begriffen, wieviel Geld ein Beamtenlehrer auf seinem Konto hat.«

»Leider war Schrader das falsche Opfer. Sie wussten nicht, dass seine Ex-Frau ihm alles wegpfändet. Dem halben Kollegium schuldet er Geld. Haben Sie sich deshalb in der Nacht betrunken? Als Ihnen klar wurde, dass Sie das Geld für Ihren Lebenstraum nicht kriegen?«

»Sie sind süß, wissen Sie das? So naiv …«

»Nun sitzen Sie hier mit ein paar hundert Euro und einem »*I love Paris*«-Köfferchen und glauben, dass Dubai auf Sie wartet. Nun, einige warten vermutlich. Aber anders, als Sie hoffen.«

Der Lautsprecher kündigte die Einfahrt der verspäteten Regionalbahn Richtung Halle an.

»Wissen Sie, was Ihr Problem ist?«, fragte Caroline. »Dass Sie nichts begreifen. Glauben Sie, ich setze alles auf einen Beamtenlehrer in Teilzeit? Die letzten Wochen hat Schrader geredet, dass er bald viel Geld kriegt. Dass er mir alles zahlt, was ich will. Aber wie lange bin ich jung? Wie lange kann ich warten? Ich will jetzt leben, nicht irgendwann. Und ich bin eine *bitch.* Schrader war immer nur der Köder.«

»Verstehe ich nicht.«

»Haben Sie uns das nicht beigebracht? Das Tigerweibchen macht den Königstiger an, damit der Kaisertiger scharf wird.«

»So einen Quatsch bringe ich euch nicht bei.«

»Dann war's auf Tiktok.«

Der Zug fuhr ein. Caroline stand auf, nahm ihren Koffer. »Sagen Sie meinem Vater, er kriegt das Geld zurück. Die mit den meisten Insta-Klicks sind Leute, die was aus ihrem Leben machen.«

»Das Leben ist mehr als ein Instagram-Kanal.«

»Kommt drauf an, wie viele Follower.«

Der Zug hielt. Caroline öffnete die Tür und stieg ins Erste-Klasse-Abteil. In der Tür drehte sie sich um und betrachtete Katja aufmerksam. »Der Verband ist gar keine schlechte Idee. So sollten Sie Ihre Haare schneiden. Bisschen *choppy cut*, nicht so spießig. Vorne *Airtouch,* Strähnchen heller, rahmt Ihr Gesicht. Heller Kajal, Lipliner …«

»Caroline –«

»Und wissen Sie was? Geben Sie meinem Vater das Geld, ich brauch's nicht.« Sie öffnete ihre Handtasche – weit genug, dass Katja hineinsehen konnte: Sie war voller Geldbündel, Fünfziger, Hunderter, Zweihunderter. Sie drückte Katja ein Bündel Hunderter in die Hand. »Rest für Sie, kaufen Sie sich was Schönes. Oder besser Ihrem Kater. Ich schick ihm aus Dubai ein Gucci-Halsband.«

Die Tür piepte und schloss sich. Katja stand wie betäubt, die Geldscheine in der Hand. Der Zug fuhr an, sie ging neben dem Abteil her, fing an zu laufen, Caro lachte und warf ihr eine Kusshand zu … Katja blieb stehen, die Waggons rauschten an ihr vorbei.

Rücklichter, menschenleerer Bahnsteig. Nächster Zug nach Halle in neunzig Minuten. Was würde es bringen, ihr zu folgen? Caro hatte sich entschieden.

Sie ging zurück zur Unterführung. Auf dem Bahnsteig gegenüber fiel ihr eine Frau unter einem großen Regenschirm auf, im schwarzen Mantel, mit kurzen, grauen Haaren und spitzem Kinn. Sie ging schnell, verschwand im Bahnhofsgebäude. Katja brauchte einen Moment, um zu begreifen. Sie lief die Treppen der Unterführung hinunter, wieder hoch, in die Ankunftshalle … Sie holte die Frau auf dem Vorplatz ein, außer Atem und regennass.

»Frau Krugmeyer?«

»Ja, bitte?«

»Ich bin Lehrerin an der Schule Ihres Mannes.«

»Tatsächlich?«

»Ihr Mann hat uns auf der Weihnachtsfeier vor zwei Jahren vorgestellt. Ein Zufall, dass wir uns hier treffen.«

»Aschersburg ist nicht groß.«

»Ich glaube, ich habe Sie eben im Bahnhof gesehen.«

»Ich habe eine Fahrkarte gekauft.«

»Auf dem Bahnsteig?«

»Ich habe den Fahrplan überprüft. Entschuldigen Sie mich …«

»Ich glaube, Sie haben die Abfahrt einer Schülerin überwacht.«

Frau Krugmeyer erstarrte.

»Ich glaube, Sie wollten sichergehen, dass sie ganz bestimmt weg ist.«

»Ich bin auf dem Weg zu meinem Mann. Er liegt im Krankenhaus auf der Intensivstation. Ich bin spät dran.« Sie ging schnell, Katja lief neben ihr und ließ sich nicht abschütteln.

»Was ist passiert?«, fragte sie.

»Herzinfarkt, er wurde überfallen.«

Krugmeyer überfallen, Herzinfarkt, die Nachricht war neu. »Wo war das?«

»Letzte Nacht in seinem Wagen. Am Stadtrand. Und jetzt entschuldigen Sie mich.«

Die Puzzlesteinchen fielen ineinander. »Ich komme mit.«

»Ich würde lieber allein gehen.«

»Lassen Sie mich raten. Es war in einer Nebenstraße mit wenig Verkehr Richtung Sonderswerda. Vermutlich hat er sich mit jemandem getroffen, der ihn bedroht hat. Was meinen Sie?«

Frau Krugmeyer presste die Lippen zusammen. Sie überquerte eine rote Ampel, Katja blieb neben ihr, Autos bremsten und hupten.

»Bestimmt ging es um Geld«, fuhr sie fort. »Sagen wir, dreißigtausend Euro. Der Mann, der ihn bedroht hat, ich denke, es war ein Mann – wurde selbst erpresst. Ihr Mann war seine letzte Hoffnung. Beide haben sie ein süßes Geheimnis geteilt, mit langen Beinen und langen blonden Haaren. Der Königstiger und der Kaisertiger.«

»Ihre Fantasie ist grotesk.«

»Darf ich Ihnen etwas gestehen? Ich habe Ihren Mann immer bewundert. Stark und gelassen wie ein Baum. Bloß gibt es bei Bäumen das Phänomen der Angstblüte, ich bin Biologin, wissen Sie. Wenn die Kräfte schwinden, wenn sie den Tod kommen spüren, wollen sie es noch einmal wissen. Sie treiben aus, als gäb's kein Morgen. Und plötzlich steht diese Schülerin vor der Tür. Behauptet, sie sei schwanger. Zeigt sogar einen Test. Alles steht auf dem Spiel: Die feierliche Entlassung, das Grußwort vom Ministerpräsidenten, und am Wichtigsten: die Ehrenbürgerwürde. Das kann die Gattin nicht zulassen, stimmt's? Sie hat ihren Mann geliebt und geschützt, jahrzehntelang. Sie hat ihm eine Menge verziehen, es war nicht immer einfach. Sie muss ihn ein letztes Mal schützen.«

»Entweder Sie hören auf, mir zu folgen. Oder –«

»Sie rufen die Polizei? Zu denen muss ich heute sowieso, wir können zusammen fahren. Aber wissen Sie was? Sie werden's eh nicht tun. Sie haben es auch in der Nacht nicht getan, als Caroline an Ihrer Tür geklingelt hat. Dreißigtausend Euro, damit sie abhaut. Haben Sie sie hingehalten? Sicher haben Sie das, denn am nächsten Morgen taucht Caroline betrunken in der Schule auf. Betrunkene haben sich nicht im Griff, sie lallt etwas vom Kinderkriegen, fast fliegt alles auf. Sie wissen, Sie müssen handeln.«

Frau Krugmeyer blieb stehen. Regen prasselte auf den Schirm, ihr Kinn arbeitete, als zermalme es einen Stein.

»Ab hier, liebe Frau Krugmeyer, wird die Geschichte tragisch. Sie haben das Geld gestern nicht bekommen. Es ging einfach nicht. Dreißigtausend Euro kann man nicht einfach abheben, schon gar nicht in einer Kleinstadt. Sie mussten das Geld für heute bestellen, wahrscheinlich bei einer größeren Filiale in Dessau oder Magdeburg ... Wer hat Ihren Mann gestern Nachmittag beim Rosenschneiden angerufen? Wer hat ein Ultimatum gestellt? Caro traut niemandem, sie hat alle Daumenschrauben angezogen, die sie anziehen konnte. Hätte sie gestern das Geld bekommen, wäre sie gestern schon abgefahren ... Sie müssten Ihren Mann jetzt nicht auf der Intensivstation besuchen. Schrader wäre noch am Leben. Warum hat Ihr Mann eingewilligt, ihn gestern Abend zu treffen? Vielleicht hoffte er, sie könnten das Caro-Problem gemeinsam aus dem Weg räumen. Aber plötzlich bedroht ihn der nette Schrader, dem niemand etwas Böses zutraut, mit einer Pistole. Wollte Schrader ihn zwingen, ihm sofort dreißigtausend Euro zu überweisen? Fragen Sie ihn, falls er schon wieder reden kann. Immerhin, Caroline ist nun weg. Der Zustand Ihres Mannes ist ernst, aber stabil, hoffe ich. Der Mitwisser ist tot. Eigentlich steht nur eines zwischen Ihrem Mann und der Ehrenbürgerwürde – ich.«

Zwei Frauen am Straßenrand, unter einem großen Regenschirm. Man konnte sie für beste Freundinnen halten, die jedes Geheimnis miteinander teilten. Sie schwiegen, die Gesichter dicht beieinander, während um sie der Regen aufs Pflaster klatschte. Oft ist Schweigen die innigste Form des Einverständnisses.

»Mein Mann«, sagte Frau Krugmeyer, »hat mit großer Hochachtung von Ihnen gesprochen.«

»Das ehrt mich.«

»Stimmt es, Sie wollen seine Nachfolgerin werden?«

»Ich denke darüber nach.«

»Sehen Sie, wenn ich vor schwierigen Entscheidungen stehe –«

»Sie machen eine Liste, ich weiß.«

»Genaugenommen mache ich zwei Listen. In die eine trage ich Sachargumente ein, Pro und Kontra. Aber in die zweite, die wichtigere, trage ich Menschen ein. Wer ist für mich, wer gegen mich? Wer kann mir helfen, vor wem muss ich mich hüten? Was kostet es mich, wenn ich es mir mit ihnen verderbe? So eine Liste sollten sie auch machen. Sie macht Ihnen eine Menge klar.« Sie nahm Katjas Hand in ihre und blickte sie mit warmem Lächeln an. »Wir Frauen sind stark, wenn wir zusammenhalten.«

Katja blieb im Regen stehen und blickte der Frau unter dem großen Schirm nach, die zügig, ohne Hast auf das Krankenhaus zuging.

62.

Der Regen hatte nachgelassen, hier und da hellte der Himmel auf.

Vor ihrem Haus blieb Katja stehen, hinter ihr fuhr das Taxi an. Ja, es gab einiges zu tun. Die Moosschindeln, der Garten, das rostzerfressene Tor. Sie musste mit ihrer Vermieterin in Ljubljana sprechen, vielleicht konnte sie das Haus kaufen. Umziehen war keine Option – nicht nach allem, was passiert war. Dies war Valentins und ihr gemeinsames Haus. Hier waren sie so glücklich, wie eine Frau und ein Kater miteinander sein konnten.

Ein Stück die Straße hinunter stand ein gelber Smart. Katja lief darauf zu, die Fahrertür ging auf, Gudrun stieg aus. Sie trug ein schwarzes, gouvernantenhaftes Kleid und hatte verweinte Augen.

»Wir haben alles verloren«, sagte sie.

»Es ist entsetzlich«, sagte Katja.

»Einen geliebten Menschen. Unsere Mühle, die unsere Heimat war.«

Schrader war ein Verbrecher, die Mühle habt ihr angezündet, Ricky hat mir alles erzählt, dachte Katja. Sie sagte: »Ich kann nur ahnen, wie groß Ihr Schmerz ist.«

»Hat Enno erzählt, dass wir auswandern wollten? Er wollte sich um benachteiligte Jugendliche in Südamerika kümmern.«

»Das hätte ihm bestimmt großen Spaß gemacht.«

»Es gibt dort auch viele streunende Katzen. Meine Mutter hätte neue Inspiration geschöpft und wieder schreiben können. Auch ich habe ein wenig von ihrem Talent geerbt …«

Du hast Enno nicht geliebt, er hat dich nicht geliebt. Ihr habt euch gegenseitig benutzt, dachte Katja.

»Sie waren ein wunderbares Paar.«

»Warum ich gekommen bin«, sagte Gudrun. »Um mich von Ihnen zu verabschieden. Aber auch um …« Ihre schielenden Augen verengten sich zu misstrauischen Schlitzen. »Warum waren Sie gestern an der Mühle?«

Du willst wissen, ob ich von der Brandstiftung weiß, ob von mir Gefahr droht, sag's doch einfach!

»Enno rief mich an. Er war verzweifelt, außer sich …«

»Er hat Ihnen gesagt, Sie sollen zur Mühle kommen?«

»Er war verwirrt, stand offenbar unter dem Einfluss gefährlicher Drogen. Aber ja, seinen Äußerungen konnte ich entnehmen, dass er sich dort etwas antun wollte.«

»Warum war das Mädchen dort?«

»Enno und Ricky hatten ein freundschaftliches Verhältnis. Sie ist keine einfache Schülerin, viele Kollegen glauben nicht an sie. Enno hat sich sehr um sie bemüht.« *Das Schwein wollte, dass Ricky, ich und Valentin in der Mühle verbrennen!*

»Was hat das Mädchen der Polizei gesagt?«

»Ich weiß nicht, ob die Polizei sie schon vernommen hat. Aber wenn, wird sie der Polizei das Gleiche sagen, was sie mir gesagt hat: Enno hat sich vor ihren Augen erschossen. Sie hat versucht, es zu verhindern. Dabei hat sich ein Schuss gelöst, Augenblicke später ist der Brand ausgebrochen.«

Das ist die Story, auf die Ricky und ich uns geeinigt haben. Nicht um dich zu schützen – dir geht es nur um den Verkauf und das Geld. Sondern um Ricky zu schützen. Wir halten dicht, keine Bange. Fahrt nach Nicaragua, in eurer Eierkiste, und lasst euch nie wieder blicken!

Gudrun schien beruhigt. So beruhigt, dass sie wieder vor Selbstmitleid zerschmolz, sich sogar ein paar Krokodilstränen aus den Augen drückte. »Ich habe im Leben nie Glück gehabt … habe immer im Schatten gestanden …«

»Sie Allerärmste …«

Die Frauen fielen sich in die Arme. Katja umfasste mit Mühe den breiten Nacken, klopfte, streichelte und zählte die Sekunden, bis sie sich mit Anstand aus dieser verlogenen Nummer würde lösen können. Gudrun nahm ihr die Aufgabe ab und befreite sich mit einem Ruck. Sie hatte erfahren, was sie erfahren wollte, von Katja und Ricky hatte sie nichts zu befürchten – und damit vermutlich auch nicht von der Polizei und den Brandexperten des Denkmalschutzamtes.

Auf dem Beifahrersitz saß Madame de Ronron, auch sie im Trauerkleid, den Kopf starr geradeaus gerichtet, und schminkte ihre Lippen. Die Frau tat Katja leid. Sie hatte Katzen gequält, ja. Aber sie hatte es aus Liebe getan, Überforderung, Krankheit – nicht aus Bosheit. Sie hatte gesühnt für das, was sie getan hatte – und sühnte weiterhin. Katja hatte eine Idee, gut oder schlecht, sie war nicht sicher. Sie beugte sich zur Scheibe, die halb heruntergelassen war, und sagte: »In meinem Haus lebt eine Katze. Ein grauer Kater, der Einzige, der die Razzia in Ihrer Mühle überlebt hat. Valentin heißt er, ich liebe ihn sehr.«

Madame de Ronron starrte geradeaus, den Lippenstift in der Hand.

»Wenn Sie ins Haus kommen möchten … ihn streicheln, Abschied nehmen …«

Madame de Ronrons Mund bewegte sich, hielt inne. Murmelte einige Worte, Katja musste sich weit hinunterbeugen, um zu verstehen. »Sie müssen alt werden«, flüsterte Ronron. »Sehr alt, bis Sie erkennen: Unser ganzes Leben lang füttern wir Enten, die in unserem Kopf leben. Nur in unserem Kopf. Aber wenn wir das begreifen, wirklich begreifen, dann ist das Leben nicht mehr schlimm.« Sie griff durchs Fenster nach Katjas Hand und hielt sie fest. »Lieben Sie. Lieben Sie, solange Sie können.«

»Was wird das da?«, rief Gudrun vom Beifahrersitz. »Sie regen meine Mutter auf! Merken Sie das nicht?« Grob zog sie den Arm ihrer Mutter zurück, das Fenster glitt hoch.

Der Wagen fuhr an, Katja blieb auf dem Bordstein stehen und sah ihm nach. *Enten, die nur in unserem Kopf leben …* Füttern wir unser Leben lang Ängste und Träume, die nur in unseren Gedanken existieren? Müssen wir das begreifen, um wenn schon nicht glücklich, so zumindest weniger unglücklich zu sein? Sie bereute, dass sie sich nicht gegen die schreckliche Gudrun durchgesetzt, dass Madame de Ronron nicht einen Augenblick ins Haus gekommen war. Wegen Valentin, vor allem wegen Axel und seinen Geistern der Toten – die beiden hätten sich gut verstanden.

Sie ging durchs Gartentor. Der Regen hatte aufgehört, doch überall tropfte es von Büschen und Bäumen. Sie schloss die Haustür auf. Alles war still. Sie drückte leise die Tür zu und hängte ihre nasse Jacke auf. Sie ging durch den Flur ins Wohnzimmer. *Zeige mir, wie du eine Katze bürstest, und ich sage dir, wer du bist.* Axel machte das gut, er lag neben Valentin auf dem Teppich. Langsam bewegte er die Bürste entlang des Fellstrichs, zwischen den Ohren, über die Flanken, mit Druck, aber nicht grob, den Rücken hinunter bis zur Schwanzwurzel, aber nicht darüber hinaus. Valentin schnurrte, drehte sich auf den Rücken. Axel bürstete vorsichtig die Brust. Er bemerkte Katja und zeigte besorgt die Bürste: »Er verliert Haare.«

»Fellwechsel im Frühjahr, das ist normal.«

Sie setzte sich zu ihnen. Sie legte eine Hand auf Axels Schulter, Axel legte seinen Kopf in ihren Schoß. Valentin schnurrte, reckte die Glieder und verlangte Bürstenstriche am Bauch.

»Er ist schön«, sagte Axel.

»Ja, das ist er.«

Keine Wunden, keine kahlen Stellen, keine Zeichen von Mangelernährung, Infektionen oder Parasiten. Nichts war ihm gefährlich geworden in der Welt da draußen, keine verrückte Frau in einer alten Mühle, keine Kälte im Wald, keine Autobahn. Er war stärker gewesen als jeder Feind, stärker, als Katja je sein würde. *Wo bist du gewesen? Hattest du Angst? Hast du an mich gedacht?* Falsche Fragen, Menschenfragen. Vergangenes war vergangen. In der Gegenwart lag Valentin auf dem Teppich, die Wildschweinborsten fuhren sanft über seine Brust und seinen Bauch. Ein neuer Mensch war im Haus. Solange er mit der Bürste so sorgfältig Valentins Brustwarzen umfuhr wie jetzt, durfte er bleiben.

Katja hob den Kopf, das Glas der Anrichte warf ihr Bild zurück. »Meinst du, ich sollte meine Haare kürzen?«

»Wer sagt das?«

»Nur so eine Idee … *Choppy cut,* vorn die Strähnchen heller, rahmt mein Gesicht …«

Axel strich ihr eine Strähne zur Seite, sein Gesicht war nahe an ihrem. »Du bist schön, das weißt du.«

Jetzt, dachte Katja, war der Moment, ihm zu danken. Dafür, dass er ihr das Leben gerettet hatte. Dass er der erste Mann seit langer Zeit war, von dem sie sich vorstellen konnte, dass er eine Weile, natürlich nur wenn er wollte, wenn es ihm im Gemeindehaus zu eng wurde …

Valentin sprang auf. Er legte die Ohren an, starrte Richtung Garten und machte einen Buckel.

»Sokrates«, flüsterte Katja.

Der Maine Coon von Frau Heppner stand auf der Terrasse – fett, freundlich und ein bisschen stumpf. Valentin pirschte zum Fenster, sprang hoch, fauchte und trommelte mit den Tatzen gegen den Rahmen.

»Lass ihn raus«, sagte Axel.

»Ich denke nicht dran.«

»Er ruiniert die Terrassentür.«

»Er bleibt ein paar Tage zuhause und ruht sich aus.«

»Du kannst ihn nicht halten.«

Katja nickte, seufzte und schob die Terrassentür ein wenig auf. Sokrates, degeneriert wie er war, blieb stehen. Er begriff den Ernst seiner Lage erst, als Valentin sich durch den Spalt zwängte und auf ihn stürzte. Fauchen, Schreie, Flucht ins Gebüsch … Stille.

»Valentin?« Katja trat auf die Terrasse. Überall tropfte es, aber sie hörte kein Rascheln, kein Tapsen. »Valentin?!«

Katja fühlte Panik. Valentin war auf die Straße gejagt, unter ein fahrendes Auto geraten, in einen Gully gestürzt …

»Mach dir keine Sorgen«, sagte Axel.

»Ich muss ihn suchen.«

»Um jeden anderen kannst du dir Sorgen machen. Nicht um ihn.«

»Wenn doch?«

Axel umfasste ihre Schultern und küsste ihren Hals. »Er wird kommen.«

Sie fühlte die Ruhe und Kraft dieses Mannes, über den sie immer noch kaum etwas wusste – außer dass er der erste Mann seit Langem war, dem sie vollkommen vertraute. Es fühlte sich gut an.

»Er wird kommen …«, flüsterte Axel.

Lieben Sie … Lieben Sie, solange Sie können … Sie lehnte sich zurück, schloss die Augen, spürte seinen Mund an ihrem Hals und dachte, wenn Axel es sagt, wird es stimmen.

ISBN 978-3-98568-092-4

1. Auflage 2023

Umschlaggestaltung: Anke Fesel / bobsairport
Herstellung: Daniel Klotz / Die Lettertypen
Satz: Marco Stölk
Druck und Bindung: Pustet, Regensburg
Printed in Germany

www.kanon-verlag.de